弔問客

——ケリドス・アミーゴス、デ・ミオ——

阿部まりあ

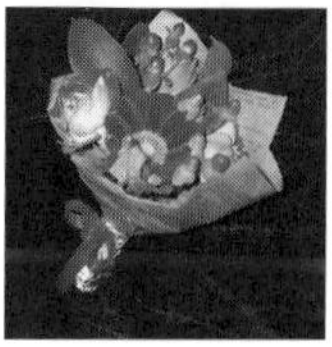

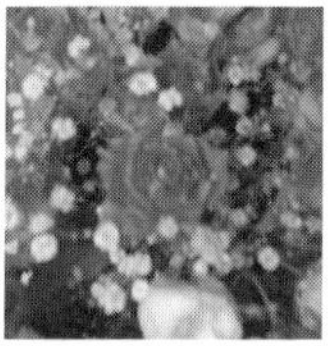

——まえがき——

ジル様の弔問客、のべ八五〇名の訪問を受けた五年間の実録と、ジル様が魔女修行のためドイツに旅立ったと考えて諦めてゆく童話。ノンフィクションの前編とフィクションの後編の二部構成がリンクする。副題『ケリドス・アミーゴス、デ・ミオ』の意味は、スペイン語で『親愛なる友へミオより』です。

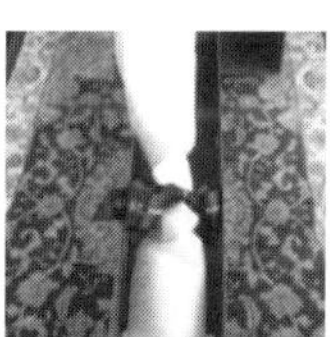
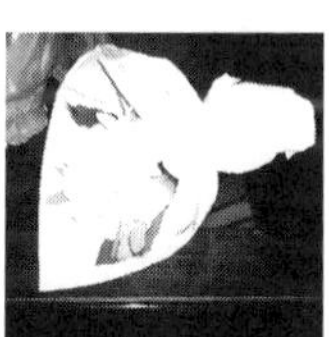

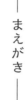

第一部　ケリドス・アミーゴス、デ・ミオ

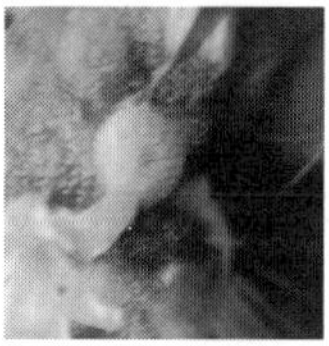
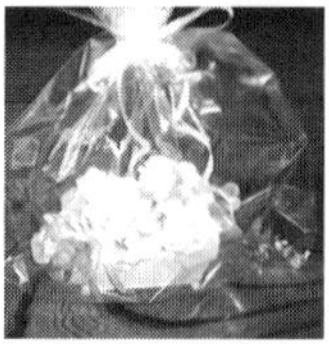

――あらすじ――

急にいなくなったジル様のお家を訪問するそれぞれの時期の友人知人達の思いが、七十編のエッセイに描かれている。思っているより立派な保母さんになっていた娘を知り、人生を謳歌した様子も知り誇りにさえ思う親の心情も織り交ぜ、葬式参列者二五〇名、弔問客のべ八五〇名の訪問を受けた五年間の実録。

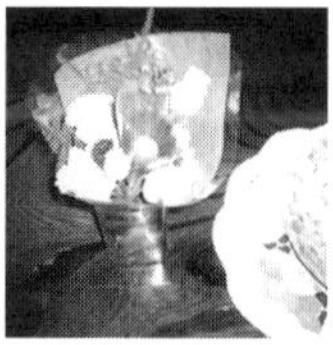

目次

ゼクシィ（櫻）

お天気は上々。レストランに集合するために着替えをする。タクシーを呼ぶ。歩道橋に登れば、手が届きそうに櫻が咲いていた。手を伸ばしてみた。こんなに近くにあるのに背伸びをしても何度手を伸ばしても届かなかった。

櫻はすぐ手が届きそうに咲いているというのに……。

お友達が集まりだす。皆盛装をして来ている。男の子は成人式のスーツを着ているのかな。女の子はきれいな色のドレスと肩にはオーガンディのショールを掛けている子が多いかな。久しぶりに会う新婦の学校時代の友達が青年、レディになっている。

「おばさん、お久しぶりです」

「あら、Aちゃん元気だった？　すっかりきれいなお姉さんになって……」

店内は白とピンクを基調とした明るいイメージでまるでプロヴァンスのレストランのよう。レストランウェディングは二十年の実績を持つ老舗だとか。ピンクのバラ、白い百合、蘭、カトレアまで、ありとあらゆる花が飾られている。大きな鏡の前ではそれらの効果がさらに倍加する。ウェディングのお料理はフレンチです。ピンク色のクロスがかかった丸いテーブルが並んでいる。その中のひとつには恩師のO先生、G先生もおられ優しく見守ってくれている。シャンパンで乾杯のあと来賓の祝辞だ。

「子どもを叱らないいんですよ。扱いがうまいんです。いいお母さんになると思いますよ」

仕事場である保育園の園長先生の言葉だ。新婦の母親のお友達で、新婦の二歳からを知っているというN、そしてKも、

「大きくなったたねえ、長い時間が流れたねえ」

と感慨しきりだ。

「〇〇先生には　息子だけでなく父母ともに親しくして頂きました。長男は〇〇先生が大好きで、朝の受託は〇〇先生だと率先してその腕に抱かれてばいばいをしていました。先生の「そうなのー、そうだったのー」と息子の話をきいてくれる口癖は、我が家の合言葉になり卒園した今も毎日のようにうちの中で聞かれていました。

息子も大好きだったかもしれませんが、それにも負け

ないほど母である私が、〇〇先生を大好きでした。大変お世話になりこれからも長いお付き合いをと思っております」（Y）

園児の親は「ありがとういくら言ってもいい足りない」と言う。「天性の保育士だ」と言う。

グランドピアノが鳴り出した。十六年通いレッスンを受けたピアノのS先生が、今日はお祝いの曲を演奏してくださる。幼稚園時代から小学校、中学校、高校、専門、保母となっても通った、新婦の成長を親とともに見てくださった先生のピアノから流れる澄んだ音は、会場を包み込み、大学通りへとこぼれだす。

宴もたけなわ、お友達が酔っ払い始めた。あちこちで大きい声が笑い声がする。パンパンとクラッカーも鳴った。仲良しグループのM、Nはあいかわらず声が大きい。Nちゃん、U、Aくん、Kちゃんまでも歌い出した。歌のオンパレードが始まる。R、K、Sは三人で、中学時代のA、Aは二人で、欠かさずライブに行き応援していたロッカーのRは本領発揮というところか。もちっこM、ディズランH、今日これから乗るロールスロイスの運転手をしてくれるUは演歌ときた。

新婦の特技は友達と友達を友達にすることだ。ここにあの子を呼んで遊ぼう。この子とこの子はまだ遊んだことがないからこの時誘おう。そして新婦が抜けても友達と友達が会えるようになるのってすごくない？と自慢していたっけ。そうして広がった友達の輪への力はいまだに働いていることにおどろく。家族と友達を引き合わせることにもそれは働いている。これは性格か努力の成果か。疲れるだろうに本人は楽しんでそれに精力をかたむけがんばっていたのだ。さみしがりやなのかもしれないと、ふと思った。

「世界にひとつだけの花」を弾くピアノの音が聞こえてきた。歌ってくれる人、歌いながら振りをしてくれる人、このグループE、E、U、Sは、全員数学の先生だ。ピアノを弾いている彼は感極まってなぜか涙する。そのうち会場全員での合唱となる。

♪世界にひとつだけの花　song by SMAP

「新婦らしいから」

とひまわりの花のブーケを用意してくれたCちゃんが、神妙な顔をして保育園の子どもたちを誘導してきた。Aくん、Mちゃん、Rくんが花束を手渡してから新婦にキスをする。子ども達はいつも園でしているポンポン体操を披露する。かわいくっていとしくって……。それを見ていた新婦の笑顔が泣き顔に変わった。新婦がこれから住むことになる場所は少し離れている。昨日詰め込んだトランクの中には、向こうでも保母さんができるようにとエプロンは必需。お友達からの手紙がたくさん、お祝いの色紙、ピアノの楽譜、一生の友からの本。丸い箱に入ったクレージュのピアスは姉からのバースデープレゼントだ。

ふたつのミサンガ、そして合鍵。ママからは子どもを守る役目をするという魔女人形。パパも姉も手紙を書いた。

今日晴れの日に、新婦のメイク係を引き受けたAちゃんは、おそろいのネックレスを用意した。ふたりが一生つけていられるようにとホワイトゴールドにダイヤがついているものだ。新婦の胸で、お友達の胸でそれは輝き続ける。結婚する時にあげようと思っていたと、そのお友達のお母さんはふたつの指輪を用意していた。ひとつは娘に、そしてひとつは新婦に。その指輪も昨日譲り受けた。上野から〝フレッシュひたち〟に乗り一時間、で、いつでも会うことができる。大丈夫大丈夫。

「そちらにも伺いたいと考えておりますので、もしよろしければ場所等を教えていただけないでしょうか？」

どこまでも会いに行きたいと言ってくれる自称ストーカーという男の子のファンもいる。みんなが新婦を好きで、みんながそれぞれ、私が、僕が一番と思っている様子がうれしくもありおかしくもある。

「そう思っている友達がひとりやふたりじゃないんだよ。すごいよね」

と感心しているCちゃん。現に「負けない」とつぶやく子が数人。そのCちゃんもよく口にする言葉だ。

窓の外に目をやると、かつての地元小学校時代の友達が見える。新婦に会いたいと、お祝いを言いたいと来てくれている。会場に入りきれず外で宴が終わるのを待っている。植木の陰に、通りの向こう側にも、缶からがたくさんついたロールスロイスのそばにもたくさんのグループがたむろしている。

レストランFでのウェディングストーリー「バージンロードは大学通り！」というわけだ。無事今日まで育ち、今、親の手を離れる新婦に、

「二十四年間楽しかったよ。ありがとう」

　と言おう。そして、

「がんばったね、えらかったよ。ずっと幸せに暮らしてね」

　と言おう。


『昭和五十五年五月十日、私達夫婦は二人目の娘を授かりました。元気で楽しく充実した美しい人生を送って欲しい、という願いをこめてMと名づけました。あれから二十四年、Mは充分にその期待に応えてくれました。

　嬉しかったこと悲しかったこと、楽しかったこと辛かったこと色々な経験をいっぱい詰め込んだ二十四年間だったと思います。りっぱに生きたと思います。たくさんの友人、これが充実した人生のなによりの証拠です。

　たくさんの人を愛し、たくさんの人たちから愛され、Mといると楽しいと言ってもらえる、こんな幸せなことはありません。でも、もう少し欲張りであって欲しかった。人生もっともっと長く楽しんで欲しかった。余りにも余りにも突然すぎました。

　平成十六年五月十日の二十四歳の誕生日、今でも現実とは思えません。今この瞬間も夢であって欲しいと思っています。しかし時間をかけて受け入れなければならないことは承知しています。そして残った三人の家族が強く仲良く生きていくことがMに対する一番の供養と思っています。皆さまもいつまでも長くMのことを覚えておいてください。これからもずっと友人であり続けてください。お願いします。

　今日はお忙しい中、見送りに来ていただきまして誠に有難うございました』

　歩道橋に登った。櫻はすぐ手が届きそうに咲いている。手を伸ばしてみた。こんなに近くにあるのに背伸びをしても何度手を伸ばしても届かなかった。櫻はすぐ手が届きそうに咲いていたというのに……。

　今日のためのドレスを着た新婦は、もうすぐ螺旋階段を降りてくる。結婚式をした新婦は幸せに輝き、
　きっとあの笑顔で……
　手を振りながら……もうすぐ友達の中へ……。

ラストドライブ（お引越し）

それは紫檀で出来ている。表札も紫檀。金の花もあり、お道具はすべて真鍮だ。漆塗りの果物盆もある。

実家には新居へのワープ箱がある。その中身は○秘だが、大切なものたちといっておこう。ネコドには彼女が身につけていたもの、大切なものを……。

小さい鉢に分けていただいたサボテンの花が、家のベランダで開いたりつぼんだりする。少し耳がとおいお婆様に、大きい鉢を譲り受けるために説明する。開いたりつぼんだりするのが家のベランダで見ることができるのだから。

「そう、咲いたの」

「その時の状態を見ることができるんです」

「あれはどんどん増えたものなのよ」

「それでそれを頂きたい」

「水も気にしなくていいしね」

「開いたりつぼんだりするのが家のベランダで見ることができる。それでね、それを頂きたい」

「そう、咲いたの」

「近くにいるようでうれしい。だからあの鉢を下さい」

「それでね、それを頂きたい」

「うん？」

「だからね、それを頂きたい」

サボテンでその日の様子が見える。赤い花が咲いたりつぼんだりまた咲いたりする。朝だから咲き、夜だからつぼむというわけでもなく、天気が良くてもつぼんでいる時もある。雨でも咲いているときもある。その法則は未だつかめていないが、それは彼女の右側に置かれている。


まず保育園へ行く。門の外から車の中から仕事場を見せる。

高校へ行く。門の外から車の中から「ここへ通えてよかったあ」と言っていた学校を見せる。四小のグラウンド、公園へ行く。車の中から、暇な時姉妹で行きボールで遊んだという公園を見せる。ピアノのレッスンを受けた学校へ行く。表門と校庭の回りを走り、十数年通った裏の出入口の写真を撮る。

八小へ行く。スーパー「U」でジュースを買い、黄色い校舎、そして校庭の写真を撮る。十年間住んだ家を見る。幼稚園へ行く。送り届けてから、窓から中の子供を見た、窓を見る。三年間住んだマンションを見る。駅のロータリーを回り、大学通りを走り、『Mチャンネル』「ゼクシィ」で結婚式をした螺旋階段を捜す。一中へ寄る。外から校庭を見て、門を見る。二時間の思い出めぐりをしてから高速インターへ行く。

車は新居のある茨城へと速度を上げた。今日は新居へお引越し。梅雨らしい天気になるとテレビは言う。傘の確認をした。

姉の運転で茨城の近所を三十分ドライブする。後部座席でシートベルトをして……パパと三人で。

「Mが一番不安だと思うから、泣かないで送ってあげなくちゃ」

と姉が言う。陽がさしてきた。暑くなってきた。私の母と妹と長女のお友だちも到着した。

新居へラストドライブだ。写真や花や荷物を積み込み、三台の車を連ねて。掃除をして、花を飾り、写真を飾る。東京から茨城から長野からと集まったお友達の車が、二台到着した。

花束がまたふたつ増えた。花いっぱいの新居はとてもきれいだ。

パパの言葉がある。そして三十秒の黙祷をする。新居に入った彼女が笑っている。H十六年六月二十七日(日)AM十一時〜。

『みなさん、お早うございます。では今からMの納骨をします。儀式的なことは全然知らないのでフランクにやりましょうね（笑）。今日六月二十七日はMが亡くなった五月十日から数えて四十九日目になります。この四十九日の間というのは、実はまだ天国には行っていないんだそうですね。名残を惜しんで、別れを惜しんで、未だこの世に留まっている期間だそうです。でも、それも今日が最後、今からMは引越しをします。ここが新しいお家です。きれいでしょ？　新築なんですよ（笑）。私達の無理を聞いて頂いて、短い期間でこのお家を作って下さったのが、あちらの、笠原さん（石屋さん）です。ありがとうございました。

それから皆さんにもうひとつ知っておいて頂きたいことがあります。実はこの家には、Mの曾おばあちゃんが先に住んでいます。〇〇そよさんと云います。亡くなったのは三十三年前ですが、ここには二週間前から住んでいます。さっぱりした性格の人だったから、Mとも気が合うと思いますよ。二人は仲良く暮らしていけると思います。では、皆さん、ここでMのことを心に描いて三十秒ほど黙祷しましょう。いいですか、
　では黙祷　始め。
　ありがとうございました。では、今からお骨を納めます』
　茨城の家で会食をする。みんなにぎやかに楽しくしてくれた。そして車は帰っていった。昭和四十六年に亡くなったそよおばあちゃんのお骨の悩みも解消し、お母様が安心したと泣く。無宗教のお父様が、墓は心のよりどころ、を感じる。長い間の宗教への確執が溶けたかのようだ。
　二人ともが八十歳を超えた親の家に、年一〜二回訪ねるという習慣が、これからは多分毎月行くようになり、友達も訪ねるかもしれなく、活気づいた。ある人は訳あってしばらく会っていなかった子供と再会できた。それらの機会を作ってくれた。友達の輪つくりに加え、Mの力はどこまでも偉大だ。

アーントアキエ　二（手紙）

『冬らしい冬がやって来て、寒い日が続いておりますが皆様お元気ですか。年賀状頂きながら返事も出しませんですみません。お許しください。一月十八日、鈴木家の生きたご先祖様と言っても良い程、元気で長生きされたおばあさんが九十六才で天寿を全うされました』

　秋江叔母様からの手紙は以前紹介しました。先日亡くなったという本家のおば様という人にはお会いしたこともなかったのですが、その人となりが良く分かるお手紙をいただきました。九十六歳までりっぱに人生を生きて亡くなったというおば様、そして今回は、二十四歳で人生が終わったウチの家族に対してのお悔やみの手紙をいただくことになってしまいました。秋江叔母様にご心配をおかけしてしまいました。

『前略　先日姉から思いがけない悲報を聞きまして吃驚りしました。どうしたの、のひと言しか出ませんでした。

　皆様どんなにお力落としのことかと胸がいっぱいになり震えてしまいました。思えば成人式を迎えた年、写真

と共に手紙を頂いた時、（四月から保育園で働くことになりました。長い間の夢が叶ってとてもうれしいです。これからは親孝行をするようにします）と、私の手紙を見て感動しちゃいましたと、うれしいことを書いてくれたことなど今も写真と一緒に大切にしております。最初で最後の手紙になってしまった今、なんと慰めてよいか言葉がありませんが本当にもったいないの一言です。

名は体を表すと聞きますが、Mさんは天使のような可愛い園児に囲まれて早足で太く短く駆けぬけた美しい一生であったことを思います時、大自然から与えられた命を一生懸命生き抜いて、皆様におしまれながら愛と誠をささげた美しい人生であったと思うのです。淋しさは必ず時が解決して下さるのです。

初盆になりますね。今日少しばかり送り物と一緒に、生前Mちゃんの好物やお花をお供えしてあげてね。行かれないでごめんなさい。私も血圧がたかく薬を飲むと震えて、そういう時は血圧が低く今薬をやってマッサージなど通っています。心臓は年と共に肥大で驚くと震えて、読みにくいでしょうけどやっと書きました。あなた方も淋しいでしょうが身体に気をつけて頑張って強く生きて下さい。秋江』（二〇〇四・七・一二　あきえおばさまより）

『二〇〇一年の春、おめでとうございます。クリスマスパーテーのように楽しかった結婚式から二十五年、この度銀婚式を迎え本当におめでとうございました。二人でラスベガスへ行った様ですね。先日Y子ちゃんから聞きましたよ。すばらしいプレゼントでしたね。人生の節目を大切に二人仲良くね。そして二人が老いた時すべての愛は感謝となるのです。

まだまだ子育て終わりではありませんよ。二人の娘を嫁がせて可愛い孫を見て、孫の成長を見守る年代になって初めて子育て修了かな、卒業はないのよ。Mちゃん二〇〇一年に成人式を迎える春、就職もきまって本当におめでとうございます。少しづつ肩の荷がかるくなってゆく分、親の身体はきつくなってゆくのです。

子供は親の背を見て育つと言います。親と言う字は木の上に立って見ると書くように本当に有難いものです。親孝行して下さいね。

お互いに頑張ってすばらしい人生だったと思えるよう一日一日を大切に過ごしましょう。本日Mちゃんへ心ばかりですがお祝い受け取って下さい。寒さに向かう折、ご自愛下さいね。乱筆乱文にて。かしこ　あきえ』
（二〇〇一年に、あきえおばさまより頂いたお手紙より）

オール（盆）

ピンポーン!!

「Mがきたのよ、家にきたのよ」

盆用品を買い集めました。小さな一対の盆ちょうちん、芍薬、小菊、桔梗の絵が書いてあり、電気を入れると水色の光がくるくる回るかわいいものです。仕事をして帰ってきて料理をして客を迎えました。ほっとしていると玄関に誰かが来たようです。Mがきたのよ、家にきたのよ、と繰り返す涙目のA親子がいました。

駅に飾られた風鈴を見て「Mがいない夏がくる、と駅から泣きながら走ってきた」と言った長女からメールがきた。「今日はCがくるよー♪　Mも帰ってくるし楽しいねェ。ちょうちんやナスやなんかお願いします！新盆なのではりきりましょうよ！」私を、そして自分を奮い立たせようとしているのかも知れないとも思い、「じゃ、ヨーカドーいってきます。ママ」と返信をし、むっとする暑さの中へと自転車を走らせました。

ほうろく、おがら、なわ、供え物、馬と牛をかたどったつくりものなどを買う。お盆には祖霊がかえってくるとされています。千四百年に及ぶ日本の伝統だそうです。買って帰って仏壇のあたりに置いてあったそれらを見て、A親子のママが言う。

「まだお迎えしてないの？」

家はマンションだ。ベランダでやることになるのかなあ、とか漠然と考えてはいたのだが……。お盆で伊豆へ行った時母がしていた様子を思い出した。父をお迎えするための迎え火、送り火だ。なかなか火がつかない様子、新聞紙を使いおがらがぼーっと燃え上がり、風で吹き飛びそうになる様子、火を見つめる丸まった背中、最後はバケツの水で消す。

玄関先でそれをやり、みながその火が点いたほうろくをまたぎ、玄関をあけはなし、Mを迎え入れる。ベランダにはMの洋服を掛け小さなろうそくを置いた。略式ではあるものの一応儀式をすることができた。十三日に馬で急いで家に帰ってきたMは、今度は十六日に牛でゆっくりゆっくり帰るのだとか。その時私の母親であるマミから、今日迎え火をするのを忘れないようにとの電話も入った。端っことはいえ一応東京なのでお盆は自信を持って七月にやる。田舎は八月。どっちにしたらいいのかなあ、などと何をするわけでもないが迷っている心をハッキリさせてくれた。

そしてお位牌の扱い。仏壇の一番上の左側に置いた位牌は、暗い部屋の中にいるようで見えにくい。若いお嬢さんなのでと花を彫ってくれていた紫檀でできたそれは、テーブルの上に置かれる。みんなと一緒に食事をする。

「正月なども勿論一緒に席を囲んであげてね」

触ってもいいものなんだと思う。

「旅行に行く時も連れて行ってあげてね」

と言われる。紫の袱紗が頭に浮かんだ。あれに包んで箱に入れよう、そして連れて行こうと思う。

「Eです。今日は、ごちそうさまでした。（今日も）なんかいつもご飯&ビールご馳走になりに行ってるよーな……（笑）。今、メール見ました。早く見とけば日曜日Mんち行けたのに～ショッキング。迷惑かもですが、明日もお宅訪問させていただきや～す（予定っす）。一人では恥ずかしくて行けないし今Mが帰ってきてるみたいだし会いたいし（＾＾）。ＭママのＣいじり楽しみにしてま～す。ではではおやすみなさいでしゅ」

というメールなども来て、その後三日間お友だちとＭと楽しく過ごしました。

盆も最後の日を迎え、牛に乗って帰る日がやってきました。Ｎａ、Ｎｏ、Ｍｏ、Ｕ、Ｃ、Ｎ、Ｍ、Ｓに加え、パソコン持参でＭの写真をたくさん持ってきてくれて、随分前の二人だけで撮れている写真を僕の宝物だと言った久しぶりのＡも来てくれました。迎え火はうれしいものだが、送り火はなんと悲しいものか。帰ってどこにさ。うちにいればいいじゃん。うちに帰ってくればいいじゃん……それでも燃える火を、ほうろくをまたがなければいけない。消えないうちに、風で吹き飛ばされないうちに……。

「気をつけてね。またおいで」

Ｅ、Ｃ、お友達も全員がまたぎ無事Ｍはどこかへ帰っていった。胸がいっぱいで部屋に戻ると、

「順番にお線香をあげましょう」

とAママが言う。ママ、E、そして皆がお線香を上げてくれるのを見ていたら、やっぱり帰らせるのはつらくなってきた。いやだと思った。ぼろけてるママはソファーで泣き台所ではなをかんだ。Aママはその間AとMの話をしてくれていた。中学で出会ったAとM。二人がどんなに仲良しだったかを。今日も来ることができないAの気持ちを話してくれた。そして十二時まで三本のお線香をたき続けるようにと言ってAママは帰って行った。

盆行事をしてくれたA親子の家の玄関のサンサーが点いたそうだ。誰も人が通ってないのに三回点いた。きっとAママの父親が来て、Mが来て、Mが帰った時だ、と言う。それで迎え火をする日、急いで来たと言う。

今日送り火をしてくれたA親子のママが言う。馬と牛の飾り物は寺で自分の父親と一緒に供養してくれると言う。

「だから捨てないでよ」

なんとも心強いAママであった。

夜寝ていた夫に話しかける。

「Mはきていないよ。どこにもいない。友達のうちかなあ」

「きっとオールしているんだよ」

寝ていたくせにうまいことを言う。

「ふふ、そうか」

「どうしても帰ってこれないのかなあ」「もう、どうにもならないの？」などという質問を夫にする私はその日「オール」という言葉を思い出し、少し笑って「M」とつぶやき眠りに落ちました。

悲しみや苦労を経験することで、どの様な時にでも幸せを感じ、人の悲しみや苦労も解る豊かな心になります。経験の少ない人は、楽しいことや嬉しいことだけが幸せだと思い込み幸せ探しの旅を続けます。悲しみや苦労は、悪いことでも不幸でもありません。誰でも経験することなので、否定せず素直に受け止めることです。この経験が、心を豊かにして、いつでも幸せを感じ取ることができるようになる、そうです。

サンフラワーオブメイ（チュンチュン）

三日経ち夫が言った。

「鳥、飼おうか」

「ダメよ、ゼンソクになる。それにあの鳥じゃなきゃ」

「マンションでも大丈夫なら犬でも」

「もう黙認してるから大丈夫だとは思うけど、こわいし下の世話もできない」

「いちどやれば慣れるよ。大変なのは散歩だな」

動物を飼ったことがない私はおじけづく。でも今の私達にはなにかが必要なのかもしれない。家族が心をはやらせ喜んだあの小一時間は、それを気付かせた時間だったのかもしれない。でも……。

アルバムが届く。AAより、保母さん達から、Moから、Rから、Cから……。写真が届く。保育園の先生から。お母様方から。Sからは高校生のMが。Dから、ここにはたくさんかわいい写真があって、皆に四枚セットのブロマイドとして配る。昨日はパソコンのゴミ箱から拾ってきたと数枚の写真も。手紙が届く。保育専門学校、Aからもらった Mの手紙。そして会う約束をしていたという十七日にお母さんとふたりでお焼香に来てくれた。ビデオが届く。Rのお友達が高校生のMの放課後風景を五分間見られるように編集してきてくれた。カセットが届く。園で毎朝流している園歌のピアノ演奏だ。未だ聞くことはできない。好きなお菓子が届く。梅しば、ポテチ（コンソメパンチ）。好きな食べ物が届く。カルボナーラ、まぐろ。好きな飲み物が届く。午後の紅茶、梅ワイン、DAKARA。そんなこんなが祭壇に集まる。

『R』は〝うちの子第一号〟と命名された。それは何年前になるだろうか、ソファーの前に掛け布団を持ってきて、寝そべりながらMとRがテレビを見ている。家族が帰ってきても寝ている。うちの子みたいだ。家でのんびりしてくれる。三人目の子どもだ。『R』は、うちの子第一号だ。その『R』が鉛筆画を書いてくれると言う。それをグループ展に出品すると聞いた。鉛筆派展、それは光と闇が造り出す鉛筆空間。七月にグループ展で発表される。案内状を届けてくれた。

夢の話を聞く。六月十六日。Moの不思議な話。Mのことを考えながらうとうとしていたら、Mが涙を拭いてくれたと。確かにはっきりほほに手のひらを感じたと。

「それは僕の役目」と思っているのか願い出てくれたと長女から聞いた。待機していた男の子達がささっと近寄り小さな白い棺を持ち上げた。それは夫が話すお別れの言葉を聞きぼおっとしている私が、Mの大きさにきづかされたうれしい瞬間だった。N、K、U、S、N、R、D、E、Iの九人だった。

「お料理が上手な奥さんになりたい」

と言っていたと聞いた。調理師のNに教えてと言ったそう。三十分もかけてノートにMへの言葉を書いてくれたSとNの二人はお話もたくさんしてくれた。四十九日までに来ることができなかったからこれからは僕たちの番と。お墓の地図を渡し、ブロマイド写真四枚セットを渡し、エッセイも、Mカードも渡した。


パソコンをしていたら、目の前に鳥がいます。ベランダの物干し竿の上から窓越しにこちらを見ています。グレーの小さな鳥です。逃げる気配もなく家に入りたそうにしています。パパを呼んでみました。ガラス戸を開けて網戸も開けました。すると家の中へ入ってきました。

五月二十六日はアメリカではメモリアルデーという戦死した軍人をたたえる国民の休日でした。アメリカでは鳥が家に入って来るというのは死を知らせに来たという意味があります。死者の魂が鳥となって飛んで来るのです。パンや豆をあげると食べます。水も飲みます。私達が見守る中テーブルの上に置いた器で水浴びを始めました。バシャバシャと水を蹴散らせ羽をはばたかせて気持ちよさそうに何度も。


Mと呼ぶと答えます。

たろう、「……」

ポチ、「……」
M、「ピピッ」
答えてる、とおねえちゃんもうれしそう。

ソファーに座っているパパの膝や腕や頭にも乗ります。「チュンチュン」と呼ぶと飛んできて、手からパンも食べます。飼いたい、でも死んじゃったらいやだからやめよう。バサバサと部屋を飛ぶ様子にお姉ちゃんはキャーキャーこわがりながら居間との境のドアをしめてガラス越しに、それでも手には携帯電話を構えずっとこちらの様子を見ています。ステンレスのざるでつかまえました。ベランダへ持っていって逃がしました。それなのにまた入りたそうにしているのです。ソレを繰り返して最後にベランダへ誘い網戸を閉めました。


Mと呼ぶと答えます。

たろう、「……」

ポチ、「……」
M、「ピピッ」

今まだベランダにいそうです。

三十分間の出会いです。ネットで調べたら死者の魂が鳥となってくる。または鳥が入った家に死人が出る。またはその家が火事になるとか。次の日まだベランダにいたら飼おう。

家と墓と市役所と社会保険事務所へ出掛けることしかなかった私は夫と一緒に青山へ行く。真夏の若い子でにぎわう街は太陽の光のせいだけではなくまぶしい。帰りはレストランで食事をしてからスカートをひとつ買い表参道を原宿まで歩く。こんな機会でもないとなかなか来ない場所を、昔を捜したり、今を確かめるように歩いた。

青山通りと表参道が交差したところにあるアートスペースへエレベーターで登り、うちの子第一号、『R』の書いた三枚の絵を捜した。そして『M』を見つけた。鉛筆で描かれている絵は写真の様に緻密だ。題名は……ラストショット？　最後の一葉？

額の下に書いてある題名に近寄ってみた。なんとステキな題名を考えてくれたのだろうと感謝した。海辺のチェアーに横たわり、はにかんでいるような笑顔の、その絵のしたに書いてある文字は……そこには、

「五月のひまわり」　―Mに捧ぐ―

とあった。

リニューアル・オブ・ヴァウズ（誓約の更新）

ラスベガスでの挙式を逃してしまった方におすすめしたいのが、『リニューアル・オブ・ヴァウズ（誓約の更新）』とか。既婚カップルが愛の誓いを再度確認しあうというものだそう。さあ、かんがえてみよう！

『ぱりんちゃん様。お誕生日おめでとうございます。Mのことでは苦労をしましたが、がんばりましたね。

これからはきっといいことだらけでしょう。がんばろう!!　ままりんより』

『ありがと。これからもズーっとよろしく』

これってソレじゃないでしょうか？

同じ日に誕生日を迎える長女が、いつも零時に時間指定をして一番にMからメールが入ると言った。

十二時は少し過ぎたがメールを送信した。

『E様　Mからの分も込めて、お誕生日おめでとうございます。

今年もいろいろがんばれ!!　まま』

『二人分ありがちょ！　がむばる！　ってゆかオマエモナー（笑）みんなでがんばってこ！』

リニューアル・オブ・ヴァウズ、家族の愛の誓いを再度確認しあうことができました。空元気かもしれないが家族がそういう気持ちになってきた様子がうれしい。

あと少し、もう少し、納骨が済むまで、初盆が終わるまでと頑張って三ヶ月経った今、藤棚にも行かなくなったママは家で泣くことが多くなった。納骨までの四十九日間に、たくさんのお友達にはげまされて助けられていたんだと思う。統計をとってみたら元気をくれた人、四十九日間に家を訪ねてくれた人は延べ二百四十二人だった。

そんな頃お友達主催のパーティがありました。パパとママとおねえちゃんが参加します。お留守番は可哀相なので紫檀のMも連れて行きました。紫の袱紗からテーブルに置かれます。みんなの顔が良く見える場所に。

「久しぶりだねえ、元気だった？」

と位牌をなでるN、自分の方へ向けるC。

スペインビール（セルベッサ）とシャンパン（ヘレス）、赤ワイン（ビーノティント）でだんだん酔っ払ってゆく。Rは新たな鉛筆画を披露し、Aからは手紙をもらう。Eからの富山名産ほたるいか、Yからの沖縄そばやマンゴーの御礼を言い、Sから秋田清酒（超辛口）を頂く。

スペイン料理はオードブル盛り合わせ（エントレメセスバリアドス）として、生ガキ（オストラスクルーダス）、チーズ（ケソ）、パテ（パテ）、サラミ（サルチッチョ）、スモークサーモン（サルモンアウマード）レモン（リモン）添えなどだ。

プール指導で段々黒くなる先生グループE、E、U、S、Uと、高校のR、S、A、保母のC、N、S、M、中学からのAとその友達。Aはその日茨城に行き明日Mの新居を訪ねると言う。宴会を中座して茨城へと向った。

「明日Mに会ってきます」

「気をつけて行ってね」

しばらくするとうなぎの稚魚（アングラスアラカスエ

ラ)とにんにく(アホ)が入ったあつあつスープが。バゲット（ボカディィージョ）につけて食べる。そして厚い玉子焼きのようなジャガイモ入りオムレツ(トルティィージャ)が。チキンのフライはセビリア風ひな鳥のトマトソースかけ（ポージョアラセビジャーナ）か。みなでたくさん話をして、たくさん写真も撮りながら、デザート（ポストレ）としてアイスクリーム（エラド）をいただき店を出た。

二次会へなだれ込む。ここでMが楽しんだ様子を垣間見ることができた。みんな歌がうまいし盛り上げ方が若いので楽しさ抜群だ。パパもママもおねえちゃんもつられて歌った。いつもはこんなにはじけないというEの踊りも見た。これは何度思い出しても笑える一品だ。楽しくしているとCが飛んで行く。その先をみると落ちている人がいる。膝を抱えて頭が垂れているおねえちゃんをかばうように、マイクを握りながらもテーブルの下をくぐってはいあがる。ある歌でDの動きが止まっていると思った途端、Cが宙を飛んでママもろとも倒される。ある歌では自分が落ちている。涙に驚く。部屋へ入れないで戻っていく姿も見た。楽しくもあり悲しくもありのカラオケが「世界にひとつだけの花」で締めくくられる。

「Mは率先して三次会へ行きますよ」

「そうなんだろうなあ」

円陣を組み気勢を挙げ三次会へ突入するというみんなに手のアーチで見送られてママとパパは退却する。

「今日はありがとうございました。たのしかですよ！　ありがちょ。久しぶりにみんなで集まってなんだかいい感じ。またCと一緒に遊んでください！　E姉借ります」とメールが来て返信をする。

「こちらこそ楽しい時をありがとう。若いっていいなと思いました。皆さんにもよろしくね」

友達とMとの関係も、きっと『リニューアル・オブ・ヴァウズ（誓約の更新）』されたのだと思った。

家へ帰って紫檀のMを仏壇に納めました。

「あんたはバカだねえ」という言葉を飲み込みながら……。

ビーノ（ガチャポン）

「二〇分後追い炊き頼む」

とのメールが入る。風呂を追い炊いておくと、すっかり凍えてガタガタ震えながら帰って来る。手を握らされて氷のような冷たさに驚いたりもした。毎日の通勤に使い、ピアノのレッスンに通い、悩みがあるとT湖まで行き、KBJに遊びに行き、雨が降っても雪の日も、それは、友達というかすっかり体の一部となっていたようだ。

Mのバイクは黒の「VINO」。
Cのバイクは赤の「ジョルカブ」。
Miのバイクは「CREA」白。
Siのバイク、免許取得中。
Techのバイクはガチャガチャ黒ぎみ。
Echのバイクはボロボロのバイク黒の「JOG」かな。
Moのバイク、免許取得中。

『ガチャポンでVINOあてようあてようとがんばってためたらね。今日さいごにVINO（紺）がでたのお。やったあ。ほんとにうれしかったんだ。みんな（ママ、Eっち、Si、Moちぃー、パパ）喜んだというか、んなかんじ。なんだかさ、うれしいんだ。まだまだバイクの人いっっぱいになーれ！！！』

と、ノートに書いている子がいました。ガチャポンとはコンビニなどにおいてあるケース入りのおもちゃです。中身が見えないので欲しいものに当たるまで何度でも買ってしまうというものらしい。何かしてあげたい、何かをしなくてはならない気持ちになり、ある女の子はそれを捜すことに熱中することにしたと思われる。

祭壇の前にどんどん集まるバイクの模型を見て、ある日もうひとりのお友達が店先でみつけ一つ買ってきた。そこで捜していた色のバイクが出た。皆喜んだが毎日毎日コンビニのコーナーから、Mのバイクと同じ色を出すまではと頑張っていた女の子は複雑な表情をした、そうだ。あとでそれを注意され、あてた女の子の気持ちを考えろと怒られたりしたそう……それでももう一度自分があてたいと新居への引越しに出発する二十五日まで続けると決心する。

バイクで店を捜しとうとぅFCまで行ってしまったと言った。結局その日はなかったのだが、見たら近所のコンビニにあったとか。翌日に昨日の分もと二つ買ったと言った。祭壇の前の座布団に座りお線香を上げてからケースを開ける。一つ目は昨日の分。赤いバイクだった。あさってが四十九日という日、明日は新居へ移動する日、今日が最後という日、最後のひとつ……。がさがさ……。

一瞬の沈黙の後、

「きゃー、やったあ」

「うれしーい、ねえ、見てょ」

最後の最後に黒のビーノが出たのだった。嘘のようなホントの話。ちなみに黒は限定の特別仕様なので一般的には紺色だ。祭壇の前はバイクの模型がいっぱいだ。Aの代わりに何度もお線香をあげに来てくれるAママがそれらを入れたらいいとふたつきガラスの入れ物をたくさん持ってきてくれた。墓に集まる思い出の品や小さいおもちゃを入れたらいいとアイディアもくれる。墓にもふたつ置いた。皆がいろいろ考えてくれることがうれしい。

先日はマンガを入れてきたとNが言ぅ。

「それはMが一番好きな本、喜ぶよ」

とおねえちゃんが言ぅ。誰が入れたかミサンガが入っている。ママはフランクリンミントのオルゴールを入れた。今度行く時はシガレットケースとライターを入れよう。

『Mぇ。H一六・五・二三Pm七：三二。えーっと、Mの家に通ぃ始めて何日目？？　もぅー分からんっていうぐらい来すぎてるぅ。まーいいでしょ。でもごはんは食べすぎててごめんなさい。Mちん。ママもパパもごはんおいひく作ってくれてるよぉ。Mがたべなかった分Cがいっぱい食べちゃぉ。今日の紅茶ケーキおいひかった？あのにおいーうまそうでしょ。Cはやっぱりおうち一人つまらんので、人といるのがほんとに幸せじゃ。家族といることをもっといっぱいがんばんなきゃだけど、今は友達といることで淋しくないから、かあさんたちごめんなさい。Mがいっしょにいてくれてて、Cはまいにちがんばれた。↑こんなことはてがみかいた時に伝える。やっぽ。

Mのママもパパも E姉もいつも笑顔で迎えてくれる。

Mみたいぃー。それに甘えて来すぎてるぅ。これからだって‼ 来ちゃうもん。あと少しだけ、みなさんがまんしてね。おねがいしまふ。こんなにCはひまだったんだょぉー。知ってたM？ その分いっぱいいっぱいMといればもっとMを知れたんだろうな。だから、これからのCのうれしいことも怒ったことも泣いちゃったコトも伝えに来た時はきいてちょ。あぁーーーーかきすぎた？！ほら、C、いつも一人でずっとしゃべってるじゃん。まだまだほんとは足りんけど、今日はこの辺でおーしまい。まだ近々ドライブしに行くから楽しみにしてて。あんなにきれいな所にCがMをつれて行くなんてMは幸せ者。あーMといっしょに見れるCとSは幸せ者か。またにゃーばいちゃCちーより。』

ママは娘の二十四歳のバースディプレゼントを用意していた。Mが仕事から帰ってきたらベッドの上に置いてあるプレゼントを見たはず。そのバスローブはCちゃんにもらってもらおう。サイズも考えて買ったものだから、同じ身長のCちゃんにぴったりのはず。これまでの皆勤賞としてもらってもらおう。四十九日通って家族のようになったCちゃんが、お友達の結婚式での着物姿を見せに来る日、そしてMが新居の地へと出発するその日に。

現在の走行距離は「一七三、一七三キロメートル」だ。

「私も取ろうかな、バイクの免許……」

保母グループがバイクの免許を取る話をしていて、それを聞いていたお友達が言った。今ＩＳ家ではバイクがブームだ。

<二〇〇四・〇七・一五　Mへ　すごいひさしぶりぶり。もう二ヶ月もたったのかあ。あーでもまだ二カ月って感じもするしなぁ。あしたねぇMｏっちと原チャリの免許受けに行くんだー。二回目。おちたのこの前。Mなら笑ってくれたはず。MｏっちはｍのともだちだからMがつなげたんだよ。すごくない？ あなた。じゃ、ピザ食べてきます。いただきますすっっす。Ｓｉより

<H一六・七・一五　お盆っていったい、いつからあるんだろー？ 誰がつくったんだろー？ 帰ってくる、帰っちゃうなんて関係ないね、いつも、いるもん‼明日Nと原チャとり行くよ‼ 受かりますように☆　Mｏ

＜H一六★七★一六（金）イェーイ!!　Nとふたりそろってついについに、原チャ免許GET！　MのビーノのMのお守りのお陰だね。ありがと。もっと早くとっておけば……。まっ過ぎた事は仕方ない。これからだね。見守っていてね★では、またオヤスミン。Mo。

「ビーノに乗ってみるか」

目医者に行く時にチャレンジしたパパは、ブレーキの場所を忘れて転び、膝や腕やすねに大きな擦り傷を負いあきらめて自転車で行った。瞳孔の写真を撮ったので視界がぼんやりとして自転車でもやっと、バイクでなくてよかったと帰ってきた。

Eはこの頃ビーノでバイク通勤をしている。満員電車に乗らなくて済むし乗り換えもなく快適だとか。

「今度茨城に行った時に練習する!!」

いつでも行きたい時に行けるとバイクの免許を取得した子達に刺激され、免許取りたてなのにレンタカーを借りて頑張って茨城まで行った子にも刺激され、マニュアルしか運転できないママもオートマにチャレンジしてみようと思った。実際墓の駐車場で練習をした。コンビニ、ミニストップから霊園までの一キロを数台の車とすれちがいながら運転した。市道へはまだ出ていない。高速は……課題だ。みんなが影響を受けて向上する!?

Moのバイクはクリーム色のホンダリトルカブ。愛称はカタカナで『M』としたそ+う。「M、行くよ」って言うそうだ。これなら事故んなそうだからって……。でもMはスピード狂だったけどって……。

ちなみに自転車の愛称は『チバクン』だとか。

コンフリクト（葛藤の夏）

急に言われる。

「水着どこだっけ」

「ゆかた出しておいて、明日着るから」

「これから友達来るから」

全く忙しい夏だ。忙しい夏、だった。

レーザー光線で浮き出た3Dのキリストが仏像の位置

を占めている。しまってあったイーゼルを持ち出し、仏壇の前に置いたその画架に大きい写真を飾った。今は浴衣姿と、お姉ちゃんが天使の羽がありそうだと言う写真の二枚だ。それは季節によって替えられるように工夫した。

今年の夏は暑かった。でもそういう意味での忙しさはなかった。ゆるやかにやっとやっと一日が過ぎてゆく。家族それぞれが何かと戦いながらやっとやっと一日が過ぎる。私は仏壇に供えたお水を次の日ベランダのサボテンにかける。どんどん枯れる花の水切り、水替えなどお花の管理をする。家族それぞれがMのためにできることを捜す。今年の夏だった。

「楽しき出会いを、イ、楽しき別れを」そして「サルー」とグラスをかかげます（スペイン語で「イ」とは英語の「アンド」という意味です。サルーは乾杯の時の言葉）。画架に飾られた写真の前での今日の集まりも魔女の乾杯で始めました。そして久しぶりでノートへの記帳を提案しました。パパが家にいるとむりじぃをしてはいけない、断れないだろうから申し訳ないと言うが、今日はまだ会社から帰ってないし、みんなは張り切ってボールペンを捜し、筆ペンを使い書いてくれていた。

Noが話してくれる。

「しばらく会っていなかった子でもさっと集めて楽しい集まりを作る。どのグループでもMが中心なんです。あの子はすごい子だよ」「他のグループがあることを知った時はショックだったけど、それも認めようといい仲間だったんだろうなと思う」そして専門学校の時、交換したたくさんの手紙をとっておけばよかったと悔やんでいた。

Uが伝えてくれた。

「S君が自分のノートの文ちょっとまずいところがあるので心配と言っていた」

Noと見てみた。「すき」はみんながすきなんだしとてもいい文で大丈夫、と判断したがSくん、いかがなもんだろう。おわびにママからの言葉を見せてしまおう。

Mへ。ママより（一六・〇九・〇九）「今日ひさしぶりにノートを書いてもらった。おねえちゃんの目が腫れた。思い出さないようにしていた「ごめん」の気持ちを思い出してしまったと言ってた。No、Na、U、Miの四人が来てくれた。昨日ママは疲れきっていたけど今日の支度をして無事パーティをこなしたらまた直った。みんなに元気をもらったということなのね。これもMのおかげということだね。明日はMoが来るって。あさってはママ達が行くよ。台風も地震もあったけどこわくなかったよね。大丈夫だよね。」

　こんな暑中見舞いも出した。ママから（Mから）お友達への最後の手紙として。

『今年の夏は暑かったですね。お元気ですか？　Mといっぱい仲良くしてくれてありがとう。これからもみんながんばろう。応援してるよ。ファイト!!　二〇〇四年夏　〇〇（M）より』

「絶対泣くから読んでみな」

　とMに勧められた本『天国の本屋』。完成しなかったピアノ曲。二度とあがらなくなった〝恋する花火〟「天国」と「地上」が交わりあいながら、結ばれなかった恋人たちに今、奇跡がおこるー。大切な人を失ったあなたへ。大切な人をのこしてきたあなたへ。―永遠の始まり―。

『世界の中心で愛を叫ぶ』はMが見た一番新しい映画と聞く。そのひとつ前は「キリストの残酷な映画」だとか。『世界の中心で愛を叫ぶ』のテレビドラマの最終回を見ているとおねえちゃんがチャンネルを変える。ママがムダに悲しむのであろうことがいやなのだとか、重ね合わせてるであろうことがいやだとか、へんな理由でがんこになる。画面ではあの時とそっくりな葬式風景が繰り広げられている。チャンネルが変わる。ちょっと見せてと言う。いやなんだよね、なんでよ、と言う。そしてまたママが悲しむのがいやだとか、重ね合わせるのがいやだとか、女の子が泣いているけどしょせんお芝居な訳でなんにも悲しくないんだよね、などと言う。当たり前じゃない、お芝居なんだから、ドラマなんだから……、お姉ちゃんの方が変、だと思う。

　携帯に入ったメールを仏壇の前でMと二人で見る様にしながら読む。小さい声でこちらには聞こえない。次にMひとりで読むように中に向け、読み終わるぐらいの時間見せている。そして風のように自分の部屋に去る。Mへのメールは減ってきたけどまだあると言う。内容はすべてMとおねえちゃんの腹の中。私達には伝えない。

　この頃、M宛の手紙を私達が読むことにも疑問を持つようになった。お友達はMだけに書いている訳でそんな内容もあるかもしれないし、思う存分書けなくなるのではないか、ましてインターネットでアップされてアルファベットとはいえだれかということも想像できるような状態は良くないのではないかと疑問を持つと。

しかしパパ曰く、「友達も私達に向けても書いているんだろう」と言う。仏壇横に積んでおくだけでは誰も読まないのと同じということだ。現に手紙に感動しながらキーボードをたたく私がいる。泣かされる、そういう方法でも私が癒されているのかもしれないと思うのだが……。この頃家族の中で小さな葛藤が渦巻いている。

今日話し合い、友達の文はエッセイに入れない。手紙も個人的な内容があるものはアップしない。Mの気持ちを考えるお姉ちゃんの望むように。パパも私も同意した。

いいお姉ちゃんがいてよかったね、M。

ドライブスルー（墓参り）

妻を失った夫は寡夫と呼ぶ。

夫を亡くした妻は寡婦という。

親が亡くなった子どもを孤児という。

子どもを亡くした親の呼び方がないのは、その痛みを表す言葉が無いからという記事を新聞に見つけた。夫もそれに目を留めていた。

墓が千ほどもありそうな霊園は家が独占状態だ。広い駐車場に一台も車がない。入り口を入ると右側に水子地蔵が六体並んで迎える。中央の石のオブジェを回りその先にある階段を登り二フロアーに行く。突き当たりの三フロアーに登る階段の手前で右へ曲がる。奥の方にレースアイアンで出来ているガーデンセットの椅子が見える。白い椅子に近づいていくと奥から二番目がMの新居だ。かわいい小さな墓だ。

県営で常駐の管理人もいないということで心配だったが、逆にのんびりできていつ誰が行っても平気だし、いつまでいてもいいし、通路は広く色石が配置されている。低い植木が並びそれは丸く刈り込まれて広々している。墓の前の通路に大きなシートを敷いて酒盛りでもパーティでもできそうだ。それを想定してか「桜がないかなあ」と捜していたし「植えちゃおうか」とも言っていたし。

静かな霊園の中で、今日も家の墓は色とりどりの花一杯でお友達もいっぱいで華やいでいる。今回初めて来た子は墓の前の御影石の上になんと正座をした。そして姿勢良く拝んでいる。そんな姿に笑いながらも感動した。ふたり目の子は四回目だ。一回目は納骨の日。二回目は個人的にふたりで。三回目はひとりで。その時は駅から墓まで歩いたと聞いた。今年の〝記録的な夏〟の盛りに二時間かかったと言ったその子も正座した。

三人目のお姉ちゃんはどうするかと見ていたら、やはり今日は正座をして拝んでいたので次のパパはどうするんだろうと思う。膝が痛いのかいつも中腰のようにしていたが、今日は片膝ついてロミオだと言われる。ここまで変則が続くとママもなにかをしてMを笑わせなくてはいけない。そこで考え教会式にした。私は正真正銘マリアだから両膝ついて手を組んで祈る。ジュリエットだと言う声を聞きながら……。

右隣が空いているので〝庭付きの墓〟と石屋のおじさんが言った。その庭に先月はなかった藤色の花がたくさん咲いている。夏の厳しい口差しが秋の気配を感じさせる光に変わってきている。皆で無言で墓を眺めながらいたら、

「今度はここに座布団がいるな」

とパパが言った。

墓においたガラス瓶の中に、雨が入り込み蒸発した水滴が見える。何度かあった雨の日、そして先日の大きい台風のせいかやはり瓶の中に雨は入り込んでいた。その中の小さいおもちゃやなんかを日に干すために、左隣の墓の囲いに並べる。ちょっと線香を置いたり、ライターを置いたり、バッグを置いたり、椅子代わりにもしちゃったりと左隣の囲いにはいつもお世話になっている。

マンガ本「ＮＡＮＡ」は水を吸って二倍に膨れていた。そのまんまが本の読み聞かせが始まった。保育園の先生と養護施設の先生の笑い声が聞こえる。登場人物の女はＭｏ、男役はＣなどと役割分担をしている。ひとしきり終わると今度は墓石にふざけて抱きついたりしているが、本気で抱きつきたいんだろうなと思う。

お姉ちゃんは墓の後ろに回りこむ。そこがＭに一番近い場所と知っているから。姿が見えないと思うとそこへかがみこみ帽子を深くかぶって話をしている。近ければみんなそれぞれひとりで来たいんだろうな、と思う。

お姉ちゃんはいつもＭの水呑みの場所を水洗いしてからきれいに拭いて、フランスの水ボルヴィックを入れる。ドライブスルーの墓参りができることを発見した。車があると花やバケツや線香や帽子や日傘や色んなものがす

ぐ取り出せ、また、ちぎった葉っぱや花の包装紙などのごみも乗せて帰る時に駐車場のゴミ捨て場に置いていけて非常に便利だ。暑さしのぎにもなるし。先日は三人だけで行き、車の中でロッテリアのバーガーを食べながらMと過ごした。家族の贅沢な時間を過ごした。

Mが新居に移り三ヶ月経った頃、お友達のDもドライブスルーをしたみたいだ。左側に側溝がある道を、左に曲がると今度の側溝は右側になる。車が脱輪しそうになるって言ってたから。そしてさぼてんに水をあげるとも、おもちゃを隠してくるとも言った。

それはお返しなのだとか。いたずら好きのMがD宅に遊びに行き、帰ったあと消しゴムの裏にドラえもんの絵がかいてあるのを発見したりするそうで、そのお返しなのだとか。そういうものが雨にぬれないように、風に吹き飛ばされないようにとガラス瓶の中に入れるようにしたのだった。

今日もドライブスルー方式で車をここまで入れた。そこへ赤い車が到着する。駐車場を素通りさせて、墓のまん前までパパが誘導する。降りてきたのは幼稚園の先生ファミリーだ。彼女はここへ来ても泣く。Mとお友達ひとりひとりで写真を撮りましょうというAママの提案で墓石に覆いかぶさるように抱きつくようにそれでも体裁をつくり……そんなポーズをとる。話しかけてもうなずくのがやっとという感じだ。ポロッとこぼれ出す涙を見た。車で来たのに一人で電車で帰るとか、赤い目をしてとにかく早く帰りたいと言う。辛くてたまらないという。Aは泣き虫だ。

茨城の家に寄る。お母様は医者で腰のマッサージを受けていて留守だった。二階のMが寝ていた部屋を見せる。ますます辛くなったようでA親子はすぐに帰った。Moは二階の音楽室に三台あるから持って行っていいよと叔父さんに言われた電子ピアノをゲットした。今日は花が一杯だったので持ち帰った赤と白のバラ三十本を、医者から帰ったお母様が喜ぶ様子が可愛かったとおねえちゃんが言う。これから茨城へもお花を持っていこうと思う。

Mへ。ママより（一六・〇九・一二）

「昨日はみんなでMの新居へ行ったね。MoとCとAとAママとAパパが来てくれたね。ドライブは楽しいけどこんな風に楽しいことがあるのにMとは楽しめないなんて辛いね。あんたがいたら何倍も楽しかっただろうに。

ずっとわらいどおしだっただろうに。茨城にも立ち寄って二階のMが泊まった部屋も教えたよ。おじちゃんはその部屋に写真を飾ってくれている。今日はなんだか疲れが出てみんなぐったりだよ。体も心も疲れるよ。今日はおねえちゃんとビーノの洗車を初めてした。そして蚊に食われた。Mの新居はいつも花が一杯できれいだったな。またすぐ行くからね」

妻を失った夫は寡夫と呼ぶ。夫を亡くした妻は寡婦という。親が亡くなった子どもを孤児という。子どもを亡くした親の呼び方がないのは、その痛みを表す言葉が無いからだそう。それは深く、長く、永遠に続く痛みだ。レールが切り替わり人生が変わった。もとのレールには戻れない。どんどん離れていくあせり、喪失感。今のレールはどこへ行くのかもわからない。忘れることはありえないが、あきらめ納得する日がくるかもしれない嫌悪感。

これは私達に考える責任があるように思えた。

血族、姻族、直系卑属、直系尊属、養子、法律上の結婚をしていない両親の子供は非嫡出子、そして寡夫、寡婦、孤児がある。思いついたのが『祈親』だ。（きしん）と読む。祈る親の姿だ。何度もごめんねを言い、辛かったねえ苦しかったんだねえと言い、神様にMをよろしく、と祈りをささげた。これは子どもを亡くした親の呼び方として一番相当なのではないだろうか。第二候補として『祈樹』（きじゅ）と読む。親と言う字は木の上に立って見ると書くと言われる。祈る樹だ。そういう意味から。第三候補として……。

その次女が発見した。手帳を三冊持ってきてその日を見せた。九月二十九日だ。その日は三年続けてひどい喘息を起こしていることをみつけたのだ。季節の変わり目、台風が来る時期には気をつけてと思っていたが、やはりこの日辺りは確実に喘息に見舞われる可能性が大ということなのだ。九月二十九日！　この日が、喘息におけるXデーだ。ゼンソクの九月がきた。今度行く時には薬を届けよう。

ドリームズカムトゥルー（秋のお彼岸）

ミニストップを左に曲がり栗林を一キロ走る。予想としては三台だ。

いくらお彼岸といっても、いつもは駐車場がほとんど空なので、今日もあっても三台位だろうと夫は言う。霊園の入り口を入り駐車場を見る。二十台程もあった。さすがに日本人だ。お彼岸にはみな墓参りをする習慣が定着している。駐車場にも正面の石のオブジェのあたりにも送迎のハイヤーが待っている。千ほどもある墓のほとんどすべてに新しい花が供えてあった。それはそれはきれいだ。一瞬ここは天国かもしれないと思うほどだった。

車で墓に向っている時携帯が鳴った。高速を降りて十キロ、ジャスコを左に曲がる直前だ。夫のバッグのポケットにある。誰からだろう。義弟からだった。お母様と一緒に墓で待っているという電話だった。急いで行こう。ウン？　ジャスコで曲がり損ねてまっすぐ来ている。ちょっと気をとられるとこうなってしまう。地図どおりではないがこっち方面だろうとカンを働かせるが途中でまちがった。時間をくって墓へ到着する。

今日はドライブスルーは遠慮した。桶に水を入れひしゃくもいれて持って行く。白い椅子にお母様が腰掛けている。腰が痛いのに駐車場から階段を上がりよく来られたねとパパも感心している。二人もドライブスルーは今日はできないと思ったと言った。もうすっかり掃除も終わり花がたくさん飾ってある。お母様が墓に置いたサボテンが霜にやられるのが心配だから一度引き取りたいと言っていたが、この日もうすでに持ち帰ったようだった。おじちゃんは墓守と称していて花屋とも仲良しになったそうだ。

ガラス瓶に貝があった。墓の前に石で作った円がある。ミステリーサークルだ。自然にできたものではない、誰かが意図的につくったものだろうと話す。そしてだいたい見当がつく。それらを写真に収める。月命日の日ひとりのご婦人が熱心に拝んでいたのを近所の人が見たと、お父様に知らせてくれたと言う。墓には背の高い花が挿せる花立があった。そこには白い百合が……。この謎は解けないままだ。今日私達はガラス瓶に、メジヘラーとフルタイドとホクナリンテープを入れた。それらはゼンソクの薬だ。これでなんとか治まるだろうと思う。

二人は先に帰り家で待っていると言う。私達は三人で墓に残る。お姉ちゃんのためにママとパパは墓をうろつく。お姉ちゃんのためにMの写真を墓の裏に置いてから。ときどき見に戻るが今日は墓の真ん前の御影石にずーっと座って話している。いつものように裏に回ればMの顔があるのに、きっと喜ぶぞと思うのだが。

多分驚いたであろうその瞬間も見逃して小一時間たち、私達も引き揚げることにする。今日自宅には小学校時代の友達が訪ねてくれることになっているのだ。帰りはお姉ちゃんが運転をする。ミニストップでお昼ご飯の弁当をしこたま買い込みそしてまた道に迷う。工事現場に入り込み大きなトラックと正面……衝突はしないが、そこでパパと運転を替わり作業場の空き地へバックする。いつもの踏切より一つ向こうの踏切をわたり茨城の家に到着する。

お昼を急いで食べてから、持っていった黄色い百合と黄色い(名前がわからない)花を花瓶に生けて玄関に飾ってお母様を喜ばせる。お土産は紫蘇のお酒とお母様の好きな栗かのこだ。持ち帰ったサボテンは今日四つも花を咲かせていた。前回の忘れ物、タバコとライターとサングラスを受け取り、おいとまし一路東京へと戻る。今日のルートは常磐道から外環道路の大泉インターを超えて関越自動車道を所沢まで来るという方法だ。どこを通っても時間的には大差ないことを知る。

「ピンポーン」

茶碗蒸しを作り寿司を注文し唐揚げをしぎりぎり間に合った。今日九月二十三日、A、K、Maが来た。小学校時代の四人、A、Mi、H、Kが先日Mの新居を訪ねた時の感想はというと、満喫して帰ってきたと。その時はHがコンビニで梅しばを買ったそう。墓へお供えしてから皆でカリカリたべた。Mの好物を知っている。ヒットだ。粋なことをしたとの報告を聞く。Kは昔の家の近所に住んでいて一緒に英語を習っていた。私道でおままごとをした、リスになりきって遊んだ、という話をしてくれた。その子は学芸大を卒業して今小学校の先生をしている。二年生の担任だと言う。MaはMと同じ夢を叶えて保育園の先生になっていた。

みな昔の面影を残してそれでも立派な大人に成長しているのを確認した。小学校時代の同窓会の二次会でカラオケに行ったがホントに歌が上手かったという話にもなる。私も歌手デヴュー？　などと思っていた。あえて親バカとは言わない。あのテクと声量、リズム感。高音もむりなく出ることに驚く。パパも感動したと言った。上手いと知っていても聞くと感心する。なんとかしてあげたいと思いつつ日が経った。私が藤圭子でないばっかりに、つてがない、と思っていたことを思い出した。

その時に合った選曲、歌詞を覚える情熱、無理がなく楽しい。それによって雰囲気を盛り上げ友達と楽しい時間を過ごせたわけでそれは充分に役目をはたしたのではないか。好きな歌は「未来予想図Ⅱ」（ドリカム）「ガーデン」（シュガーソウル）そして安室？　MINMIの「The Perfect Vision」は圧巻だ。

「もし歌手になったら彼とは別れることになる」

と言ったことがある。

「じゃやらない」

と即答していたっけ。でも自分の歌があったらいいなあと言っていた。日本人全員にそれぞれ自分の歌があったらいいのにと言っていた。きっと「歌」を「音楽」を、それよりなにより「彼」を愛していたのだろうと思う。


Aの仕事場であったディズニーランドをたびたび訪ねたというMは、とおくからでもAを見つけて手を挙げてピョンピョンと跳ねながら近づいてくるからすぐ分かるのだと言う。

そのAは小学校二年生からのMの手紙を全部とってあると言った。こーんなにあって持って来ようとしたけどこーんなにあるからやめたけどって。Aは学校へ行かない時期が数年あってその時もMはずっと手紙をくれた。がんばれとか学校の報告じゃなく、ふつうに今日なに食べたとか、私は何がすきとか。そんな手紙に助けられた、今生きていられるのはMのおかげ、感謝してもしきれないと言って泣いた。

お母さんが大好きだったと聞いた。お母さんの話ばかりする。二人はセットだったなどと言う。そこで「家ではけんかばっかりしてたのにね」とパパが言う。

墓で「M、また来るよ」と言い、家に帰ると仏壇に「今帰ったよ、ただいま」と言い、ホントのMは墓にいるのか位牌なのか遺影なのかイーゼルに掛けてある写真なのかわからない、とお友達の前で泣いてしまったママでした。


Mごめんね。

黄色い（名前がわからない）花、は「オンシジウム」だとヨーカドーの花屋が教えてくれた。

オクトーバーレイン（花束）

そのNが来た。やっと来ることができた、五ヶ月の間たくさん泣いたと言うその人は、今日ひまわりの花束を持って来てくれた。玄関に顔を見せたNと、廊下を走って迎えた私は、話すことができなくて挨拶もできなくて、少し笑いながらうなずきながら、その花束だけがNから私の手へと移った。

「十月のひまわり……」

とNの初めての言葉が聞こえてまたうなづく。朝からしとしとと雨が降り続き寒いくらいの日だった。この奥さんとは年令も同じ、結婚した年も、子供の人数も、そしてそれぞれ同じ年に生まれている。昔フルートを習い、手芸が好きとなぜか人生ぴったり重なっています。近頃はフルートやフラメンコのコンサートへ誘ったり誘われたり、お食事をしたり、マリアとクミエール、ジュリエッコと姫などとメールでお話ししたりしています。

Nは今、老人ホームの受付の仕事をしているという。月四十万もする入居費用だという老人ホームでの仕事はとても勉強になるそうだ。そこで一緒に働いている人も良い人ばかりだと言う。ホームに面会に来る人の応対をする。孫が訪ねて来た時「何年生？」などと声を掛けたりするそうだ。

その日、その子が帰る時、どこからか声がするような気がしたそうだ。その声は、

「名前を聞いてごらん……名前を聞いてごらん……」

と言っている。でもいつもそこまで聞くことはしない。もうお母さんに手を引かれてドアの向こうに行きかけていた時、また声がする。

「名前を聞け……名前を聞け……」

と胸の中で頭の中で声がする。

その声に逆らえずに、閉まりかけたドアに向って叫ぶ。

「ちょっと待って下さい。あのう、お名前は？」

と変なタイミングだったが聞いたそうだ。その子のお母さんが替わりに答えてくれた。

「Mです。澪つくしのMです」

「あぁあ……」

名前のあとの言葉はどうでもよくトイレに駆け込んで泣いたと、不思議な話をしてくれた。

【幼稚園児のMちゃんです。白いカーディガンを着てこ

ちらを見ています。Mちゃんはにっこり笑っていて可愛くて私がなんてかわいいんだろうと見とれてます。ふと気がつくと私の左隣にはマリアがいます。
　そこで私は二人がビデオを見ていることに気づきます。Mちゃんの両隣に女の子が二人いるのですがそれが誰なのか私には特定できません。そのうちどこからか男の子があらわれ三人の周りを遊びながら行ったりきたりしてます。その男の子とMちゃんは互いになにか強い引力を感じてます。男の子が画面から出たり入ったりしていてMちゃんが前にでようとしてパタッと前のめりに転びその瞬間私はあっあぶないっ！　そこで目が覚めました。デジタルが六時六分を表示してました】
　話していて気づきました。その日は九月十日。Mちゃんの月命日だったことを。

　先日のメールでも、「夜、長野に向かう車の中で主人に、朝方Mちゃんの夢をみた話をしてました」と始まる話を聞かせてくれました。その人とは子どもが幼稚園の頃、毎日のように会っていた。お姉ちゃん達を幼稚園に送りそのあとお互いの家でお迎えの時間まで過ごし一緒にお迎えに行く。またそのあとも夕方まで一緒にいたりしたものだ。その後ピアノのレッスンやリトミックを受けているお姉ちゃん達を妹弟と一緒に待っていたりした。そしてそれはお姉ちゃん達が小学生になりひとりでレッスンへ通うようになるまで続いた。Nが隣町へ引越しをしたその頃からあまり会うことはなくなっていた。親同士はたまに会ったりメールでお話をするようになってはいたが……。

　そして先日、しばらくぶりでウチの子ども達と会った。あの時小学生だったお姉ちゃんは大きくなっているし、Mちゃんはきれいになってお人形のようで、それでも棺の中にいる。その現実にまるで浦島太郎になったみたいだと思ったと言う。二〜三歳のMの写真をレイアウトしてプリントアウトしたものを持って来てくれていた。大きい口をあけて何かを叫んでブランコをこいでいる。校庭の朝礼台のステップに腰掛けて首をかしげている。赤黒チェックのスモックを着ているM。それを見せたら「元気元気な子だね」とパパが言った。
　社交ダンスに誘われた。スペインに連れてってとも言う。そろそろ元気を出さなくてはいけないかもしれない。話をして昔のように大笑いもする。Mの真実もお話しする。写真を見てまた泣きもする。

『「おばちゃんMでーす。フフッ」

　何年か前、電話で話したのが最後でしたね。あの時Mちゃんはなんだかとても楽しそうでした。Mちゃん。おばさんの涙がいつまでも乾かないのは、Mちゃんの家族と密度の濃い時間を共に過ごしたからだね。それはお姉ちゃんの幼稚園時代からはじまりました。私達はいつも一緒でしたね。幼稚園がおわると両方の家を行ったり来たり食事もよくしたね、一橋大にもよく遊びに行きました。ママは大きな枝の垂れ下がった木を恐いといって近づこうともしなかったっけ。

　パルコにもよくお買い物に行きましたね。音高のお庭でお姉ちゃん達の終わるのを待っていたよね。今から思うとあの頃が一番ゆったりとおだやかな時間を過ごしていたんだなーって思います。

　おばさんはMちゃんのことで忘れられないシーンがあります。いつものようにママ達はショッピング。あさひ通りで暑い日でした。まだベビーカーに乗っていたMちゃんの顔に強い日差しがふりそそいでいました。「わっMちゃん暑かったでしょー」でもMのまつ毛に気がついたおばさんは「Mのまつ毛なが〜い。それにまっすぐ揃っててブラインドになるよね」って。どうでもいいようなことなんだけど、この時のこのシーンだけはその後Mたちと小学校が別々になってからも何度も思い出していたんだよ。写真のワンカットみたいにその顔が今でもはっきり浮かびます。

　おばさんは式場に向かうのが怖かったです。入口のIS家を見たときはやっぱりホントなんだ……ますます足が重くなりました。次に書かれているであろうMという字をどうしても見たくなかったからです。Mちゃんはまるで眠っているみたいでした。とてもキレイでした。いつの間にか二十年が過ぎていたんだね。あの頃、こんな別れがくるなんて誰が思うでしょうか。おばさんはママのことがとても心配です。ちゃんとご飯食べてるかしら、眠れてるかなって。どうぞママ達をみまもっていてください。

　Mちゃんを乗せた車が去った後、しばらくただただ呆然としてました。皆そんな感じでした。そうしたら中からMちゃんのバイクが運び出されてきました。あそこに置いてあったくらいだから、Mちゃんといつも行動を共にしていた相棒なんだなって……思わず眠りから覚めた

Mが「おばちゃん！　Mで〜す」って、バイクにまたがり手を振ってくれたらどんなにどんなにいいだろうって思ったよ。パパも言っていたよね。友達つくりの天才だって。おばさんもそう思ったよ。Mはたくさんのお友達に囲まれて楽しい青春の時を過ごしたんだなって。Mちゃんおばさんの中のMちゃんはいつもニコニコしていたMちゃんです』

食事が済みデザートの時、玄関のチャイムが鳴った。Aママが立っていた。今朝Mの夢を見た。笑っているので抱きしめようとしたら透きとおっているように抱きしめることができないという夢を見たと。

「今友達が来ているのよ」

と言うと帰ろうとしたAママをNと会わせた。

「はじめまして」

と挨拶を交わしていたが、この二人は会ったことがあるはずだ。多分二回も。それは五ヶ月前、夜になって雨が降りだした通夜の日と、五月晴れの旅立ち、葬式の日に。

Mママは元気にしてるかと私を心配してくれて来たというAママは、今日も特注であるM仕様のかわいいブーケを手にしていた。この夏どんどん枯れてしまう花と格闘している時には、大変でしょうと生花のブーケに織り交ぜ、ひまわりの造花も持ってきてくれた。

夜になり、保育園の先生であるCが来た。CはMと違っていつも居間にいてくれる。Mと違って家族と一緒にご飯を食べてくれる。Mと違って漬物をポリポリ食べる。Mのように家族に溶け込んでいる。保育園の話をしてくれて、テレビを見ながら家族と笑い、Mと話をしてから雨の中カッパを着てバイクで帰る。

Mと決定的に違うところは、デジカメ写真を私に撮られることとか。なぜならそれは客としての証拠であるのだから。今日のデジカメフォトは、Nとママ。Aママとママ。Cとお姉ちゃんとママ、とたくさん撮った。

十月の雨は淋しく暗い。Mが寒くないようせめてスカーフを持っていってあげようと思いついた。ガラスの瓶に入れに行こう。

ビーノ　二（ツーリング）

バイク達が走り去る。

「M、追いかけろ！」

「追い抜け！」

と話しながら見送る。

黒のビーノはだまってそこにいる。サドルのほころびがだんだん大きくなる。台風の雨をすっかり吸い込む。とりあえずカバーを買ってきてくれて、バイクやさんに相談してみるとおねえが言う。


名義変更のお知らせが来た。廃車か名義変更をと。ひとりにひとつと決まっているナンバープレートを取り外せと言う。標識交付の証明書と印鑑、免許証を持って役所へ来て下さいとそれは妹から姉への相続となると言う。こけた傷、式場の祭壇の横に飾られたそれを洗車した。蚊に食われた。やけに目立つナンバーワンである
そのプレートはもうすぐなくなる。ひとりひとつのナンバーだと言う。バイクというMの財産はお姉ちゃんが相続する。

〈Mのバイクは黒の「VINO」だ。Cのバイク赤の「ジョルカブ」、Miのバイク「CREA」白、Siのバイク免許取得中。Techのバイク、ガチャガチャ黒ぎみ、Echのバイクボロボロのバイク JOGかな黒、Moのバイク免許取得中。そしてMoのバイクはクリーム色のホンダリトルカブだった〉

『Mチャンネル』「ビーノ」を仕上げるため、新しく免許を取った二人の車種を聞く。

「Siのバイクは？」

それを聞いてそれを書き入れたらその文をアップしようと考える。購入した、もう乗っている、と聞くが、

「車種は？」

「うーん、なんだっけな」

「ま、本人から」

「ナイショ」

などと言うので
「Siのバイク。車種は……未だ聞いていない」

としてその文を締めくくった。そしてアップした。

CとSiが家に来た。バイクで来たという。Mのスピードがすごいと話す。特に走り出しがすごいと。ジョルカブは変速にいちいち入れなくてはいけないそうで、信号

で止まって追いついてもまた離される。待っててくれて追いついてもまた離される。「M待ってよう」って……（笑い）。Mは止まっている車の左側にもどんどん入っていく。ジョルカブもついていくと、車が走り出し怖い。その頃Mはもう車の無いところを走っている（笑い）。そしてCはつい最近知ったことを友達に受け売りする。「ツーリングはふたりっていう意味じゃないんだよ（笑い）」

車種を知った日のママからMへの手紙はこうだ。〈速報　Siのバイクの車種が判明した。Cが教えてくれないわけが分かった。「本人から聞くまでおたのしみに」「ナイショ」って何回聞いても言わなかったんだよ。今日Miに聞いたら、「黒のビーノ」って。「それはMのでしょ」「ううん、Siも黒のビーノ」って……。聞いちゃった。なんだかうれしくて泣いちゃったよ。その日鬼武者に書かれたノートの言葉もうれしくって泣いちゃったよ。まいった。

走行距離は二度ほどリセットしたと聞いた。九九九九九九を二回、そして今「一三七・一七三キロメートル」。そんなにそんなに愛車を駆ってどこへ行ったやら……それはMだけが知っている。ホントはほとんどみんなが知っている。

Siのビーノと対面するためにマンションの一階まで降りてお見送りをする。バイクの子達の写真を撮った。赤いバイクとC、黒いバイクとSi。そしてバイク達は走り去った。免許を取り、初めてバイクを見せに来てくれた。車種はMと同じビーノだった。バイク達が走り去る。

「M、追いかけろ！」

「追い抜け！」

と話しながら見送る。黒のビーノはだまってそこにいる。エレベーターで部屋まで昇りながら、これからバイクのある青春を送るであろう友たちへ、羨望の気持ちで一杯になった。

M代理でお姉ちゃんがツーリングだ。保育園の先生たちと免許取り立ての二人と約束していたツーリングに出掛けていった。ジャンパーを二枚着込み、手袋をし、その日は十月でも急に寒く冷え込んでツーリングには大変な日であろうと思われた。楽しさと辛さと寒さに耐えながらツーリングをこなしたのだろう。

その日私と夫はまだ数回目である墓参りのため茨城に泊まっていた。翌日家に帰ってわかったことがある。昨夜かなり遅い時間にツーリングを終えて自宅に帰ってきた時、お姉ちゃんが一番にMに報告したのであろうということだ。それを仏壇のそばに置きっぱなしの二枚のジャンパーがちゃんと物語っていたのだから。ま、その日に限ったことではないけれど……。

パズル（台風）

それは、限りなくシンプルだ。M特製のお好み焼きの作り方は、まずフライパンにバターを敷き、小麦粉に水を足したものを薄めにのばす。水の加減がミソだ。具はかつおぶしのみ。そこにマヨネーズとしょうゆをかける。これをしょっちゅう作る。何度作ったか知れないそのフライパンを新しくした。何年もつかってテフロン加工も効かなくなって赤い色も見えないほど真っ黒になって手元も油が固まってこびりつきそんなフライパンになっていたのだからしょうがない。

とはいうものの捨てるときは躊躇した。でも新しいフライパンを買ってきてくれたおねえちゃんは、台所のスポンジなんかもどんどんきれいなものに替えなくちゃねと言う。家の中が変わる。Mの知らない服ができる。ママの髪型が変わる。フライパンが変わる。さんざんおこのを作ったMのフライパンが変わった。躊躇を感じ取られないように昔は赤かったフライパンを燃えないごみの袋に入れた。それでいいと思う。

夜、旅行の報告にCが来る。昼、月命日十日ねらいのMoが来る。保育園の父兄から七五三の報告がMの携帯メールに入ったそうだ。

Aママが来る。さっき帰ったばかりなのにまた来た。手にはビニール袋を持っている。墓のガラス瓶に雨が入るのでいいカバーがないかが悩みだと言ったらアイデアを持って来てくれた。パパが食事中でも、居間の床に座り込んで工作をする。鋏を使いセロテープを使う。結局採用されずに帰ることになる。しかしこんなに心配してくれるのはありがたいことだと思う。銀座の画廊で開かれる個展の招待状が来る。宛先には家族四人の名前が並んでいる。外出から帰ったら玄関の郵便受けにブーケがあった。携帯メールで御礼を言う。夜になってお線香をあげたいと来てくれた。この頃寒くなって花の持ちもよくAママからのブーケは今三個も飾られている。Aママはお友達のAのママだけど、Mの友達でもあるそうだ。
　そして今日はNo、Mi、Y、K、Naが来た。Yは
Mの夢をみたという。Mが「ゼッタイ泣くからよんでみ
な」と言った『天国の本屋』を購入したという。『Mーチャ
ンネル』を見て泣いたというYは墓の心配もしてくれる。
遠慮がちに小さい声ではずかしそうに、台風でガラス瓶
が倒れていやしないかと言う。
　今年日本に上陸した台風は九個目となり、年間最多上
陸記録を塗り替えたが、やはり台風で心配と今週急にお
姉ちゃんが墓へ行った。往復鈍行で時間が掛かったが疲
れはしない、墓は荒れた様子はなかったと安心して帰っ
てきた。その時スカーフを持っていってもらった。Mの
ためにはピンクのバラ模様、そよおばあちゃんのために
小花模様のスカーフだ。それを墓に掛けたシャメールを
送ってくれた。すれちがいで帰ってきたという夫の妹弟
たちが花をたくさん供えてくれたが、その前に白い百合
の花を供えてくれた人がいると報告してくれた。台風
二十二号は十月十日午前九時、温帯低気圧に変わった。
十一日、日曜日にお姉ちゃんがひとりで行き、確認して
きたと言うとYはほっとしたようにうなづいた。

　久しぶりに来てくれたKは最近勤めた仕事場の様子を
話している。
「すこしやせたんじゃない？」
とパパに言われて居間に置いてある体重計に乗ってい
た。仕事もきつかったようでホントに少しやせたように
見えた。そしてその日Mの部屋から自分の洋服を二枚持
ち帰った。
　Noはいつも明るい。自分が書いて墓に置いてきた手
紙のチェックをする。雨で墓のガラス瓶に水が入り込み
びしょびしょだったので持ち帰り、仏壇においてあった
封がしてある手紙をチェックして、やっぱりこれはママ
達には見せられないという結果が出て、そんなものがあ
るのかとみなは思っただろうが、仏壇左の「墓そのもの
箱」に収められる。そんなものが仏壇左側にはある。
　Miは女の子らしくテーブルにも気を使っていてくれ
る。先日行った、Mも連れて行くと言っていた富士急ハ
イランドへの旅行の話をしてくれる。
　仕事場から遅れて到着したNaはメッセージノートで
ある「鬼武者」に言葉を書きたいという。パソコンの場
所で長い時間をかけていた。詩も書いちゃったと言って

いた。

炙りサーモンの刺身をつまみながら、焼酎の麦茶割を飲みながら、ピザを食べながら、カロリーゼロ、カロリーオフダイエットコーラを飲みながら、K1、ダイナマイトの話でしばしもり上がる。サラダ二種を食べながら、黒糖の梅酒を呑みながら、吉祥寺で母の日のプレゼントとして妖精キットを買った時の様子がわかる。

「パズルパズル」と言う、パズル好きの話も聞く。Mはパズルの天才だ。これは金にならないものか、と家族みんなで言ったものだ。裏返してやったり、真中から始めたり、むづかしくしてやっても早い。千ピースを何パターンも買った。立体的なものもある。そしてピースがひとつどうしても見つからなかった話も聞く。ピアノも動かしベッドも動かし……てもなかったと。動くMが見える。みんなの心の中で動いて話して笑っているMが見える。これは親として嬉しいことだ。その瞬間をすこしでもたくさん欲しくて皆の会話の中から拾い集めている自分に気付く。まるでピースを組み立てているパズルのようだ。それは決して出来上がらないパズルだけれど……。

持ってて来てくれた「beard papas」のシュークリームを食べながらお茶を飲み、ミカンを食べデザートの柿を食べる。そうして今日も皆はひとりづつMに挨拶をしてから、明日になれば明るい太陽が昇る夜の中へ、現実の世界へと玄関を出て行った。この状況にMがいないことがまだつらいとお姉ちゃんはひとしきり落ち込み、無念さを味わいながら悔やみながら、なかばあきらめながら、寝る。私はグラスを洗いながらためいきをつき、まだ寝ない。パパはとっくに寝ている。

スクリーン（駅）

「これから何度もこの階段を登ることになるねえ」

お墓参りをして駅まで送ってもらった夫婦は階段を登る。

「こんな映画はどう？　春も夏も雪の日も、あちらのホームへ続く階段を登る私達」

「段々年取るのか？」

「そう、段々年老いていく夫婦があちらのホームへ続く階段を登る。そして最後はおばあちゃんひとりになり桜の花にズームアップでエンド」

自分で言い出しておいて辛さが帰ってきてしまった。スクリーンでだんだん足元がおぼつかなくなり、歩く速度もゆっくりになる。頭も白くなり手には杖も持っている。そんな夫婦が頭に浮かんでしまった。今日は黄色いバラを持って行った。そんな話をした日から、五ヶ月年老いた夫婦が階段を登っている。


ガラス瓶にはいつの間にかマスカラが入っている。先日台風の被害状況を見に来たときにお姉ちゃんが入れたのだろう。ふたりはホントに仲良し姉妹だったから……。Mはお姉ちゃんを尊敬して頼っているし、お姉ちゃんはMの相談役として何でも叶えてあげようと奔走する。親にもナイショの世界もあったようだ。これからふたりで何でも助け合っていけば安心だと思っていた。たとえばおねえちゃんの子供を保育園に預ける。先生はMだ。これは安心だし楽しい。たとえば私達の葬式、墓参り。ふたりで相談していけば心強いだろう。お姉ちゃんには強くなってもらわなくてはならない。将来の夫と一緒に乗り切って欲しい。


昨日は義弟が外出していたので、お父様が駅まで迎えに来てくれた。今年三月頃から酸素ボンベを鼻に常時装着するようになったお父様は、部屋では勿論長い管を引っ張っているし、車にもボンベから酸素が送られてくる装置を置いている。夕方に運転するのはこわいと言っていたが、

「運転替わろうか」

「これくらいなら大丈夫」

と頑張ってくれた。夕方の景色は素晴らしく筑波山が夕焼けに映えていた。こんな時間に運転したことがなかったので、こんな景色は初めてだとお父様も感激していた。雲も見たこともない形でオレンジ色の空に五段六段になっていた。道を曲がるたびに変わる山のシルエットがはっきりしていて素晴らしかった。これもMからのプレゼントかもしれない。

墓参りもできた。いつも間違って迷い込んだりしてひとつ向こうの踏切をわたってしまっていた墓から家までのルートも判明してかなり近いことがわかる。これで安心だ。


庭には白いガーデンセットが置いてある。レースアイ

アンで出来ているテーブルと椅子だ。もうひとつの椅子は……墓にある。芝生の庭の隅には、近所の奥さん達に油絵を教えているというお父様のアトリエがある。

その前に以前は犬小屋が二つあった。茶色いモコ、ベージュのビュービュー、真っ黒いローリーがいた。いつも到着するとそれらの犬をなでてから家に入る。散歩もした。モコが死に、病気から持ち直したビュービューが柵を飛び越えて脱走したきり帰ってこなくなり、目も見えなくなったローリーが去年老衰で死んだ。もう犬は飼わないと言う。

今年五月の連休を思い出す。

その頃義弟が入院していた。ドライブの帰りにお見舞いに寄ると言っていたMは、病院の確認などをしていた。私達夫婦は茨城の家に来ていた。お父様と夫が車で外出し、ぼんやりと出窓から外を眺めていた私の目に、家の前で止まる白い車が写った。ふたりが帰ってきたのかなと思ったら、見覚えのある子がにこにこしながら庭に駆け込んでくる。

「えーっ、Mじゃない、Mだわ」

義妹と私は驚きお母様に知らせる。のんびり流れていた空気が一瞬にして華やいだ。

「ちょっと寄っただけ、すぐ帰る」

「ほんのちょっとだけ」

肩があいたセクシーなサマーセーターを着ているMがまぶしかった。なぜかとても急いでいる。運転していた彼もつられて大急ぎだ。居間に上がって五分もしないでもう帰る、と言う。道に止めた車に乗り込んだときすれちがいでお父様の車が帰ってきた。車から出て帰ってきたお父様に手を振って挨拶をする。

「じいじ、バイバイ」

「おう、Mか。もう行くのか。元気でな」

庭に入り込んだ車からお父様も手を振って挨拶をする。車は去っていった。義妹が用意してくれた手もつけていないコーヒーが残った。

あの日、お見舞いを急遽変更してこの家に寄った。

「きっと私達に顔を見せに寄ってくれたのね」

とお母様が言った。

「このメンバーでの食事は初めてじゃないかな」

とお父様が言う。いつもは一緒に暮らしている弟がいるし、妹も二週間に一度という位この家を訪ねて衣替えを手伝ったり、換気扇やお風呂の掃除をしたり、私達が訪ねる時にはおさんどんのため必ずいてくれる。今日はふたりとも用事でいない。広い家には今四人だけだ。

お父様に描いてもらいたい写真を見せる。がこれでは駄目と言われる。陰影がはっきりしていないと絵にはならないと言われる。白飛びした写真でも描いて欲しいのだがプロの目から見ると油絵にはならない写真だそうで断られる。

十月お父様、十一月お母様のお誕生日祝いのプレゼントを渡す。和風のサロンで料理をと、和風の上着でガウンにもと渡したがふたりの欲しいものがもう見つからない。持っていったチョコレートと黒糖梅酒もはけない。年寄りは寝るのが早い。居間でここへ来てもパソコンの碁をしている夫、私は手もちぶさたでお茶を飲む。テレビにも集中しない。寒い。都心より三度は低いと思われる気温に今度は暖かくしてこようと思う。

今日ツーリングをしているおねえちゃんにメールを送り、九時なのに「今帰宅途中、休憩中」に驚く。十一時「今帰りました、無事故です」に安心してから二階に上がる。

次の日、さわやかな朝が来た。いつもは朝食を摂らない私も、ここへくるとご飯を食べる。おみそ汁が美味しいのが不思議だ。味噌を聞く。お茶の葉を変えないのにいつまでもおいしく出るのが不思議だ。値段を聞く。お茶碗をすぐ洗う、そしてしまう。そんなことがすぐできてしまうことが不思議だ。台所はいつもきちんとすっきりしている。ウチと違う。

昨日遅くに帰ってきた義弟が、私達を駅まで送ってくれる。その前に墓へ寄った。今日はお母様も一緒だ。白い椅子に座っていてくれた。私達はMの世話をして線香が燃え尽きないのは気候のせいか線香のせいかなどと話したり、赤や黄色やピンクの花に蜂が寄ってくる様子を見たり、近くに黄色い花が咲いているがゼンソクになる花と思っていたというお母様の話を聞き、こんなに近くに咲いていると驚いたり、ゼンソクの薬もガラス瓶に入っていると安心したり、ひとしきりゆっくりして墓参りを終えた。墓石をなでて「またくるよ」「またね」と言って心の準備が出来た時、墓前でエンジンが掛かる音がした。

そして夫婦は「Mを訪ねて数十キロ」、芝居なら第一幕第何場、映画なら、シーン駅、何カット目かの映像に写り込むため駅へ向かった。

ホワイトサテン（はがき）

「のんびり暮らしているけれど明日は通夜、あさっては葬式になるかもしれないんだよねえ」

とあの頃よく言っていた。根拠は違うけれど散らかった部屋を見てはそう思っていた。そして口に出して夫に言っていた。なんどか。そしてあの日の電話。

三時間後、病院から帰ると布団を敷く。サテンのシーツが掛けられる。掛け布団にもフリルがついた白いサテンの布が掛けられる。

三日後、白い棺の中は白いサテン張りだ。豪華に蛇腹状態になっている。枕も小さいきれいなもの、掛け布団もフリフリでとてもかわいらしい。すべてホワイトサテンだ。

夜になって雨が降りだした通夜の日、一時間のお焼香の予定が二時間たっても終わらない。親戚関係には知らせていないので正装をしたお友達だけだがその列が尽きない。いつの間にか棺のところに座り込んで顔を覗いている女の子が一時間も動かないことに気付く。お友達に支えられて泣きじゃくりやっと歩いている子も見た。焼香を終え外で泣いている子、受付をしてくれた人からは斎場の係りの人までもらい泣きしていたと聞いた。二百四十人もの参列者の受付をしてくれた人も大変だったろうと思う。

火葬場から帰ってきた私達をたくさんのお友達が待っていてくれた。斎場の座敷に並べられた精進落としの食事の席でお線香を上げてくれてひとりひとりが私達家族に心のこもった挨拶をしてくれた。この光景は素晴らしいものだったと私の妹は言う。火葬場の待合室で緊張が解けたからか、現実に耐えられなかったからか、こころならずも号泣してしまったパパも私達も、気を取り直して笑顔で対応した。いいお友達がいる子供を持った素晴らしい家族だよと言われた。

霊柩車はロールスロイスで。斎場はここで。祭壇はこのように。花の種類は洋風に。食事は。お返しは。次々にくりだされる質問に答えなくてはいけない。次々に差し出される書類に記入しなくてはいけない。連絡事項をメモして期日通りにこなさなければいけない。その日から家には墓地と仏壇とお返しギフトのカタログがあふれ、霊園の、仏壇の、ギフトの電話が鳴り続けた。

五月　「来て欲しいところがあるのでメモして」と電

話をした。そう言われて音楽会かなと思った人は、日時が二日にわたっているのでおかしいなと思い、時間を聞きながら、場所を聞いて絶句した。

ピアノの先生、仲の良いグループ、小学校、中学校、高校、専門と友達何人かに電話をして伝えてくれる作業をしたお姉ちゃんはたいへんだっただろうと思う。そのたびに泣いていたようだ。九州の親戚のひとりにちゃんと知らせて欲しかったとこういうことは知らせるものだと助言を受けた。三ヵ月経っていた。これから喪中はがきでみんなに知らせることになる。だまっていようか。どこまで言おうか。やっぱりナイショにしようか。はっきりさせるか。時間はある。もう少し悩もう。

十月。私達三人の葬式の話をした。葬式をするかしないか。どのようにするか。これは大切なことだ。今から話し合っておくといいと思う。

結婚にも葬儀にも使えるという「くらしの友」との付き合いは、葬式の場合病院から家へ帰るときから始まる。病院でも手配してくれるだろうがそれがあると心強い。

夫は、会社関係もあるので一応葬式をする。私の知らせは火葬も済んで数ヶ月経った後、喪中はがきでゆく。

Eはオンタイムで知らせるを希望。それぞれが知らせるメンバーのリストの作成は来年中の課題とした。しばらくしてから、知らせる辛さを考えたら、それをあの状況の中でママ達にやらせることはできないと言い、Eも喪中はがきでいいと言い出した。

十一月。「今まではウソだったのにホントになっちゃうような感じがするねえ」

「だからやめよう」

「そういうわけにもいかない。あとでばらばらに知られて質問がきてもそのたびに大変だよ」

喪中はがきを送る、そんな時はまだまだと思っていたら急に来た。

「知っている人にはいいんじゃない」

「これは儀礼だから」

「もらった人も驚いたりまた悲しむよ。知らない人は知らないままでもいいんじゃない」

それでも結局年賀状と同じ枚数をポストに入れた。

「日本のこの方式はいいのかもしれないよ。この時にしか知らせる方法はないのだから」

とパパは言う。数年後に知ったらそれはそれでなんで知らせてくれなんだとなるし、今この人は喪中で苦しんでいる、悲しんでいるのだから、一年そっとしておいてあげよう、とか、年賀の時期をはずしてお手紙でも書いてなぐさめてあげよう、とか、その人の考えでなにかしてあげることもできる。

〈喪中につき年末年始のご挨拶ご遠慮申し上げます。本年五月に次女Mが永眠いたしました。本年中に賜りましたご厚情を深謝致しますと共に明年もかわらぬご交誼のほどお願い申し上げます。平成十六年十一月〉

定例文であるにもかかわらず母が言う。

「あんた達のMへの気持ちがこもっている文面で泣けたよ」

来客が来ない日が何日か続くようになったこの頃、喪中はがきを出した。翌日からまた、玄関のチャイムが鳴り郵便屋が来る、そして電話が鳴り続ける毎日が来た。

これは思いもよらない事態だった。今初めて知った人からの電話は、気持ちはわかるが受話器をとるのはこわい。この方式はいいと言ったパパも「俺は出ない」と言う。

しばらくして急に「出てあげたら？」と言う。何度も掛けてくれて事情を聞きたいのだろうし、私達の状況も知りたいのだろう、心配させては申し訳ないのでそうしようと思うが、手が出ない。

留守電の赤いランプが光る場所で今、玄関のチャイムも鳴っている。

ハーフイヤー（来客）

園児のお母様から電話が来た。

「あんなに元気で明るいIっか先生がいないなんて信じられないので来た」

親達は白い段飾りの祭壇を目にして現実を確認する。写真を持ってきてくれ、きれいな花束も持ってきてくれて話をしてくれる。

園児のお母様から電話が来た。子供達にも会わせたいという。そして話をしてくれる。

「Iっか先生は星になった。

いつかまた生まれ変わってきてくれるよ」

お兄ちゃんは、

「今日は来ている？」

と毎日聞く。

生まれ変わったらその子の弟と結婚してもらうと園児の母は言う。

まだ八ヶ月の赤ちゃんだ。

「子供の様子を一番良く見てくれていると思う言葉を書いてくれる」

と言い、将来子供達の宝物になりそうな分厚い保育園日誌を見せてくれた。

「だめ、Iっかせんせいがほかの子とあそんじゃうから」

お迎えが遅くなった時、ささっとウサギのお面を作ってくれていた。それを棺に入れようかと子供に言ったらそう言われたそう。そのお母さんは言う。棺の中で、笑っていない顔をはじめて見たと。今まで笑顔しか見たことがなかったからと。お墓参りもしたいので場所を教えてといわれる。遠いのでわざわざ行ってもらうのは気が引ける。遠いですから写真を届けてくれれば見せて来ますよと言った。


また園児のお母様から電話が来た。三家族が来てくれると言う。

Mの部屋でも遊ぶ。画用紙とクレヨンでお絵かきをする。子供たちの弟妹もはいまわっている。これは楽しいことだ。面倒を見てくれるプロの保母さんも来てくれている。園児のお父さんも弟を抱っこしてMのいないMの部屋にいる。

仏壇の前に集まったお菓子をダンボールに入れた。どんどん集まるので賞味期限切れも出てきてしまうほどだ。今日はそれらを持っていっていいよという。Mもきっと喜ぶと思う。子供たちは歓声をあげてどれにしようかとチョコレートやポテトチップなんかを両手に持ち迷っている。


「本当にありがとう。お母さん、しっかりしてくださいね」

Mに渡せなかった手紙や星野富弘の絵葉書を持ってきてくれたT先生は泣く。辛い時Mが優しくしてくれたと言う。いつも微笑みかけてくれたと言う。その笑顔に助けられたと言う。私の手をとって御礼を言われる。

金色の包装紙に金色の紐。仏壇のそれを見て昨日来てくれたことを確認する。

「すてきなお菓子の包みだねえ。うれしいねえ。Mがいた時にこういう状態になっていればねえ。何度来てくれたかねえ。このグループはパパとも、もうすっかり仲良しになっているよ」

『いま、会いに……』その人は映画を見たそうだ。死んだ人が一年後雨の季節だけ、六週間だけ戻ってくるという物語だ。それを見た彼が「見て欲しいような見て欲しくないような」と言っていたが、今日見てきたとおねえちゃんが言う。筋的には関係ないようだが、なにしろ主人公の名前が同じところが……。

六ヶ月が経った今日は、月命日ねらいのMoがくる、はず。十一月だというのに、十月初旬のような日になりますという穏やかな暖かい日だった。布団をたたみ、洗濯をしながら早めに風呂に入る。掃除も少しする。Moが来たら一緒にお昼を食べようと思うがなかなか来ない。仕事に行く時間がせまり少し化粧をする。今までの経験からすると絶対今日は来るはずなのだ。

仕事から帰り、この頃夕飯の支度をするようになった（？）私はそれでも鯵の干物を焼く。夫も殆ど同時に帰っていた。ピンポーンとチャイムが鳴る。Moか。保育園の主任の先生だった。いつも若い先生方がお邪魔しているので控えていたと言いながら豪華な花かごを持ってきてくださった。この先生は若い先生にことづけて何度もお花やお菓子やCDも届けて下さった。今日も果物と「Apetit Voeux」のクリームパンも持ってきてくださった。Mが好きだったからと言って。

「Iっか、ダウンですー」

携帯メールの記録を見ては泣いてしまうという。消せないと言う。思い出さない日は一日もなかったという。喘息で辛い様子も見ていたと。それでも頑張っていた様子を見ていたという。先生方も机での作業の方が楽だろうと事務の仕事と交換してくれたりしたそうだ。子供達がお散歩で疲れた時、お昼寝前でぐずっている時など若い先生の話が聞こえてきて、Iっか先生ならこんな時どう話していたのかなあと思う。先生それぞれのやり方があるが、子供の扱いがうまかったIっか先生のやり方を若い先生にもっと見せたかったという。

「子供だと思っていたら大人になっていたんですねえ」

夫も笑いながら同意する。

「りっぱなせんせいでしたよ」

帰りがけにMの部屋もお見せした。ピアノの上にある写真を見て、それは先生が撮ったものだと知る。園の先生とふたりで写っているものに「私達ってかわいい?」「もちろん」という言葉も主任がパソコンで入れてくれたものだという。場所も主任の先生のお宅だそうだ。保育園の主任の先生が初めて訪ねてくれた。鯵はオーブンの中で焼きすぎになったが、うれしいねえ、と感激しながら餃子を焼き始める。


ピンポーン! Mｏか。いつもお手紙を書いてくれるクリスチャンのAだった。半年経った命日を意識して訪ねてくれたのだ。今日もパパママおねえちゃんに、と凝ったカードに言葉を書いてくれていた。「ドキュメントフラワー」という枯れない生花も持ってきてくれた。パパともすっかり顔なじみになっている。車で待っているという彼にも上がってもらう。Aは通夜の日にいち早くMと写った写真のアルバムを届けてくれた。そしてそれは園の先生方のメッセージボードと共に祭壇に飾られた。そこで会社から帰ってきたおねえちゃんも加わり、皆でお茶を飲んでいたらピンポーン! 今度こそMｏか。

毎度おなじみCだった。今では家の家族の中で「妹」という存在になっている。夏も過ぎてだんだん厚着になるCは、毛糸の帽子に手を当てて「どうも、どうも」とAに挨拶をする。こちらはAちゃんの彼ですよ「あっどうも、どうも」「どうもどうも」と仏壇のところまで歩きながら言う。私達は笑う。

かわいい黄色いバラのブーケを持って来てくれた。花屋のおじさんにおまけしといたよと言われたと言う。どれがおまけなんだかわかんないけどね。とひとりでのりつっこみ(ちがう?)をしてまた私達は笑う。和やかな雰囲気がしてCが来てくれて心強いと思う。家の中で、この笑う状態を作る役目がMだったと思ったりする。


Aちゃん達が帰ったあと、CからMと温泉旅行に行った時体を見せ合ったという話を聞いたり、休日遠出から帰ったMと駅で待ち合わせるとホントに嬉しくて「キャーッM―」と抱き合い嬉しさが爆発するような感じだったと話してくれる。さっき来てくれた主任の先生はホントに優しい人で、こんな私にこんなに優しくしてくれていいのかと思うほどだという。いい主任さんがいてCもそしてMも幸せだったんだと思う。ちょっとだけ焼きすぎの鯵の干物と餃子でご飯を食べテレビを眺めてから、毛糸の帽子をかぶってバイクで帰って行った。Mоから今月は十八日に来るとメールが入った。月命日十日ねらいのMоが今月は十八日に来た。

意図的にそうしているのか、ばらばらに来ていた六人グループが今日まとまった。テレビを消して「Misia」のCDをかけていたせいかもしれないが今日は特にMの話をたくさんしてくれた。何度もMが、Mちゃんが、と名前が聞こえる。三年分の交換日記の話、その子の字を添削した話。入場券の半券をきちんと整理してある話。それぞれが悩みながらも頑張って毎日を暮らしている様子も知る。

話の流れの中で、「おばさん」と呼ばれたことはなかった子からそう呼ばれた私は、時間と共にそのショックがだんだん大きく膨れ上がっている。私の、あの時ああした方が、こうした方が良かったかもしれない、という悔いや気持ちの問題をなんでも解決してくれるお姉ちゃんは、この件でも「いつも呼び悩んでいたじゃない」と言う。「そうだったかもしれないね」と一応納得する。部屋にあったからと矢沢あいの「下弦の月」を三冊持ってきたその子は、私をおかあさんとかママとか呼んでいた気がするが……もうどうでもいいことだ。

三ヶ月のカナダ旅行をしていたRがもうすぐ来る。Iっか先生が天国に行く式に参加できなかったことを悔やんでいると言うRも来たいと言う。今は遺体もお骨もなくなった部屋の仏壇の前に座ることだろう。Aママはブーケを持って、Cはブルーベリーケーキを持ってまたはチーズケーキを焼いたから、今日は園の休日だからといまだとぎれない。ふたりで見えない競争をしている。でもCがダントツトップだ。

あれから百回も開かれたパーティにMがいないのはほんとに淋しい。会ったこともなかった友達とパパが仲よく話しているこの様子を見てMはおどろいていることだろう。

平成十六年五月十四日（金曜日）　パパの言葉。

「今、ここにMは眠っています。できればちょっと起こしてこう言いたいですね。

『M、ひょっとしてお前って……友達つくりの天才とちやう？』

　Mは私にこう言うでしょうね。

『今頃気がついたのぉ？　おっせー』

『確かに遅いけど、そのことを知って本当によかったよ。誇りにするよ。ありがとな。』

　ここまで〇〇Mと心を通わせて下さった皆様、本当に有難うございました。

　いつまでも〇〇Mを覚えていてやって下さい。そしてMの話をしに家にも遊びに来て下さい。お手紙も下さい。メールも下さい。お願いします。

　今日は本当にありがとうございました

「もうすぐクリスマスだねえ」

「うん」

はぁーとため息をつく。

「そうなるよね」

「最強の喪中はがきだね。誰にも負けないね」

八十歳、九十歳の父や母が亡くなったという喪中ハガキが届く。家のハガキはショックを与えるのに充分な、悲しみをさそうのに充分な最強の喪中ハガキだった、と思う。日々口を閉ざしながら、あまり話さないようにしながらも、時々自虐的とも思えるせりふをポツッと言う。私はそれらを書き残す。

『悲しみは半分に、楽しさは倍になる』という。それも一理あるが、時には反対にもなることを知る。楽しさは悲しみが倍になるし、悲しみを共有したらそれは数倍にふくれあがることになるだろう。それは「ともだち」と「遺族」という根底の違いがあるわけだけれど……。

カローラ（墓参り）

　カローラが走る。カーナビの機能は道を案内することである。たとえ知っている場所でも最適なルートで結んでくれる機能なのである。さらに現代のカーナビは、DVD－ROMやHDDなどのメディアに、数千万件にもおよぶデータを収録しており、それらのデータは電話番号や名称、住所といった手がかりでカンタンに呼び出すことができる。いわば、全国のタウンページ（職業別電話帳）と数々の旅行ガイドブック、そしてその内容を検索してくれる秘書を常にクルマに同乗させているようなものだ、という。

その秘書が話す。

「あと約何百メートル先、左折です」

車が走り出してから二時間ぐらいすると、

「気をつけて安全運転を！」

と言い、ゆるみかけた気を引き締めてくれる。さらに料金所に近づき財布を取り出すと見ていたように金額まで教えてくれる。到着地点ではいつも、「ありがとうございました」と言ってしまう。

もう分かっているからナビを利用しなくても大丈夫、と言った途端、外環へ入り損ねた。ひとつ先のインターで降り街中を走り、また高速に乗り逆に走る。三十分のロスをした。ナビには全面的に任せ頼った方がよさそうだ。そしてポイントではしゃべらないように。

高速を降りるとデニーズ、ロイヤルホストをはじめ、モスバーガー、ロッテリア、ケンタッキーフライドチキン、などのファーストフード店がすべてある通りに出る。それに加えて寿司バー、中華レストラン、ラーメン屋。カラオケシダックス、洋服の青山も二軒ある。洋服のシマムラ、島忠、コンビニもローソンそしてミニストップ。ないのはドンキーぐらいだと言う。その代わりにジャスコというわけか。アメリカ映画に出てくるような一本道のはるか先に見える坂を上る。下ってまたはるか先の坂を登る。そこではいつもお友達のCを思い出す。

「あの子はまったくこんな距離を歩くなんて」

とつぶやく。

「しかも真夏にな」

とパパも言う。二時間歩いてMの墓へ行く時、Cが道を聞いたと言う「宝船」。赤い屋根の可愛い造りのここは焼肉屋だが冷麺もあると確かめてから、今日はCに道案内をありがとうという気持ちも込めて食事をした。

墓に着いての第一声は、毎回「かわいーい」だ。そして「M、きたよー」と言う。墓が可愛いとはどういうことかというと、まず石の形状だ。洋風でありまるっこくてピカピカだ。敷地の開放的な広さといい、敷いてある石の色が他と違う。明るいきれいな墓なのだ。さすがMの新居は新築だ。そして専任墓守（義弟）のおかげでいつも花が絶えない。家から持って行った花は茨城の家に持ち帰ることになる。お母様が喜ぶからそれはそれでいいが、今日はそれでも半分活けて来た。今日は白い百合とピンクのバラと可愛い赤い実。ハチも喜んでいるったら。

隣の空いている区画、つまり家の庭という訳だが、そこにゼンソクの原因という黄色い花が数本あった。さっそく三人で雑草とりをした。白いレースアイアンの椅子の下もきれいにした。他の墓の手入れをしてはいけないと聞いている。優しい人と思い霊がついてくるからだそう。だから左隣の町長の墓には手をつけない。そしていつものようにガラス瓶のふたを取り、ふたの裏の水蒸気を乾かす。そこにMの口紅が入っていた。あまりお化粧をしない子だが、気合を入れたときはまつげも光っていた。まさにおめかしをした時のM！という色だねと話す。レブロンのその番号をチェックした。おもちゃもあった。ビニール風船も入っていた。知らない人が見たらこの墓はいくつの子のものだろうと思うだろうね。などと話す。そしてまた私達は墓の散歩をする。おねえちゃんは話がたくさんあるらしいから。ママはそこでデジカメ写真を撮る。それをパソコンに取り込み家でゆっくり見る。ママは最新機器を駆使する。そうすすんでいるのだ。

「Mちゃん」と話しかけながら……、「Mー」とマウスで墓をなでながら……、たくさん話す。Mへのメールだってしている。それは月ごとにまとめて送る。そこはなんでも話すことができるMと私の秘密の場所だ。

墓は千ある。

三フロアーの突き当たりにある金網の手前に白い花とピンクの花が咲く少し背の高い木が交互に植えられている。その金網の向こうがわに、さらに拡張される墓の整備が進んでいる。そしてもう墓石が建てられている場所もある。ここまで来たことがないおねえちゃんを今度は見学させてあげようと思う。こちら側の敷地に広い芝生の場所がありその周りにも丸く刈り込まれた木が等間隔に植えられていて石のベンチがある。こんな場所があることさえ知らないのだから。猫がいた。小さい薄茶色の猫だ。今日は車だし、もし名前を呼んで答えたりしたら連れて帰ると言った。かくれんぼをするので追い掛け回したが金網をくぐって民家の庭に入っていってしまった。Mじゃなかったんだ。

墓から茨城の家までおねえちゃんが運転した。花を活けて玄関に飾り、お母様の好物である「鹿の子」が、同じ店でありつつ違う場所から十六個も集まったことに驚いてその和菓子とお茶を頂く。そして義妹からハーフのゴルフセットを譲り受けた。帰りに茨城の家からウチまでもおねえちゃんが運転してみようとなった。合流、高速、少しの雨、ワイパー、ライト、一般道、給油、全て経験し三時間後に無事家に着いた。

Mの帰ってこない家でMが帰ってきた時の様子を思い浮かべる。

冷蔵庫に回り込んでトマジュを取り出して自分の部屋へ帰りドアを閉める様子を思い出してみる。夜中に玄関を開けてマンションの廊下をこちらに向って歩いてくる様子を思い出してみる。帰宅して私達が食事中のテーブルに来て肉をひときれだけつまみまた外出する様子を思い出してみる。バイクで帰り玄関でヘルメットや手袋やジャンパーをとっている様子を思い浮かべてみる。でもクローゼットの洋服を見たり持ち物を見たりはまだしない。

「あと約何百メートル先、左折です」

あの日に戻る時空ナビはないのか。うわずみをすくうように、あまり考えないように、かるくかるくそうっと生きている。墓から帰り、またそんな日々に戻る。

点滴注射もしなくていい。熱を出すこともない。喘息の苦しみは、これからは一回もない。寒さも知らず暑さも知らず、早起きもしなくていい、寝坊をしてあせらなくてもいい。いつもやすらかに眠っていられる。包丁で手を切ることもない。つわりもない。子供を何百回も病院へ連れて行くこともない。パートで辛い目に遭うこともない。教育問題で悩むこともない。保護者会で委員になっちゃうこともない。

金の心配もしなくていい。病気になることもない。ただ私達を待っているだけでいい。何千回もの食事の支度もあとかたずけもしなくていい。洗濯も掃除もしなくていい。花を見ていればいい。

いらいらしなくていい。かあっと怒ることもない。いつも笑っていればいい。墓で私達を待っているだけでいい。みんなの記憶の中で遊んでもらい思い出してもらえる。そんな時のMはきっといい部分だらけのMなのだろうし……。人生で辛いことに遭わないですむのはしあわせなことだ。たぶん。きっと。

毎週行っているという子もいるという。三時間、時間があったら墓に行くという。その子は照れ隠しかホントにひまなのか「ヒマだからね」と言うそう。

来年まであと五日という日、私達は今年最後の墓参りをした。「バレリーナ」という名前のオレンジ色のチューリップを持ち〝フレッシュひたち〟で行く。着いたとたん墓がクリスマスバージョンになっていることに驚く。キンラメがある白い枝があり、そこにはクラッカーの細いテープが巻きついている。ガラス瓶の中にも手紙やぬいぐるみやクラッカーや小さいものが増えている。それぞれがそれぞれの思いで墓に来ているのだとありがたく思う。私達もクリスマスの飾り物ウッドボードというものにメッセージを書いて置いた。年内に来ると言っているお友達もあと数組いる。きっと淋しくないだろうな。

墓に置いてあったサボテンが出窓でひなたぼっこをしている茨城の家で、今年一年の御礼を言い、お父様が興味を持ったルビー（？）つきのピューマの私の時計、京王プラザで買った時計をプレゼントし、お母様と義弟と夫と蕎麦屋へも行き送迎付きで駅に戻る。正月が来て年が変わる。来年になったら夢から覚めるといいなと思っています。

「焼肉食べにいこう」（パパより）

「Mに言いたい『おかえりなさい』」（ママより）

フェアリー（プレゼント）

それを説明するのは大変だ。結論を言いたくてあせってしまうのだ。友達にその絵について説明している時もパパに「それではわからないだろう」と言われる。もう一度ゆっくり話す。最後は「へええ、あっ、鳥肌がたった」と言われめでたく説明は終わる。

それは数年前の母の日のことだった。ふたりの娘から額に入った絵をプレゼントされた。それは同じ絵を何枚も何枚も切り抜いて貼り付けて、立体的に浮き出たような絵が出来上がるというキットを使ったものだった。子供たちはママに内緒でそれぞれの部屋で作っていたそうだ。出来上がって見せ合ったときMがあまりに細かいところまで切り抜き、しかも何枚も重ねていることに驚いたと長女は言う。

最初のうちはふたつの絵をかわりばんこに前に出して、ひとつの額に入れていたが、紫の長女が作った方が表になったまま替えることをしなくなっていた。

ある人が、Mに置き時計をプレゼントした。そこにはある言葉が書いてある。Mは同じ言葉が書いてあるアルバムをみつけその人に贈ったそう。その人はそこにふたりの思い出の写真を入れたと言って私達家族に見せてくれた。そこには楽しい様子、泣き顔……、楽しい旅行、きれいな海、ドライブ、泣き顔……。

「何で泣かすの？」

と聞いたら

「すぐ泣くんですよ」

と言う。涙がたまっている目を自分で撮ってるみたいだからしょうがないか。楽しければ楽しいほど悲しい。幸せなら幸せなほど苦しい。心が不安定だったのかもしれない。

「あなたからは
たくさん　たくさん　もらったの。
目には　みえない　もの。
でも、とっても　とっても
たいせつな　もの」

お友達が帰ると、ため息をつきくすんくすんと泣きベランダのサボテンを見る。私のＨＰも「ただいま瞑想、静養中」として休んでいるが、あるときＭのホームページを作ろうと思い立った。それは私が見つけた生きる知恵かもしれない。文を書く。あの日を書き残す作業をする。久しぶりにパソコンの前に座り、Ｍらしい絵さがしなどを線香の香りの中でぼうっとしながらもする。妖精バージョンにしようかな、などと考えふたつの絵を捜した。

「ママ、こんなの作っちゃった」

家族にもおこられそうと思って見せたそのページの表紙の絵を見て長女が言う。

「あれ、これって……」

額を捜せと言う。数年前母の日に作ってプレゼントしてくれた額だ。

「たしかこの絵は……」

ホームページを作ったことは暗に認められたようで少しほっとしながら額の裏の板を急いではずす。紫色の絵の裏からピンク色の絵が出てきた。

Ｍがママのために選んでくれた絵が現れた。それは、ママがＭのために捜した絵だった。丁寧に作られたそれは、あらためて私の宝物になった。

その絵を使い仲良くしてくれた、たくさんのお友達にお手紙を出した。

〈今年の夏は暑かったですね。お元気ですか？　Mといっぱい仲良くしてくれてありがとう。これからもみんながんばろう。応援してるよ。ファイト!!〉

「夏はお手紙ありがとう。つらいことばっかりで苦しいよ。またMのメッセージで助けて」

　という年賀状が来ました、が……。

『マリアチャンネル』を作っていたことは練習だったのかと思う。

　二〇〇〇年から私はMチャンネルのための練習をしていたのかもしれない。なぜならすぐ『Mーチャンネル』を作ることができたから。そしてそこで文を書くことで気持ちを紛らわせ、ある種癒されている自分がいる。現実を書き記しながら現実から逃げている。私にはその方法しかないと知っているお姉ちゃんはかなり我慢をしながらも、鷹揚に認めてくれて軌道をはずれないように見張ってくれている。そんな中、今日もパソコンの前で数時間が経つ。でも、現実から逃げないで考えて考えて素直になればよかったのかとも思う。理解できない。まだ不完全燃焼なのかもしれない。我慢をしすぎた。頑張りすぎた。疲れた。


　十二月「このページを見て、ご家族初め本当に多くの方に愛されていたんだなぁと思い自分のことのように嬉しくなりました。」というメールが来た。パパが言う。

「本望だね」

「ママは文を書いて少しは発散してるのかもしれない。でもそれを途中までしか読めないとか言うおねえちゃんやパパを悲しませているのかもしれないとも思ってきたよ。ママは何度も泣いて文を仕上げるけど、それを一気に読まなきゃならない人たちはきっとつらいんだよね。どうしよう。Rも「ゼクシィ」を読んで泣いたって言ってた。

　昨日も今日も冷たい雨だよ。Eもパパも仕事。ママもKBJまで仕事に出掛けるんだよ。Mは？」

「ママより　今日考え付いたことを報告します。ママの墓碑銘はISまりあとします。天国で聞いてもすぐぴんと来るでしょう。きっとすぐ捜せるでしょう。なんだか楽しくなりました。ママって変でしょう。知ってるって？　戒名はどうするどころの話じゃないよ。すごいよ。早く会いたいねえ。」「皆にMを知ってもらいたい。憶えておいてもらいたい。小学校の時のお友達にも今のMを知って欲しい。それが叶えられた。文は増えていく。これでいいんだと思う。その記念としてMの写真をアップした。

右クリック禁止でアップだ。その場所のヒントはチュンチュンだ」

ある人が、仏壇にマグカップを置いた。そこには言葉が書いてある。

Mは同じ言葉が書いてあるものを捜してプレゼントすることは……もうできないが……。

『ねえ　ひとりじゃないよ
しっかり瞳をあけてごらん
ゆっくり周りをみてごらん
ほらあなたのそばには
こんなに愛があふれてる』

ネヴァーエンド（お正月）

雪の晦日を過ぎ、新しい年が来た。

第一日目の夕方、私達は車で墓までの坂を上り墓を認めた。いつもの場所にはすでに白い車があり二人の人影が見えた。そこにはおととい東京の自宅に来てくれた人がいた。その人は昨日も来たと言う。大晦日も行く、正月も行く、墓で年越しをしちゃうと言った彼は「有言実行」と笑った。線香の煙を残して、夫や義弟、義妹そして中国の友達にも挨拶をして帰って行った。

二日目、長女も到着して三人で墓へ行く。

花が凍みる。夜凍った花は陽がさして来て融け、首を垂れる。この時期、一日で花はだめになることを発見した。パパが墓地の境目にあったと赤い椿のような花を捜してきてくれて両側の花入れに挿す。またかわいい墓が復活した。

自宅にはお友達が訪ねてくれる。イエローテイル・カベルネ・ソーヴィニヨン（オーストラリア）が空いた頃、シャトーカミヤ葡萄の城（牛久ワイン）がきた。三十分遅れてサウスヒルシラーズ（オーストラリア）世界最優秀ソムリエ田崎真也セレクションが届いた。

今度来た時はそれから始めようと約束している、「サングレゴリオ／タウラージ　ビアーノ・ディ・モンテヴェルジネ（イタリア）」はクリスマスに届き棚に収められている。今年初めての客人が来てくれた。小学校のお友達三人が酒に強いことに驚く。ワインはもとより、ビールも日本酒も平気……というより好きみたいで頼もしく思う。シャトーカミヤ葡萄の城（牛久ワイン）を持ってきてくれた二人はマイビールもマイウーロン茶も持参して来た。このグループからひとりもうすぐ故郷へ帰る人がいるが、それまでに送別会を二～三回してあげようとパパは言う。

「強烈に覚えていることがあります」

百五十センチトリオ（失礼？）は言う。前のお家でママが赤チンを塗ってくれたこと。ソファーに座ってMとママと三人でこわい映画を見たこと。テレビの前に集まってファミコンをしたこと。スイミングのお迎えに行ったこと。

「ナススイミングスクールとサンフィッシュがあって私達はサンフィッシュ派だったよね」

「その時もう水着を着こんで来ていたよね」

Mも急いでピアノ部屋で着替えを、着こみをした。そして自転車を走らせて……。

「KTを歩くとなにげにMに会いそうだよね」

「そうそうマクドなんかでね」

「鳥のこと、それは絶対Mですよ」と口々に言う。

〈Mと呼ぶと答えます。たろう、「……」ポチ、「……」M、「ピピッ」

今まだベランダにいそうです。三十分間の出会いです〉

「これってすごいですね」

〈盆行事をしてくれたA親子の家の玄関のサンサーが点いたそうだ。誰も人が通ってないのに三回点いた。きっとAママの父親が来て、Mが来て、Mが帰った時だ、と言う。それで迎え火をする日、急いで来たと言う〉

『Mチャンネル』をよく見ていてくれると嬉しく思い、よく憶えていると感心もする。で成人式で着物を着たMを車で送迎してくれたのはSちゃんだと知り、改めて御礼を言う。

「あと、爪のことも……」

〈生まれて初めて爪を伸ばしているお姉ちゃんは時間がなく、妹の部屋にピアノがあることもあって「ぴあのひきてー」なんて叫びながら自分の部屋に帰っていく。就職も決まった妹はバイクに続き、車の免許取得に精を出している。そしてテレビの中、姉妹でピアノを弾くというラベック姉妹は誕生しなかった〉

「私はMちゃんのピアノのレッスンについていったことがあるよ」

とMiが言う。

「なんか、先生におこられてるの見てたような……」

いろんなグループが集まってくるのでそれぞれを紹介するということで盛り上がった。ワインが効いてきたママに代わって今度はYに任せたら、彼女達を「東大、ガス、主婦」とまとめた。もう一度やり直したら、「灯台守、ガス漏れ検査係、お義母さんと結婚」などとまとめた。だんだんそれてゆく……。

数学の先生たちのひとり、Yの故郷は沖縄と紹介する。みななぜか感心する。さらに六人きょうだいと驚かされ、男は彼ひとりであと全部妹とまた驚かされる。証拠にプリクラを拝見する。

その彼は事故でこの一年禁酒をしていたが、この度めでたく解禁となり、ビールを呑む姿を初めて見る。

もうひとりの先生は原稿を入れたフロッピーを持ってきた。プロジェクターで見る正三角形と二等辺三角形のしきつめ図を関連商品として見せてくれた。少しずつずらせば簡単に作れると言うが……よくわからない。できそうもない。

さっきCが田舎へ行く途中でちょっと寄ってくれた。楽しくて帰りたくないと言ったが新幹線の時間がせまり帰宅する。おねえちゃんもせっかくみんなが来てくれているのに残念と言いながらも出掛ける。そこへもうひとりが加わった。カナダ帰りのRだ。また紹介大会か？

Rには私の口癖を指摘される。「……だって」というものだ。冗談を遠慮がちに言う時つける言葉らしい。「……なんちゃって」と同意語と考えてもらってもいい。そしてそれはMと同じだそうで「あっ今の……」何度も言われる。おねえちゃんとパパは笑わなくてもMとママは笑う。Mと私は笑いのつぼが同じという親子だから、話し方も似ているのかもしれない。

「あんたが、たかたかだ」

会社から帰って来たパパが、小学校時代の友達の中からたかたかちゃんを見つける。パパもソフトボールの試合の見学をよくした。日曜日の育成会などもたびたび見学に行き、Mやたかたかちゃんたちにアイスクリームやシュークリームの差し入れをしていた。お姉ちゃん達のソフトボールの試合で少し遠い公園へ行き応援もした。そのとき妹達はそこらで遊ぶ。他校の試合中などに、私達夫婦と妹達でスカイラークへ行きパフェなどを食べたこともあった。人なつっこい笑顔のたかたかちゃんは小さい頃そのままだ。

「運動会で私達夫婦のシートに座り込んでいたのは、あんただ」

紛れ込んだ小さい子がひとりでふらふらしているので、「ここに座る?」と言うとおとなしく座った。寒かったので暖かい飲み物を買って来てくれたパパ。天から舞い降りてきたかぐや姫といるようでショールをコタツのようにして手を温めながら観戦していた不思議な時間だった。あんな昔のことをパパが憶えていたことのほうが驚きだ。そしてそれは違う知らない子だと思うが、しばらくほっておく。

たぶんその時、EもMも競技をしていて、私達は退場門近くに陣取ったのでMは競技中も私達を捜し、笑い、手を振る、競技が終わるたびに友達を連れてくる、そんな運動会の時だったと思う。

知っているとはいえ自分の家族ではない人のシートに座り込むなんて……。

「そんなことしたかなあ。ちがうとうれしいけど……(笑)。そうかもしれない」

とたかたかも言いだした。そこで、

「それは違う子だよ」

とばらす。家族にそんな「昔」を思い出させてくれた。

パパが帰ってくる前にノートに言葉を書いてもらってあるので私は安心です。さりげなく言葉を集めるママ、これはママからMへのプレゼントなのです。みなさまご協力よろしくお願いします。

あまり買ったこともない年末ジャンボを買い遅れ、東京都宝くじを買ったが、それに当選することもなく、私の願い、お正月がきても夢から覚めることもなかった。

―ネヴァーエンド(夢のつづき)―この大切な言葉が逆の意味になってしまったことを認めなくてはならないことが残念です。

SOUL（寺）

「ばあばに会いたい」

「家に行かないから、温泉に泊まるから行きたい」

「ナイショで急に行っちゃってもいいかな」

と何度も言うMを、私は何度も制止していた。

私も年に一回位は行きたいのだが、

「今は寒い、もう少し暖かくなってから。老人会で忙しい」

「今は暑い、もう少し涼しくなってから。お祭りの準備で忙しい。仕事も忙しい」

と言われる。

玄関からは出入りしない。引き戸の玄関に釘をさして台所から出入りする。ばあばである私の母は来客を嫌う。おもてなしができない。かたづけなくてはならない。掃除やふとんほしなどもやらなくてはと考えると時間もない。部屋は通販の箱でいっぱいだ。ちらかった家にきてもらっては、はずかしい。私達には会いたいが、不規則でいつ呼ばれるかも分からない仕事もあり時間がない。体も疲れている。結局母は「年をとった」ということなのかもしれない。

『パピ、早いものでもう十三回忌ですね。お元気ですか。またこのたびはMがこんなことになってしまってすみませんでした。ご心配をおかけしましたがどうぞMを宜しくお願いします。』

と書いた香典袋を持って父の法事のため出発します。

休憩はいつも海老名パーキングでとる。ここ数年父の命日には私一人でむりやり行っていた。おとしは妹と行った。行けば喜ぶ母だ。

家族で行ったのは何年前になるだろうか。東名を家族四人で走り、途中このインターでアイスクリームを食べたのは何年前になるのか。子供達は行くと必ずゼンソクを起こすので行くとしたら近所の温泉に泊まらなければならない。それなら大丈夫かもしれないのだが。お掃除をしてくれていてもゼンソクになるのは申し訳ない、相手に対しても悪いとも思っていたようだ。

ナビに頼り厚木インターから高速に乗ったので、今日は足柄パーキングで休憩した。ここまでくると富士山がついてくる。大きい富士山がどこからでも顔を出すのでこわいくらいだ。一瞬にしてググーっと山に沈んだりもする。高速を降りると、ジャスコでもドンキーでもなく、ヤオハンがある。そして間隔がありつつ、ガスト、デニーズ、ロッテリア、ロイヤルホスト、ケンタッキーフライドチキンがある。海鮮市場、長崎ちゃんぽん、寿司や蕎麦やなどもある干物通りをとおり、ダイワオート、ダイハツ、クボタ、オートザム、タイヤガーデン、スズキ、NISSANなどのカーショップが続く通りを通るあたりまででマクドナルドは四件あった。洋服の青山は伊豆ではコナカなのかと思った途端青山もあった。

「ここへも来たことがありましたね」

とお上人さんはMのことを覚えていてくれた。父の葬式、一周忌、三回忌と、母の家にお寺さんが来てくれた時にも小学生、中学生だったMがいた。大きい花束をふたつと果物、菓子折りを持って先ほどお寺への挨拶を済ませてきた。お上人さんに話を聞いてもらい、明日の供養をしてもらうことをお願いした。保育をしている時の写真をお見せし、履歴書のようなものを渡した。

伊豆の寺へ挨拶に行き、父の十三回忌と一緒にお寺でお経をあげてもらうことにした。大々的にパピの十三回忌をと考えていたが、親戚も私達の気持ちを考えると会うことができないと言う。私達も気を遣わせてしまうであろうことが申し訳ないと思い、母と妹家族と家だけでひっそりすることにした。そして白木の位牌から本位牌に魂入れをしてもらう。戒名は不要というお父様の意見もお話しして相談する。仏様の弟子になるには戒名が必要であり、またそれが供養になるのでもう一度考えるようにと言われる。私たちの気持ちが癒される方法をおききした。それもまた戒名をつけお祈りすることだとお上人様は繰り返した。

私達は前日、温泉旅館での豪華な食事をし、温泉に何度か入り今日に臨んだ訳だが、親戚が集まる場所にはいつもふたりでいたのでと言うお姉ちゃんは当日新幹線で駆けつけ参加する。

魂入れが済んだ白木の位牌は寺で供養してもらう話になっていた。家に帰りお姉ちゃんがこれを欲しかったという。白木の位牌にこだわるおねえ。家族で相談になった。説得した。食い下がるお姉ちゃんに寺の電話番号を渡し決着した。かわいそうだったがしょうがない。

納骨の時も、もっと先でもいいんじゃないか、ずっと先でもいいんじゃないかと言うお姉ちゃんを説得していた。あちこちへの手配も済んでいたし納骨の日は私の誕生日でもありその日ははずせないと私は思ったのだった。Mの誕生日から数えて四十九日目が私の誕生日だったことを初めて知ったのだが、これは生まれた時から決まっていたことなのだから……。

麦茶やジュースや、寒くなったからとお茶とかを供えるおねえ。昨日はヤクルトのふたを半分開けて仏壇に供えてあった。小さい時、おにぎりをたべさせようとして生まれたばかりの妹の口元にごはん粒がついていたことを思い出した。納骨の前夜、遺骨を持ち、ウチの中すべてを見せて回ったお姉ちゃん。

「Mの部屋だよ、お友達がたくさん来たねえ。ここはおねえの部屋だよ。洗面所だよ。お風呂だよ。トイレだよ」

台所も冷蔵庫も、居間も和室も、ベランダも見せて回った。私達は静かに笑いながら見守った。あの時の光景が思い出された。その時のお姉ちゃんの気持ちを思い出していた。

「ＩＳ家に実質孫はひとりになった。Mがこの家を継ぐ役目だったのにね」

とほんの二〜三分話す。ＡＢ家はすでに絶えている。ＩＳ家ももうすぐ絶える。おねえは嫁に行き、この家や伊豆の家やふたつの墓やすべてをMが継ぐ役目だった。

すべてがおねえの肩にふりかかった形になってしまった今、可哀想だがお姉ちゃんには強くなってもらわなくてはいけない。その矢先、母から電話が来た。

「Eちゃんは自由にさせてあげよう。ゆっくり楽しく生きるようにさせてあげよう」

そしてEは結婚もしなくていい、させないとまで言う。私は目が覚めたようにその意見に賛成した。

精進落としの食事は笑えた。

刺身、カニ、天婦羅、蕎麦、それに寿司で驚いていたら鰻が来た。部屋の隅にあるセルフサービスのお茶の場所にお持ち帰りセットが置いてあり、そういうことかと思う。

「畳は替えたの？　家は片付けてある？」

「ほっといてくれれば百まで生きるよ」

と笑う。

墓もこちらにしたら客が来るようになる。結果順当な場所に収まった訳だけれどそんな理由で墓をここにすることを断った結果になってしまったことを母は悔やんでいる。

「やっぱり墓をここにしてもらえばよかったかね」

ひとり暮らしの母は文化センターのお得意さまである。

「そのまま寝てごらん、毛布よりくびったまがあったかいよ」

とどんどんあったか下着が送られてくる。その他別にいらないものがどんどん送られてくる。花が好きで庭の花もよく見て楽しんでいる。鉢物も庭に出したり玄関に入れたりする。朝早起きをして掃きそうじをする。十軒先までしてしまうと言う。

ひとり暮らしの母は文化センターの上得意様である。今回行ってみてさらに「まるはち」の高級羽毛布団販売のお得意様としてベッドから布団まで揃えていた。えさに、かもに、または釣られた魚になっていたことを確認した。

ばあばが大好きなMは、何年ぶりかでやっとばあばに会えた。

文化センターからの「にせダイヤモンドネックレス」を仏壇に置いた。

ピクチャーブック（道）

「道をナビってあげて」

とおねえちゃんからメールがくる。

「今ミニストップなんですが、ここからどう行くんですか」

と電話が入る。

Mのところにたどり着いたのは夕方五時半。かなり暗くなっていたので車をバックで入れ、墓をライトで照らしたという。「きっと、まぶしいようって言ってたかも」と言いながら、音楽も聞かせようとがんがんかけたと言う。ガラス瓶に手紙を入れ、クラッカーを取り出しその紐を引いたと言う。数日遅れのクリスマスというわけか。寒いとかわいそうだからとホッカイロも置いてきたと言う。年末の墓参りの様子を教えてくれた。

YTG保育園の先生方&子供達へ Merry Christmas!

Iっかファミリーより外国作家の絵本をクリスマスプレゼントとして贈りました。子供たちへというより、先生方が楽しめるような本を選びました。そのとき入れた羊の人形は各クラスにひとつずつ置いてあると教えてくれた。保育園の報告をしてくれるＭｉは運動会の写真を持ってきてくれた。

「みんなパワフルになり、でもとっても理解のある子になりました。四月の大事な時Ｍが担任だったからしっかりしてるよ」

などと言ってくれる。Yは気管支炎を起こしているそうだ。Ｎａは仕事が早く終わり、Ｎｏと揃って来た。Ｍｉはお父さんが入院したが安定しているのでと来てくれた。クリスマスに届き棚に収められている「サングレゴリオ／タウラージ　ビアーノ・ディ・モンテヴェルジネ（イタリア）」。今度来た時はそれから始めようと約束していたが、みんなが揃った時にということで、今日は「王様の涙」で「Ｍパーティ」は始まる。

「ミドリのあほっぽいのは私でしょう」

とＮｏが言う。どうやら当たっているらしい。おとといもＮｏとＭｏが来てくれた。三つの指人形を説明する。ペンギンはＭｏだとか。なぜか一番大きい黒い鳥がＭだ。赤いくちばしでぎゃーって叫ぶそう。大きな羽でみんなをくるむそう。今年はトリ年でトリドシ生まれのサンバカトリオと色々トリが掛かっているらしい。

「大きすぎる存在のＭがいないグループを認めたくない」

と言っていたＭｏは今日は来ない。でもやっぱりこのグループを大切にしたいと言い、前回から揃ってきていたのだが……。今日は仕事が忙しいだけならいいが、いろいろ考えさせてしまっているのではとかわいそうに思う。

Ｍｏが持ってきてくれた絵本。『君のためにできるコト』（菊田まりこ）。Ｍに見せながら読み聞かせをしていた。

免許を取ったＭｏが久しぶりのＮｏと来た。ふたりはそろってバイクで来た。

この頃ＩＳ家では絵本が流行っている。先週ドアポケットに絵本だけを入れて帰っていったＣも来て、子供の頃読んだ本の話や、絵本を書いて持ち寄ろうという話にもなり、その第一話を「ノート鬼武者」に書いていった。ここから始めこれからも来るたびに続けるそうだ。

「ステキなたん生日今日は子ブタちゃんたちのお母さんのたん生日!!　子ブタちゃんたちはそれぞれたん生日プレゼントを買いに行きました。一番下の子ブタちゃんは……。」

「そうだ！　アイスクリームをあげよう！」

日本の昔話（おとぎ話）の定番「浦島太郎」。その他「うさぎとかめ」「あかずきん」「三びきのこぶた」、誰もが一度は読んだであろう親しみやすいストリーを、英語で読み上げるというカセットテープがある。「乙姫」を「プリンセスオト」と言う声が記憶に強く残っている。

Mは二歳から自分で絵本を読んでいた。おねえちゃんが幼稚園の時、ピアノのレッスンを見守っている時に、幼稚園に置いてある絵本を読んでいて「あれ、この子本読んでるわ。ウチのおねえちゃんはまだ字も読めないのに」とお友達のお母様が驚いていたことを思い出す。


「じゃあ、……三時？」

思わず聞いた。着いたのは夕方の五時だったとか。帰りは墓から一キロの大通りまで歩きタクシーに乗る。渋滞だったので途中で降りたとか。歩いたら四十分かかると運転手に言われたが、三十分で駅に着いたと言う。それから電車で三時間か四時間かかったのだろう自宅まで戻る。そんな苦労をしてまで、一人でも、Mを訪ねてくれるお友達、みんな淋しいんだなあと思う。家族は何もしてあげられない。今は見守るだけだ。


「暗くなったら帰るよ」

と最初に言ったそうだ。一時間ですぐ暗くなって帰途に着いたそうだ。今日メロンパンと園の運動会のビデオを持って訪ねてくれたCから先日の墓参りの様子を聞く。行きは最寄り駅まで行ったら電車は人身事故で不通になっている。家に戻り事故箇所の先までバイクで行き駅にバイクを置いてそのあとは電車でと。

夏に二時間かけて墓まで歩いたというC。今度は冬に二時間かけて散歩しながら、Mが見たであろうと思われる景色を求めて、田んぼに落ちたり、神社を見たり、それらを写真に収めながら歩いた、ひとりで行ってきたとYが言う。

墓には写真を見ながら書いた絵を置いてきた。ガラスの置物も僕の部屋には似合わないのでと言い、それも入れてきたと言う。〇〇駅の乗降率がぐんとアップした。筑波茨城行きの切符がバカに売れるがどうしたことだ。筑波エクスプレスをＨＮＩの墓まで直行させるかなどと茨城県で議論されているのではないか。Ｔ地区でこのごろ花束が売れまくっているがどうしたことか、ワインの売れ行きも伸び、絵本人気も高まっているなどとも話題になっているのではないかと思う今日この頃である。

Jフォン（指輪）

「虹がでてるよ。消えないうちに見てごらん」

出勤前の夫が言います。ベランダに出てみると朝のすがすがしい空気の中に、台風一過の天気雨の中に、大きな虹が色もはっきりしている虹がありました。さっそくシャメール使用です。


これは長女からの「タンプレ」です（タンプレとは誕生日プレゼントの略です。念のため）。ママの新しい携帯電話はワイン色。とてもステキです。ちなみにタンキニとは（タンクトップとビキニ？）五年続いたピッチから携帯に変わって以来二年ぶりの新機種です。またあの時と同じで、新しいカメラ付携帯は扱えない。まだこわくて触ることもできない。返信もしないで終わらせることが多い。だいいち受信音が聞こえない。さっき撮った虹も見ることはできない。いろんな機能があるようだが使い慣れた携帯、まだそちらの方に未練がある。

「今どこ？」

「今日はオト？」

「帰りが遅くなるならメールしなさい」

とさんざんメールしたその携帯はもう鳴ることはない。受信記録を眺めるだけだ。

「おばさん、ごはんまだですよね。食べないで待っててくださいね」

スイトピーとガーベラの花束を持って突然に来た男の子ふたり組。なんと手には大きな寿司桶を持っている。Mの好きなまぐろとたまごとサーモン。ガリといくらひとつぶも供えている。

「パパが話した最後の挨拶までは泣かないでがんばっていた」

と話す。そして出棺の時、後にいたんですが、「最後なんだから」と前に引っ張ってくれたのはNだと話す。もうすぐ来る一周忌にはどうしたらいいのかと話す。

高校生の時の話もかなり詳しく聞く。最後に遊んだ日のことを話す。自分はこうだったではなく、私だったらこうすると相談にのってくれるんですとその様子を話す。それにしてもMに相談事をする人のなんと多いことよ。あんなちっちゃい子なのに……。
○○街道を走っている時、あのナンバーのバイクを捜すとも言う。それに出くわす可能性は十分にある。お姉ちゃんがそれで通勤しているのだから……。しかも顔が似ている。驚いて事故らないで下さい。フルフェイスのヘルメットでは顔がわからない……か。

ひとりの子の携帯電話が鳴る。消す。

「出ろよー」「そう、話せよー」「かけろよー」

「いや、メールだから」「じゃ、見ろよー」「読めよー」「返せよー」

親子の片鱗を窺わせるノリ、話しっぷりだと笑われる。この頃一日中ためいきばかりだったママが三時間元気になった。悩みがあったもう一人の子も少し元気になった。ひとりで墓へ行ったという子も風邪も治り元気になった。

そして翌日、ビアーノ・ディ・モンテヴェルジネを開ける日が来た。このグループのMパーティ、今年二回目だ。昨日のふたりもまた来た。今日はアルストロメリアの花束だ。初めてのお友達も連れてきてくれた。その子は高校生の頃、Mとおはようの代わりに「米」「豆」コメ、マメ……と叫んだなどと話してくれて、いつものようにど真ん中にいて満面の笑顔のMがいる写真を持ってきてくれた。

今日面接に行ってきたと言う子はスーツ姿だ。仏壇の前でいつものように小さいおもちゃを供えるNa。Noの花束はオレンジ色のチューリップ、そうバレリーナだ。

視聴率は右肩上がりだった。列島のテレビの約六割が大黒のシュートを映し出していたわけだ、という埼玉スタジアムでのサッカーの試合も見る。テレビを見ながら、今までと何も変わらない様子を見る。

あとMがいれば、Mさえいれば、昔と同じ時間が流れるのに思う。お友達のひとりの結婚の日取りが決まり、今年入籍予定の友達もいる。

一五〇万貯まったら同棲するという子もいるとか。指輪が光っている子も今日見つけた。

Mがいなくて良かったとも思う。これからも増えていくであろうそんなこんなを知らなくていられてよかったとも思う。誰よりも喜び、祝福したであろう姿も目に浮かぶが……。それらの情報に優しい対応をしなくてはと心に誓う。みんなのしあわせを素直に喜べるママでいないと……覚悟しておかないと……そんなママはとうとう四〇キロを切った。

「これはママに持って来たんです」というビアーノ・ディ・モンテヴェルジネは格別においしかった。

残念だったことは昨日の寿司。

「ちゃんとさび抜きにした？」

「あっ……」　悲しみには波がある。

「今頃どうしているんだろう」

「そうねえ」

普通に話せる時もある。悲しみには波がある。一日中引き潮にどっぷりはまっていた時、訪ねてくれた友達の話に「あはは、あはは」と声を出して笑ったら、自分の乾いた笑い声に気がつきお茶を替える振りをして台所に引っ込む。


悲しみには波がある。この陣痛のような痛みで何かが生まれないように、行き着かないように、考えないようにしなくてはならない。

悲しみには波がある。そのサイクルが小さいとストレスが大きいという法則があるのかもしれない。体も疲れる。そのサイクルが大きいと逆にストレスはもっと大きいのかもしれない。精神が疲れる。そんなことを考えている私は科学者か哲学者にもなれそうだ。

ノーベル賞でもとってやる。

歌人の五島美代子さんに娘を失った悲しみを詠んだ歌がある。

「逝きし子は蒼空に咲くばらにして死の誘惑の甘きことあり」

そういう境涯に身を置かずとも、歌の心は痛いほどに分かる。（読売新聞十二月掲載「編集手帳」より）

「人間の宝には子に過ぎたる物こそなかりけれ」（保元物語）

というが宝を失った痛みに、時の古今、洋の東西はあるまい。（読売新聞十二月掲載「編集手帳」より）

「Mからメールが来ておどろいた」

ってパパが言った。Mの携帯電話には今でも時々メールが入るけど、それに返事を出すことはしないとおねえちゃんは言う。

ママはMのお友達とは「Mチャンネル」で話すことにしようと思って……そうすると差出人が「〇〇M」って出るんだよ。みんなを驚かせて、喜ばせちゃう。お友達にパソコンへの「Mチャンネル」のアドレスを教えた。

「Mからのメールがあるんだよ」

とパパが言った。フライドチキンを買ってきてくれる？　という往信への返信は……。この頃の私は話すことを拒否するというか話すことを捨てることが多くなったと感じる。泣く方向には向かいたくない。その時もそれを聞いてただうなずいた。それはいかにもMらしいものだったから……。

友達に「私、この間パシリやらされたんだよ」などと言いながらもパパのお願いを聞いてあげられたことをうれしく思いながら、自分も大好きなチキンを買いにバイクを走らせる、多分満足感もあったのではないかと思う。

「フラチキ買ってこない？」

「ラジャー」

ミー（交流）

「S君達が持ってきてくれたスイトピーとガーベラの花束を持って行こうと思って……」

「それは有意義だね」

とパパが言う。

今日はナビの推奨ルートを採用した。走りやすい大きい道でしかも二時間で着いた。猫がいた。車の下に来た。墓の裏側に。ガラス瓶の横に。だんだん近づいてくる。とうとうおにぎりを手から食べた。

Mは墓へ来たことはない。なぜならMのために作られたものなのだから。Mの見た景色を捜したというYには伊豆なら海老名インター、茨城なら守屋サービスエリアをお勧めしたい。ここの景色を眺めここでフランクフルトやアイスクリームを食べたのだから。

ガラス瓶の整理をした。新しいガラス瓶を持って行き、満タンの方は茨城の家のガーデンセットのテーブルに置いた。新たに「熱さまシート」を入れた薬セットは残した。ホカロンも手袋もスカーフもそして今年入れたと思われるものも残した。

スイトピーとガーベラの花束を持って来てくれた子が、次の日アルストロメリアの花束を持ってきてくれた。その子から「明日は一人で行きます」と電話が来る。Mに手紙を書いたそうだ。

私は土曜日午前の薬局の仕事を終えてから支度をする。自宅にあった写真を捜してくれて、前回家で撮った写真も持ってきてくれた。そしてピンクでまとめた大きい花束をと注文を出したというカーネーションの花束を手渡される。

名前は「S君」としよう。S君なのだから……。

恋愛問題にうとい私達に、報告したり、意見を求めたり、プロポーズの言葉などを質問される。そんなものはないのが普通とか言いながら、昔を思い出し、Mの代わりになんとかいいアドバイスをと必死に答える老夫婦の図。

「これからお家に伺ってもいいですか」

かなり突っ込んだ話もしながら二時間が過ぎた頃、電話が入る。二か月ぶりのEと、通夜、葬式、納骨の日、スペイン料理の店でのパーティなどで何回か会ってはいるが、ウチに来るのは初めてというU、そしてUの彼女。質問は老夫婦から若夫婦予定のふたりへと移っていきほっとする。初対面のグループが今日なごやかに交わった。Sの役目は大きい。

まずUから報告がある。四月から中学校の先生になる。教科は数学だ。おめでとう！

もうひとつの報告、それはEが一年ぶりに免許を取ったこと。ごめんなさい！　おととい早速報告に来てくれたのだとも聞く。

Dは今日墓に行っていると聞き……ありがとう！

夜、S君の書いてくれた手紙を読んで……泣いた。

ドリーム（考察）

『少し前に夢に出てくれたね。やっぱりMは笑顔で、かわいかったよ。夢の中ですごい楽しかったよ!!』

『この前にMの夢を見た。Mは何にも話をしないで、ただただそこに居ただけ。夢だから何も考えれなかったけど、今ならただ傍にいるだけでいいと思います』

『夜、長野に向かう車の中で主人に朝方、Mちゃんの夢をみた話をしていました。』『じゃあねと言って夢から覚めたら深夜二時、これってすごくないですか？』

『今朝Mの夢を見た。笑っているので抱きしめようとしたら透きとおっているように抱きしめることができないという夢を見た。』

『この前も夢の中でも心配してくれてて……私はMに沢

山助けられていたなってつくづく思うよ。Mありがとう。また遊びに来てね！　私もまた来るね!!』

夢で逢うため順番にお友達を回っているらしい。いそがしいのだろう、そりゃママのことは後回しだ、と思っていたら十二月十日、ママの番がやっと来ました。なんだかうれしくてもう一度夢を反芻してみました。

「ひとりに声を掛けられたところをひとりに見られていたと気付き、その時そこにいたと言うことはあのこにも見られていたということか。などと三人がからんでいる。その件でNoに電話してくると二階に行こうとする。でもこういうことはこちらからするよりかかってきた時に話す方がいいかといいながらも二階に行こうとする。そこでママは目の前の電話の受話器をとり、ふざけて数パターンを見せて笑わせる。Mは笑っている。その顔は遺影の顔と重なった

心理学者フロイトは　心の中には「意識」「無意識」の二つの世界があるといいました。もしあなたと深い接点のある亡くなった方が夢に現れ会話をしていたら。その会話の中で今後あなたにとって重要なアドバイス（助言）が含まれていることがあります。友人はアドバイスを受ける。そして癒される。笑う、何かを誤魔化し、隠そうとすることを表している。あるいは自分は愚かであると感じていることを表していることもある。泣く、心からの悲しみ、あるいは不安。嬉しさを隠すための手段。ため息をつく緊張からの解放。身震いする自分の衝動に対する恐れを投影していることがある。内的葛藤。喜ぶ、苦境を脱したい、幸福になりたいという願望を表す。精神のバランスを保つために見ることもある。

♪夢で逢えたら（鈴木雅之）

それにしてもエスマートのおじさんは恐怖だ。

「保育園の先生は夏休みがなくて大変だね」

Mとも世間話をしていたというスーパーマーケットの専務だ。会わないように避けたり、買い物もそこではあまりしないようにしていたのに、ちょっと気を許した時、とうとう話しかけられた。

「このごろお嬢ちゃん見かけないね。忙しいのかな」

「ええ」

と言った。

今日大掃除に出た。マンションの行事には全部出てきた私だが、今年の夏の掃除と秋の総会を欠席した。今回

は欠席できないと思い貧血っぽかったが大掃除に出た。Mとも仲良しの三〇二号室の奥さんは去年引っ越していたのでよかったなと思う。それでも三〇一のご主人とMはたびたびバイクの話で盛り上がったと報告してくれたこともあったなあ。三〇一と三〇三号室の奥さんと話す。子供達がどんどん大きくなるという中で

「下のお嬢さんは先生なのよね」

「えっそうなの？」

「ええ、でも……」

と話してしまったので一日中辛さをひきずっていました。言ってしまったことはよかったのか、お姉ちゃんにおこられないか、この大きなことをまた確認してしまったという後悔もあり……。

「別れた」

と言った人がいたことを思い出した。この間会った彼女は元気？　と母に聞かれ……。

事情を話したくないお姉ちゃんのせいで、契約しているエステの有効期間はまだまだ続く。グランデュオからM宛にカードのポイントがたまったからと一万二千円分の金券が届いた。

冬のサングラスはおかしいが……辛い時は花屋の帰り道だ。おまけの花が入った花束をかかえ、自転車に荷物を乗せる。ヨーカドーからの帰り道はいつもつらい。食料の買い物が嫌いだ。何を見てもむなしい。咲いてしまっているからと言って今日はカサブランカをくれた。

「M、そろそろ帰って来てもいいんじゃないですかあ。ママ達はおとなしく待っているんだから。早く帰っておいでよ。もうここらへんで許してくださいよ。この頃つらくてたまんないよ。なんとかしてくださいって。みんなにはナイショで家だけにいるっていう方法もあるよ。秘密で暮らすっていう方法はどう？　ママ達が明るくなったけどどうしてなんだろうと、かえってみんなが心配する、こういうのはいかがでしょうか？　とにかく顔を見せて下さい。連絡待ってます。なるべく早くね。待ってるよ。Mへ。ママより」

ネックレスの留め金の部分が、首の後ろでなくて、前にまわって来てる時、だれかが自分のことを想ってるのです。そんな時は、ネックレスにチュッとキスをしてあげましょう。もうひとつ、クリスマスツリーの下で男の

子と女の子がキスをすると相思相愛になるという昔からの言い伝えもあります。これは有名な話ですね。

ステージの出番を待つ俳優に「good luck」をいうのはタブーとされています。なぜなら、いじわるな悪魔が聞いていて願いを台なしにしてしまう可能性があるからです。だから「break a leg（足を骨折しろ）」なんて言ったりするのです。そうすることで、あまのじゃくな悪魔が逆のことをしてくれるから、成功すると言うわけです。まんじゅうこわいってことでしょうか。

ではどんな願いことをしたら……。

ルーカス（アニバーサリー）

「お芝居の公演も毎年家族でお花もって駆けつけたり、伊豆でみんなで会ったときは、たまたま誕生日だったので、おとうさんにシースルーのベージュのサマーセーターを渡し、みんなにとっても似合うと言われ、喜んだパピ。〝笑っていいとも〟にそれ着て出ていたしー」

『二〇〇〇年ソルシエール』「アニバーサリーオブパパピ（後編）」ではそれだけしか触れていないが、私の父は俳優だった。自分では役者などと言っていた。実のところは東俳所属の研修生といったところだが、しかし六十歳というあの年齢は使われる確率が高いらしく、映画やテレビにちょこちょこ出ていた。

『二〇〇三年ペルピニアン』「オンエアー」にはこうある。〈私たちが家族で実家に遊びにいくと、自分が映画にテレビに出た番組を見せたいと思うらしくビデオを早送ったりする。その場所が見つからずビデオを巻き戻したりする。私たちはオンエアーで見ているので「もう捜さなくてもいいよ、見たし」と言う。それでもしばらく早送ったり巻き戻したり「おかしいな」とつぶやいたりしている。二時間ドラマからほんの二十秒を探すのは困難である。やがてあきらめる〉

『パピの箱』には沢山の切手がある。そして財布、定期入れ、金貨、記念コインがある。それとは別にビデオテープがダンボール一箱ある。沢山あるビデオを再生してパピが出ているところを探し出す。父の死に直面した私は、父のために何かをしてあげたいと考えていた。そこで父の出ている場面を一挙に見られるように一本のビデオを作ろうと思いついた。私はこの作業に没頭した。パートの仕事から帰り夜中まで再生、早送り、巻き戻しを繰り返す毎日だった。家でテレビにかじりつき画像の番号を確かめメモをする。それらのテープのダビングをしてくれるビデオ屋を見つけたのだ。順番を考えてビデオ屋もダビングしやすいように譲歩したりもしながら、一本のビデオを作った。題を『アニバーサリーオブパピ』とした。葬式から一周忌までの間にそれは出来上がった。

Mが高校生の時のビデオが見つかったとお友達が持ってきてくれた。私達に楽しい時間を過ごさせてあげようというお友達の気持ちが伝わってくる。「スターどっきり○秘音楽祭、てっきんの女王」というタイトルが書いてあるそれは、美術と音楽とに分かれている選科の発表会というかたちで行われたものだった。「歌をうたえばいいのに……」とパパは残念そうに言った。Mは、ドリカムの「Winter song」という歌をうたう女の子の横で鉄琴をたたいていた。それを見て『保育園の運動会』も見て、パパが帰ってきて『保育園の運動会』の続きを見てからまた『音楽会』を見て、パパは寝に入る。私は思い出してじいじの『アニバーサリーオブパピ』をお友達に見せた。そこへお姉ちゃんが帰ってきてその続きを見る。そこにはおまけとして正月を実家で過ごしている小学生のMがいた。

十二時になり、「楽しい高校生活の一部十七〜十八の冬、S、Mを撮る」と名前がついたビデオのMと、Sのショットをデジカメに納め、Sが帰る。その後、またお姉ちゃんと『音楽会』を見た。今日になって『アニバーサリーオブパピ』のビデオを見た。最後にそれを見てから十年は経っている。パピが亡くなったとき奔走した思い出が蘇った。Mのために何かをしてあげたいと思った時、私は『Mチャンネル』を作っていた。そこへお友達からのすべての手紙、メール、ノートの言葉を書く。そして記録としての文を書く。その際気持ちを入れずなるべく客観的になどと思う。そうしながら二十もの文が出来上がってしまった今、とまどってもいる。そんな私は、父が亡くなった十三年前と同じことをしていたのだ。

何かを紛らわせようと、逃げようとして同じようなことをしていたことに、今日気がついたのだ。ビデオ編集であったり、チャンネル作りだったりではあるけれど……。

昨日読み終わった本がある。

【忘れられない青春時代の想い出がよみがえり心揺さぶ

られます。イギリスの小さな島で繰り広げられる、少女と孤独な少年の運命的な出逢いと別れ。淡々と語る少女の言葉が胸を打つ……言いようのない哀しみとせつなさ、そして純粋さがもたらす、現代の癒しの物語―】という紹介文がある、ブルックス・ケヴィン（林 香織訳）の『ルーカス』だ。

【「乗り越えるのは忘れるのとは違う。自分の気持ちに背くことじゃない。苦しみを耐えられるレベル、つまり自分をだめにしない程度にまでへらすことだ。今は苦しみを乗り越えようなどとは思いも寄らないだろう。できるわけがない、想像もつかない、まったく考えられないとおもっているだろう。乗り越えたくなんかないと。なぜだかわかるか？　お前が持っているのは苦しみだけだからだ。優しい言葉もいらないし、他人からどう思われようと何を言われようとかまわないし、誰かを失った時、他の人ならどう感じるかなんて知りたくもないだろう。他人は自分ではないからな。お前の気持ちを他人が経験することはできない。お前が欲しいものはただひとつだが、それを手にいれることはもうできない。なくなってしまったもの、二度と戻っては来ないもの、どういう気持ちがするものか誰にも分からない。そこにはいない誰か、二度と戻ってこない誰かに触れようとして手を伸ばすのはどんな感じなのか。分かるものなどいないんだ。埋めようのないむなしさは誰にも分からない。お前以外には。おまえと私以外には。私達は何も望んでいない。死にたいだけだ。でも、命はそれを許してくれない。命にとってはわたしたちがすべてだからだ」

「そんなことをしても、気が晴れるわけじゃない。しばらくはもっとひどいことになるかもしれない。だが悲しみを自分の中で死なせてはだめだ。命をあたえてやらなければ、そう、すべてを吐き出せということ」

「読み終わると悲しみは昇華され、ケイトと同じように苦く、切なく、それでいて不思議に穏やかな気持ちになれるでしょう。ケイトは物語を吐き出すことによって悲しみを受け入れることができたけれど、その語られたものを読むことで、わたしたちも同じ体験ができるのです」】

不思議な少年との出会いから別れまで、その癒し方としてエッセイを書くという方法がとられていることに注目した。この本の表紙のイラストを書いているのが、Mのいとこであるということで、この本と出会えたのでした。

マイフレンズ（遠征）

春の気配が感じられるこの頃です。

きょうもポカポカという感じの天気で……。

そんな中、墓から中継が入る。

「今駐車場に着きました。これから探検です」

「正面の階段を上がりました」

ではずっと奥まで行ってください。次の階段の手前まで。

「五～六段の階段ですか？」

そう、そのすぐ手前を……。

「あったー。ありましたよ。白い椅子が見えます」

そう、あった。

「ありましたよ。フェンスの方ですよね」

「前まで来ましたよ。到着です」


その日は保母さん達が卒園式の報告に来てくれている。保護者から先生に贈られる花束とお菓子を持って。

Ｍｏも、「ゴンファレナ・アルテルナンテナ（紫こんぺいとう草）」というかわいい植木を持って来てくれた。

Ｍは十七歳でバイク、十九歳で車の免許をとっていたが、ＭｏとＮｏは夏のバイクに続き今年三月、車の免許に挑戦しているそうだ。


「ほんとのことを言うと葬式に行って欲しくない」

と言われた人がいる。出棺に立会い教習以来の高速道路運転で墓参りに行った、彼女と別れた友達が家に寄る。

「それは売れないなあ」

と言われた時のことを思い出した、と話をしに来てくれる。

昔パパに頼まれたタバコを買いに行った時、

「セブンイレブン下さい」

年賀状は出しても来ないと言う。

「来年、来年」

と言われるそうだ。

「返事来たか？」

ともう一人に聞く。

「ううん」

とわらう。

「欲しがっていたものは何ですか？」

仏壇と乾杯したり、自分が食べる前に、おまんじゅうを供えたりするのを忘れないSから質問がくる。なにか形にのこるものでと言う。そういえばあの子は何も欲しがらない。各自考えるということで返事をする。

「この一年を考えると早すぎる」と言う人。「二十歳からは時間が経つのが早く感じられたけど、この一年は長かった」と言う人。長い時間が早く経った。「Mがいたら、今年は何組みサンになっていたかなあと考える」薄緑色のバラやスイトピーに白いガーベラというステキなブーケを持ってきてくれた保育園の先生であるCちゃんは言う。やっぱり年長さんのさくら組さんかなあ。


高校生の時のいろいろな写真をコピーして、それを切り抜いて貼り付けて『MY FRIENDS』と名前を付けてB４版サイズにまとめる。何年も前にそれをもらったと言って捜し出し持ってきてくれた。それは色が変わっていた。そして壁に張ったのであろう証拠の、四隅にあいた鋲のあとが笑えた。

ロッカーのRがコンサートのチケットを持ってきた時、さらっと眉毛カットが始まったことがあった。黒スーツ姿のRは居間の床に座り、ダイニングテーブルに頭をつけてライブの話をしながら、Mは毛抜きを使っている。

「あっごめん、変になっちゃった、あっはっは」

「だいじょうぶー、明日はライブだよー」

と言いながらも大して気にしている風でもなく、されるがままになっている。信頼で結ばれているお友達っておもしろいと思いながら、台所からこの風景を眺めていた。このRも鋲で囲まれたB４版『MY FRIENDS』の中にいる。

「高校生の時までとは言わない。けどもし時が戻るなら一年前の五月十日に戻してほしい。二十四回目の誕生日を迎えました。Mちゃん、これでやっとおいついたよ。この日に会いに来れてよかったです。世界は違えど共に成長していこうな。二十五回目の誕生日、二十六、二十七、二十八………毎回、会いにくるから」

Sが墓に置いてきた手紙と、ドラゴンボール。何かが揃うと願い事が叶うとか。家から帰るとき、「Mちゃん、また来るよ」とMの部屋をノックする彼は、それが七つ揃った時、何を願うのか。

パヌンとは、モン語でパァ（paj ＝花）ヌン（hnub＝太陽）、つまり「ひまわり」のこと。東南アジアの国、ラオスの山岳民族、モン族のおじいさんがつけてくれた私の名前です……そんな文を見つけました。今、考えると男女関係なくお友達になる……明るい……ひまわりのような……そんな子だったんだと思います。

桜が咲いて散った。一周忌まで一ヶ月を切った。

ネネモナ（おしゃれ）

「そうそう、これです」

その時着ていた服は

「初めて会った時着ていたのは、茶色いデニムのシャツワンピースだった」

と言う。茶色っぽいワンピースはいくつかある。

「裏がヒョウ柄の？」

「ううん、それではないたしかローウエストにベルトがついているものだった」

と言う。Mの部屋のクローゼットを開けてみた。これと思われるものを持って居間に行く。〈NENEMONA〉のタグがある。一瞬〈アナスイ〉かと思ったタグは、〈COCOLULU〉の姉妹店だとかYの説明を受ける。

サイズはスモールだ。そしてその初めて会った日のことを話してくれた。アパレルに興味があり〈COACH〉のマヌカンであるYちゃんは、そのワンピースを着て、ウィッグをつけ、黒いブーツというういでたちでテーブルの向い側にいたMに、一目ぼれしたそうだ。モデルのようなYちゃんに「かわいい、Yのタイプだ」と言われたMはさぞくすぐったかったに違いない。

保母さんはシャカパンとTシャツやトレーナー、ジャンパーとバッシュー。ユニフォームはエプロンだし金がかからなくていいねと思っていた。組み合わせがうまいとも思っていた。若さからか何を着ても似合う。キャミソール型の服は親としてあまり着ないで欲しいと実は思っていたのだが。ソックスは、ばあばからの宅急便でいくらでも送られてくるものを消化していてくれた。ただ、色が茶色だの紺だのベージュだのとババクサイものばかりでかわいそうだったなと思う。バイク通勤では、ばあばからの宅急便の厚手のタイツ関係が大いに役立った。寒がりなのか冬には三枚もズボンを重ねていたと友達は笑う。

〈OLIVE des OLIVE〉〈last scene〉、渋谷１０９で買ったと思われる服もある。小さいサイズのスーツも沢山ある。しかもＳサイズはバーゲンでは買えないので高い。近頃の若者らしく、〈Vuitton〉のバッグ、財布、キーホルダーなども愛用しているし、〈Prada〉のバッグもある。

白いサンダルはかかとが高くダイヤがこぼれそうに光っている。いい香りの香水もつけて、まつげもラメで口紅もステキな色できめていることも多いこの頃だった。人生のピークに欲しがると私は思っている、白いコートも数枚ある。

美容院へ通いすぎる。茶髪にしたり、黒く戻したり、フワフワカールにしたり、ストレートにしたり、行ったばかりなのにまた行ってくると言う。「せっかく伸びてすてきになってるのに」「ママにすてきと言われたらおしまい」などと若者のセンスがわからない年寄り扱いされる。

「いってきまーす！」仕事が終わって会議が終わって、そんな時間から青山の美容院へも行く。友達が働いているところだそうだ。

「使う？」

と笑いながら、Ｍの香水、使いかけの〈GUCCI〉のENVYをママにくれた。「たしか香水集めをしていたはずだけど」と頭の片隅で思いながらも、その上等の香りに惹かれてありがたく頂く。

「これ使う？」

とピンクのファイルケースをくれた。ファイルはいくつあっても便利なものだ。ビーズのバッグをしばらくしてからだまって笑って戻された。ママがあげた中国土産だったが気に入らなかったのかと思って「おやおや」と苦笑いで受け取った。

園で使うからとウェディングドレスを持っていった。それを着た姿をある人の携帯画面で見た。たくさんあるぬいぐるみを園に持っていった。あの頃、持ち物を整理していた訳でもないだろうに……。

Ｍの白いコートを貸した。ピンクのワンピースをお友達の結婚披露宴出席のため貸した。Ｍも出席したであろう同僚の先生やお友達の結婚式がどんどん通り過ぎてゆく。それがどんどん増えてゆく。

スノボーへ行くためトレーナーを買おうと思ったけど、Mが沢山持っていたと思い出し借りたおねえ。

修学旅行用に買ったというダウンの大きいコートを長い間Mが借りていたが、「バイク用に使ってください」と彼から譲り受け、今おねえちゃんが使っている。

Naグループにおねえちゃんも入ってあみだくじを始めた。何度やってもMiになる。その様子を見て去年の……もうおととしになるのか……Mの二十三歳のお誕生日の様子が浮んだ。テーブルにはピザの箱がふたつある。グラスと皿と……そしてこのメンバーがいる。このあとビリヤードをしに出かけて行ったっけ。今日のあみだくじは「青木さやかのセミヌード写真集を買う人」が目的だった。

NoとMoが来た。近頃の悩みを話した。Mは友達の幸せを願う子だと言う。やきもちをやくことなどないのも不思議。「あの子どう?」とくっつけることが好きだなどと笑う。仲人根性があると笑う。悩みを打ち明けると本人より先に泣いていると言う。こんなに姉妹が仲良しというのは見たことがないと言われる。京都へひとり旅をして卒業旅行としてMと行ったルートを辿ったおねえちゃんが何年ぶりかで熱を出した。

そして今日は涙ボロボロで帰ってきた。携帯電話のメモリーやムービーが消去されてしまったと。故障したので機種変更の前に修理をしようとしていた。直ったら中身を全部写すための何かも用意できていたとか。もう少しだったのに、ショップにはあんなに注意してとお願いしたのに、と泣く。

家族に内緒でひとりで墓参りにも行っている様子だ。家族を助けながら自分がまいっているようすがある。また、墓へ行ったことを、そこで偶然会った人から、今日聞いた。携帯のメモリーが消えてしまったことを報告し墓で泣いてきたのだろうか。そんなおねえちゃんがジムに通い始めた。紛らせるための手段を探していたのだろう。逃げるものを探していたのだろう。辛さが充満し見つけたのだろう。

パパはゴルフに熱中している。ママはホームページで文を書きながら、短時間の仕事を続けることで、普通の人のふりをしている。

でも言えない言葉が胸にたまっていき、書けないことが心にたまっていき、「魔女の本心」と題して吐き出すことを覚えた。それは人の目にふれることは、絶対にない。

Mは「世界で二番目に幸せになる」と言っていた。一番目は数年前のテレビドラマ「ムコ殿」の長瀬智也と竹内結子のふたりだそうだ。表向きはクールでハンサムな大スター、でも実態はダサくて熱くて涙もろい人情男という設定の、桜庭裕一郎とさくらのふたりを自分達と重ね合わせていたのか。

重大な変化は一見平和な動きの中から起こりやすいものであること、よくないことは、時として、幸福を装うことからおこるものである。突然の変化、損失、脱落、親しい関係や友情の終わり、心に消えない傷を負い、新しい時代の始まり、死の可能性のある病、見せかけの幸福。

それはタロットカード十三番目の意味です。

たった　八七六六日、二十四年だったが人生を楽しんだ。

Mと約束してたよね……。

「お互いが結婚するまで、飲み会（出会いの場）に呼び合おうネ」

「お互い幸せになろうネ」

って……。今日仏壇を初めて見たYは泣いた。

話し始めてまた泣いた。

パパの携帯待ち受け画面はMだ。

ママはパソコンの中で考える。

ザ・ファーストアニバーサリー

駐車場に一台の車を確認しながら私達は右から上りこんで行く。墓に行く前日から私達は茨城に泊まり込むことが多い。そういう時は行きがけに墓へ寄る。今日も相変わらず行動を共にしないお姉ちゃんを家に置き二人で出掛けた。そして駐車場に一台の車を確認しながら、右から上りこんで行った。静かな空間の中でそこだけが花園でその前にはお友達がいた。こういう状況は前にもあった。こんなところで会うなんてとも思うが、ここだからこそということでもあるわけで。

その日、そこには小学校の時のお友達が五人いた。車の中からそれを確認し、感激しながらうれしさをかみしめながら車を墓前の少し前まで持っていく。小学校時代に戻ったような笑顔で迎えてくれるみんなに挨拶をしながら荷物置きのシートをひろげたりして何かをごまかしている。線香に火をつけ、「うめしば」四袋に笑ったり、ケーキにろうそくを立てるのを手伝ったりする。写真を撮ったりしながらやっと気持ちが落ち着いてきたのを感じる。女の子三人を引き連れて三フロアーの秘密の場所へ案内したりする。広い芝生のスペースで写真を撮っていたらひとりひとりがMの名前のアルファベットを手で作り頭上に掲げた。楽しくて悲しくもなる。その影を撮ったりもする。その時は最初と最後の文字は入れ替える。アルファベット三文字の名前はいいねという結論が出て墓に戻る。


ひとしきり時間がたち、茨城の家でお茶でも飲みましょうということになる。ストーカーHが喜んでいるのがあきらかに分かる。私達は通夜の日から知ったその状況を、ほほえましく認めながらありがたくも思っている。


車二台を連ねて十分たらずで到着する。

居間でお茶を飲む。それから二階の部屋を見学する。まず和室。そこには墓のガラス瓶が置いてあり本棚には写真が飾られている。

障子を開けて墓の方向も教える。家族がどの位置に布団を敷いて寝たかを説明する。義弟の部屋の前とサンルームをとおり、和室ではゼンソクになるのでとこちらの部屋を使うようになっていたとMの寝たベッドを教える。そこに座ったストーカーの写真を撮る。お父様の画材が置いてある部屋を見る。隣の音楽室を見る。

「二階の何を見ているの？」

二階からぞろぞろ降りてくる私達を義弟が不思議がる。お友達はMの見た景色を見て、泊まった部屋を見て、サンルームで一服しながら想い出にひたるという至福のときを過ごしているのだ。

満足して、明日のためのおみやげをいち早く手に入れてお友達は帰って行く。明日のためのおみやげーとは、スワロフスキー仕立てのしおりです。王冠とクロス、ハートカットのラインストーン、天使の羽とハートなどにスワロ社の透明なラインストーンがついているシルバーのしおりです。お友達の証として。それと冊子。表紙は思い出の絵、主人公は魔女ジル様というおはなしを書いたものです。そしてママが好きな、ママだけが好きだというウワサの和菓子、ママしか好きじゃないという（そんなあ……）和三盆が御礼の品です。

翌日、お姉ちゃんが到着しパパが迎えに行く。

一時間後、今度は私の母と妹と姪を駅へ迎えに行き、墓まで連れてくる。前日もお花がいっぱいだったので家から持っていった花は茨城の家の玄関やMの祭壇やキッチンに飾った。

この頃は、左の町長さんの墓にも花のおすそ分けをするようになっている。今日もちょっと地味目の黄色い小菊を拾い出し左右の花挿しに挿してあげた。

少し早めに男の子が二人到着し、時間ぴったりにもう一人が到着した。手にはそれぞれの花束を持ってきてくれている。姪のAちゃんはうらやましがっていた。

「これってすごい」

たくさんの花に囲まれたMにお線香を上げ、一年経ってしまったと報告をし、重い石を触っていたら、姪のAちゃんに笑われた。

「開けようとしてるよ、この人」

義妹、義弟まで順番にお線香を上げ、写真を撮り、Mとの時間を過ごした。

花束を一旦茨城の家に持ち帰っておいて、順番に入れ替えてくれると墓守である義弟が言う。茨城の家に持ちかえり写真と位牌がある祭壇に置いた。そして皆で会食をする。刺身や天麩羅が入ったこの膳はちょっと苦労をして手配をしたものだ。この話はいつか話すかもしれない。そのあと昨日のように、お友達はMの見た景色を見て、泊まった部屋を見て、サンルームで一服しながら想い出にひたるという、例の至福のときを過ごした。

「花束を一つぐらい持って帰れば」

二階からぞろぞろ降りてくる私達に墓守が言う。さて、どの花束にするか、誰の花束にするか、それは私には決められない。

『月日が流れるのは早いですね。みんなすごい辛さ、言葉では言い表せない苦しみを背負ってるんすよね……。実際僕たちには何もできないだろうし、これから先もそうなんだろうけど、Mちゃんのことを忘れることなく想い続けていきます。僕の人生あげますよ！　そんな勢いで（笑）』

そう言ってくれた子が決めてくれたひまわりの花束を車に乗せ東京に戻った。

『今回もパパさんの言葉、リアルにきました……』

というパパの挨拶を、一周忌の記念として、そしてお礼の気持ちとして載せておきます。

『お早うございます。とうとう一年経ってしまいましたね。早かったような、遅かったような、短かったような、長かったような、そんな一年でした。今日は五月八日。去年の今日はどんな日だったんでしょう。恐らく、なんでもないごく普通の日だったんでしょう。その二日後にすっかり世界が変わってしまうなんて、全く予想だにしていないごくごく普通の日だったんでしょうね。

五月十日、あの日からすぐに、夏が来て、秋も来て、お正月が来て、桜が咲いて、そして今日がきました。私たち家族は何とか頑張って壊れずにこれました。これもひとえに皆さまの暖かい思いやりのおかげと思っています。本当に支えていただきました。心から感謝しています。

ご存知のように五月十日はMの誕生日です。あさって彼女は二十五歳になります。私たち家族にとって、これからはこの日が一年の区切りの日となるでしょう。皆様もこれからも末永くMに話し掛けてあげて下さい。今日も区切りの日のお線香をあげてやって下さい。よろしくお願いします。ありがとうございました〉

平成十七年五月八日十一時曇り　墓前にて』

ハッピイバースデイ二十四＋一

お姉ちゃんがそれは『お誕生会』だと言う。一周忌ではなく『ハッピーバースデーのパーティ』なのだと言う。そこでママは香水を集めていたMのためにお誕生日プレゼントを用意した。ブリトニー・スピアーズの香水「キュリアス」。彼女がプロデュースした二月十日発売のブリちゃんの香水だ。「まだ誰も持っていませんよ」と勧められて……。

おねえは……教えてはくれないがクレージュの丸い箱。去年、棺に入れたプレゼント、ピアスと同じ丸い箱が入った袋がいつの間にか仏壇に添うように置いてある。そして「スーパーJチャンネル」お天気お姉さん今村涼子に赤はあるか？？

内容はもとより、差出人も、着信があったことすら教えてくれないお姉ちゃんが、さすがの事態に驚いて報告してくれた。五月十日　○時○○分、Mの携帯電話に三通のメールが入った。(A……C……S……)。

一陣は三時……。保育園の主任であったU先生が大きな花束を持っていらしてくれた。

「可愛い花だねえ。私この花好きだなあ」

と言ったことを教えてくれた。

小さな花でどちらかというと日陰に咲く花、そんな花にも目が行く気持ちがあると〝すずらん〟がスキだと言った時の話をしてくれる。そう、Mは〝牡丹と薔薇〟ではなく、〝ひまわりとすずらん〟だったのだ。

とはいえ一番好きな花を知っているという人もいる。長い間Mと遊び、行動を共にしていた、Mを知り尽くしているその人が自信を持って思いがけない花の名前を言う。

「それは、ポインセチアですよ」

クリスマス時期に花屋をにぎわせる赤。それは花ではなく葉だということだが……何もかも消し去るようにまたは何にも負けることのない楽しさの象徴である元気な赤い花、〝ポインセチア〟が一番スキだったと聞く。果物は何が好きだったか分からないのでとおっしゃって、今日はスイカとメロンを持ってきてくださった。

「Mが好きなのは……グレフルかな」

と思う。

二陣は五時、保育園のお母様だ。今、子供が水疱瘡なのでほかの子にうつってしまってはと心配して一人でいらした。お花を持ってきてくださった明るくて元気なお母様は、子ども達はもちろん自分とも仲よくしていたという話をたくさんしてくださった。この時は〝うちのチュンチュン〟が〝M先生〟になる。

三陣は六時、Yっきーと Sという常連の男の子。花束を持ち、さらに母の日カーネーションも魔法のように取り出してみせた。

四陣は、今日茨城の墓を訪ねてから来てくれたという、Mi、Rが到着する。〝今日墓を訪ねる〟ということを重視したこのグループは朝早くから茨城へと出発していた。もうすぐ始まるテレビ朝日一〇チャンネル「スーパーJチャンネル」にビデオをセットして待つ。

天気予報が始まる時間は六時半。録画ボタンに手を掛けている時――。五陣として、今日も来ることができないAを残してAママがお香典を持って来てくれた。この親子はいつもMのことで話し合いをしている。受け入れられない、気持ちの整理が付かないと言うAにAママは少し困ってもいる様子だ。画面ではお天気お姉さんが登場している。挨拶もそこそこにテレビに集中する。数日前にスタイリストのお友達から質問されていた。

「Mの好きな色は何ですか？」

「うーん……赤かな」

お姉さんがテレビに登場し、ベージュの上着を着ている姿がある。そして胸元の小さな三角の色が目に飛び込んできた。それは確かに赤だった。

ベージュの上着の下に赤いキャミソール、三×五センチ位のぞいているそれは小さいけれどとても大きな贈り物だと思った。青ちゃんからMへのすてきなバースデープレゼントなのだと思った。青子の赤に拍手が起きた。

ママは前日、何年ぶりかでチョコレートケーキを作った。パパが会社の帰りに買ってきてくれた名前入りのケーキの方にろうそくを立て部屋を暗くした。そこで今日一回目のハッピーバースディを歌う。丁度そこへ今日茨城までドライブをしたグループのレンタカーを返してきた六陣が来た。Mと同じ身長つながりでCがろうそくを吹き消すという大役をこなす。CはMにリンゴのケースに色んなものを詰めて持ってきてくれている。そして部屋にいるおねえちゃんにもとかわいいものを届けている。パパとのツーショットにも収まり、Mの部屋では、ばあばと二人でナイショ話もしている。Cはこの一年本当に家族を助けてくれたものだと思う。「ささっと食事をしないと大変なことになるよ」と脅かして寿司、唐揚げ、煮物、スパサラなどを食べさせ、隣の部屋のテーブルに移動させる。そこでみんなは鬼武者ノートまたはスケッチブックに記帳を始めた。

七陣はうわさの園児の襲来だ。保護者五人、子ども八、九人？　子どもは動き回るので数えられない。この時間がこの日一番の混乱を呈していた。さすがの私もなにをどうしたらいいか、どうかしようにもできず、ぼうぜんとしているなと感じる。園児用にと箱から出して用意していた〝トットコハムタロー〟のグラスに麦茶を注ぐのがせいいっぱいだ。走り回っている子どもがそのグラスをひっくり返して台ふきんやぞうきんが飛び交う。園児がMの部屋に集まった瞬間が少しだけあり一息つく。キレイな花束や菓子折や、KYちゃんのお母さまからの写真入手紙も届けられました。

そこへ八陣。Mu、H、Mi、Sa、Hーたん。小学校時代のお友達だ。そのうちの三人は三日前に墓の前で偶然会ったばかりだ。上等なワインを頂いた。ビデオを巻き戻しそこに赤を認め、小学校時代のお友達である青子に再度拍手がおこった。

九陣はMY、OK、そしてH。転校前の中学のお友達だ。女の子のお友達は憶えているが男の子をすっかり忘れていてあきれられる。……ゆうすけ？ ……ようすけ？「数年前ここで焼肉をご馳走になりましたよ。バターをソファーに飛ばして大笑いしましたよ」と言われてもーごめんなさい。

十陣は保母の到着だ。No、Suー、Si、Yo、Yoが来た。これだけいれば園児の世話は安心してお任せすることができる。保母の接待が受けられるので任せる。だがまだ保母さんの焼香が済んでいないので仏壇の前まで行けない状態になる。みんな立っている。そこを子どもが走り回る。

「これから来るよー」

というMの一声で、恐いビデオ（呪怨など）とたくさんのお菓子と共に先生達がやって来て、テレビの前でキャーキャー騒いでいたことがつい最近のこととして思い出される。大きいシュークリームがたくさん入った箱とお花を持ってきてくれた。

十一陣として、No、Na。いつもと違う人の多さに驚きながら入ってくる。母の日カーネーションを毎年持ってきてくれることを忘れないこのグループはなぜか今日十日をはさんで前後に茨城に行くことを決めていた。すでに二週間前に訪ねている。そして現にその後五日目に行っている。その理由や気持ちなど私には計り知れないがありがたいことではある。ケーキの形をしたろうそくに火をつけ歌をうたいだした。それに気がついてデジカメを用意したが間に合わなかった。園児が帰り少し落ち着いたところで体調が悪いAママが貧血を起こし倒れこむ。すぐ回復してほっとする。

居間ではストーカーHがケーキの上に乗っている「M」

と書かれた〝マジパン〟を食べている。「Mをいただきました」などとパパに報告している。マンションの玄関の郵便受けのところまでしか許されなかったHは、その後Mの部屋に入り、ぬいぐるみの名前を知り、実家を訪ね、「きっと迷惑がられてるよ」とお友達に言われながらも墓でウェディングソングを歌い、今日はパパの携帯待ち受け画面もゲットしていた。そしてラム酒が効いたママのケーキはおいしいと大好評？

十二陣　Moが来た。No、Mo、Mでおそろいというスパンコールの財布やカードをを仏壇に置いている。ここらへんで巨大な「麩菓子」が片付いたようだ。そして十時半、お天気お姉さんのスタイリストの仕事を無事終えて到着した青子が拍手で迎えられる。

これが今日の十三陣。全部で三十八人のリストです。そして今日のすべての出来事です。

知人友人からのたくさんの花束や手紙やカード、ノート鬼武者にも言葉がたくさん集まった。そしてヤフーグリーティングカードも印刷して仏壇に置いた。可愛い園児も来てくれたし、母と妹も手伝いで来てくれていた。

Mは見ていてくれたかな。

アルストロメリア（オレンジ色っぽいフリージアの大きいの）、グレゴリオ（オレンジ赤の紐みたいな百合）、ルスカス（白い縁取りのある葉。縁取りのないものもある）、オンシジウム（黒いぶちがある黄色い小さな花）、エンジェルランプ（小さなランプがたくさん）、ゴンファレナ・アルテルナンテナ（紫こんぺいとう草）。みんなが帰ったあとの部屋は、きれいな花でいっぱいになった。

すずらん　カスミソウ、りんどう、こでまり、スイトピー、ガーベラ（赤、ピンク）、トルコききょう（白、ピンク、紫）、デンファレ（ピンク）、スターチス（ピンク、紫、白、黄色）、薔薇（赤、白、ピンク、黄色、緑、オレンジ）、ミニバラ、チューリップ（赤、白、黄色、オレンジ）、カーネーション（赤、白、ピンク、緑）、芍薬（白、ボタン色）、百合（白、ピンク、黄色）、カサブランカ（百合の女王様）、西洋しゃくなげ、そして、ひまわり。

お線香やお花が食料だったら、この一年を振り返っても、Mは今頃デブになっているでしょうねえ。みんなからの愛がいっぱいだ。ピンポンが鳴り続けた今日は盛大なMの誕生日パーティだった。胡蝶蘭、玄関でピンクの花を咲かせていた鉢は、このパーティの終了を見届け数日経った今日、ばらばらと花を落として終わった。

トットコハムタロー

一周忌が近づいた頃、座布団を買い足すより新しいカーペットを買おうと思った。

二帖用か、三帖用か、六帖用か、江戸間サイズ、団地サイズ、居間にどのように置くか考えがまとまらない。それにかこつけて一年分泣いた。サイズを測ればいいと言う、テレビで映画に見入っているパパにも手伝ってもらいたい。初めてそんな泣き方をしている私に驚きながらも、映画を途中でやめると解らなくなるからとか言う。そんなパパがやっと測り始める。それでもひとりでは測れなくてメジャーをおさえろとか言う。一メートルのところをこう押さえればひとりでもできるでしょうに……(シュルシュル、バチーン)。そんなつもりじゃないのにー。もうやだ。

丁度その時おねえちゃんから電話が入る。

「パパに代わって」

「パパはまたテレビに見入っているから」

と断ったが

「代わってみて」

と言われ、ママに協力してあげてとか言われたのだろう。とんだとばっちり、ママからの八つ当たりを受けたパパは耐える。

やっと決めて電話をしたら通販では時間がないと言われる。近くのスーパーで手配しようと気持ちは落ち着いた。何度もハナをかみながら思い切り泣いたらすっきりした気がする。

「若くして天に召されるのには理由があるそうです。神さまが、人の命がいかに大切かということを、人々に知らしめるために、お側に……。ということらしいです」(キノピーよりのメール)。

二年目が始まった。

十一日。自宅で行われ三十八人もの人が集まってくれた盛大なお誕生日パーティの翌日、高校時代のお友達二人がりっぱな果物かごを持ってきてくれた。MはKの勤め先である化粧品会社の入っているデパートへ来てくれたと話す。メーカーが変わったのでまた近く訪ねてくれると約束していたと言う。

友達の仕事場チェックをする。そういえば美容院の受付をしている子もチェックしに（？）行っていた、あの子はチェックマンだなどと話す。ママは風邪をひき仕事を一時間早引きして寝ていた。お友達が訪ねてきたとパパに起こされたその日は、せきがひどく声も出ないので話すのが大変だった。元気になったからまた来てね。そこへ電話が入った。一周忌にも参加できないAの気持ちを説明しにAママが来た。興奮しているAママの話を聞いているお友達は少し驚いている。

「Eちゃん、お借りします」

Aママをお姉ちゃんが説得する。そして私が台所に立っている間にEからAに話して欲しいと話がまとまったらしく、おねえがA宅に連れて行かれた。昨日Mがいただいたたくさんの花束の中からアレンジの花かごをAに渡してもらおうと持っていってもらった。この赤い花の役目は大きい。おねえは、ぼろ泣きのAの話を聞き、気持ちを治めて一時間後に帰ってきた。翌日、Aママから「どういう気持ちで行けないのかEに分かってもらえた」と言ったAのことを聞いてきた。Aママはあれからずっと一年苦労をしている。Aママ本人の気持ちも含めてそれは今も続いている。考えこまないように話さないようにして気持ちをぼやかして耐えている私と対照的だ。

十三日。「KTへ帰りたい」Mがこちらに転校して来た直後、かなり長い間しょっちゅう言っていた言葉だそう。家族は今始めて知った。それを聞いたEちゃんはその頃さびしさも覚えたと言う。まだ友達がいなかったMを自宅でやる餅つきに招待してくれたEちゃん、それ以来あだ名はもちっこEだ。

そんなもちっこEが一年ぶりにひとりで来てくれた。そのもちっこが中学時代に週三回位は家に来て遊んでいたと打ち明ける。棚のウイスキーを少し飲んだりしたとも言う。

Aと同じ気持ちで「家にMがいないことが信じられなくて来ることができなかった」とピザを食べながら言う。暑中見舞いとしてみんなに配ったMカードにパソコンのアドレスがあったが、気持ちの問題でM-channelを見ることができなくていた。五月のお誕生日に見てみようと決めてアドレスを入れたがアクセスできなかったという。チャンネルを整理して途中でアドレスを変えてしまった私のミスだ。みんなに送り直す訳にも行かず困っている。

　夜、中学生の頃の写真を見て「かわいそうに……」とつぶやく。「でもそれであの高校へ行けたわけだから」と言うお姉ちゃんの言葉でコロッと気持ちが変わる。「そうね、転校は良かったのよね」その頃からお友達に対しての執着心というか、大事にしようとか、輪をひろめようとかそんな気持ちが強くなったのかもしれないとも思う。でもあの時期の転校はやっぱりかわいそうだった。

　十五日。お誕生日パーティから数日経ち、初めての日曜日。夜九時。自宅には横浜からのお友達が訪ねてくれている。まとまりかけているカップルだ。彼は、Mと「親友」であり真の友達「真友」だとも言う。彼女はバーベキューに誘ってくれて彼と出会わせてくれたMに感謝していると言った。いい天気だったが午後から一転、雨が降り出し、雷が鳴り、雹が降ったところもあり、またお天気になる。そんな一日でくるくる変わる日もそうそうない。そんな今日、茨城の墓ではM関係のグループが三組鉢合わせたそうだ。前代未聞だ。

　二十日。夕寝をしていたら、ふらっとCが来た。その眠さはおかしいんじゃないかとパパは言う。でも朝方まで起きている訳だからこの時間帯に眠気がくることを知っている私は平気だ。栄養失調からの昏睡ではない。ぼさぼさの私を見て「今日は帰ります」と言ったCはプリン類を家族分プラス自分の分持ってきてくれた。写真を見て今度来てくれる予定の園児を教えてくれる。ここまでの言いたいこと、聞きたいことをCが片付けてくれる。パソコンの中のデジカメ写真を見たり、新しいエッセイでの質問なども受けCが知りたいことも教える。帰ったあとみかんゼリー〝きらり〟が仏壇に置いてあるのを見た。

　二十二日。『園児用にと箱から出して用意していたトットコハムタローのグラスに麦茶を注ぐ』『Mチャンネル』「ハッピーバースデー二十四十一」。このグラスもそうだが、紅茶ティーサーバー二人用、四人用、タッパーいろいろ、クリスタルの時計、Mの嫁入り道具のつもりで貯めていたものを出し、箱をつぶす。

日曜、朝十時。保育園のお母様たちが三組来てくれる。Ｍの好物「タマゴサンド」を用意しようと思う。そして子ども達にトットコハムタローのコップを使い今日はオレンジジュースを注いだ。先日Ｕ先生に頂いたすいかも食べやすく切って出してあげた。男の子三人は迫力がある騒ぎだった。色んなものを取り合う様子やけんかになりそうな場面とか元気に外に飛び出して行ったりと……Ｍはこれを楽しんで見守っていたのだろう。

デジカメ写真を撮って、

「あとでＩっか先生に見せてあげなきゃ」

と言ったら、

「えっ生きてんの」

と驚かれ、

「さあどうかな」

などと言ってしまい、

「こうやって見せるの」

と仏壇にカメラを差し出し……、

「なんでしんだの」

と聞かれ、

「え、そ、それは……」


子どもの率直で急な質問にたじろぐ。三人のお母様方はそれぞれＭの話をしてくれて泣いていた。パソコンで「保育園風景」「友人達との遊び」「小さい頃のアルバム」などを見ている時も泣いていた。園児たちが帰ったあと、お母様たちが書いてくれた、Ｍの言葉がちりばめられたノートの文を見て今度は私が泣いた。お手紙も送ってくれるとうれしい言葉ももらった。夜になり雨が降り出した。


『四月になりました。こういう風に時間は過ぎていくのですね。これからも……ずっと。桜は記録的な遅咲きだそうでまだ咲いていません。Ｍはどこにいるんだろうねえ。明日ばあばからおまんじゅうが届くよ。食べにおいでってば。〇四〇一』

『今日はＮａグループが来た。おとといはＳとＹッキーとＣがきた。今日ヤフーで引き出物のブックマーカーを五十個落札したよ。三十八・八度の熱が出て二日会社を休んだおねえが手伝ってくれたよ。

　ママが書き上げた童話「魔女Ｊの軌跡」をみんなに配るということは、おねえの涙の説得で却下されてしまいました。そうだ。書き直そう。ドイツへ留学する魔女ジル様ということにしよう‼　どう？？　〇四一二』
『書き直したらオッケーが出た。「魔女Ｊの軌跡Ⅱ」まるで変わった。問題ない。でも配ることはないと言う。でも配る。

十一回目のお墓参りをしてきたよ。お天気がよくて、車の中からきれいな雲を見ながらＭのことを考えていたら涙が出てきた。パパはその時、コーヒーブレイクを提案した。誰かが落ちると誰かが助ける。そうして一年がたった。長い時間だったよ。一周忌のためにブックマーカーと和三盆を用意しました。

『五月になりました。なってしまいました。みんなそれぞれの考えの元に行動するのです。Ｍのために色んなことを考えているお友達。新たな悲しみも味わっているとでしょう。ママも昨日ぶちきれてがんがん泣いた。とんだとばっちりを受けたパパにごめんなさいです。

一年分泣いちゃった。パパを驚かせちゃった。そのあと〇〇に会いに行ったけどいなかったね。ほんとに魔女ジル様になってパソコンの中にいるのかな。どうしているのか教えてくれたらママがお友達に伝える役目をしよう。芍薬の花と百合の花を買った。明日あの胡蝶蘭も買おう』

『五月六日。二度目の夢に出てきました。パパが夜中にオーイと私を呼びました。行ってみると居間にＭが笑って立っているではありませんか。私は声も出せずに抱きしめました。しっかりと抱きしめられました。本人笑っています。「帰って来ちゃった、帰って来られるんだよ」などと言います。「ずっといてもいいの？」「うん」とも言います。Ａ美を呼んで驚かせてやろう。その前にお姉ちゃんだ。お姉ちゃんを起こすと涙ボロボロで名前を呼び抱きついています。「Ｅっちゃん、ごめんね」と言いながら笑っています。このことをさあどこまで言おうか。全員に言おうか。そうだ。歌手としてデヴューさせてテレビで見せることにしよう。名前はやっぱりＭかなあ。「こいつＭに似てるよなあ」「私もそう思うんだ」そんなお友達の様子が浮かびました。でもウチに帰ってきたらばれるから都内のマンションに一人暮らしさせて……。メールで沢山話そう。そんなことを考えてました。明日は一周忌の法事のため茨城へ向かう、そんな日です』

『一周忌、お誕生日が終わりました。お友達がたくさん来てくれてすごかったね。一年前の通夜、葬式が結婚式だったらよかったね。ママは気楽で幸せなおばあさんになれたのにね。しかめっつらで笑い変なことを言う暗いやせたおばさんになっちゃったよ』

「魔女Ｊの軌跡」（ジル様のおはなし）に呼応する、「シーダーリポート」、「ジジリポート」ふたつのレポートを書き始めました。目が覚めたとき「ここはどこ私はだれ」状態になった時期があった。マミは今どこにいるのか、パパは？　Ｅは？　口には出さずに考えるチエがつく。部屋を割り当てるとマミがいないことがわかる。Ｍは？となったときはあぶない。一年頑張ったママが医者へ行った。Ｍもゼンソクでお世話になっていたドクターに打ち明けた。風邪が治ったら検査をしましょうということになった。

♪六月の子守唄（小坂明子）

ナーサリースクール・2（ⅠっかＴ）

【「児童福祉法の一部を改正する法律」が平成十五年十一月二九日に施行されました。これまでは、指定保育士養成校の卒業者には学校から、保育士試験の合格者には合格した都道府県から「保育士（または保母）資格証明書」が発行されており、保育士の資格を証明していました。平成十五年十一月二九日以降は、都道府県に保育士として登録されたことを証する「保育士証」が保育士資格を証明しますので、「保育士（または保母）資格証明書」では保育士であることを証明できません】

「書類が足りない」「混んでいるのでいましばらくお待ち下さい」

という葉書が来ていたが……平成十六年六月十八日、登録事務処理センターから書留が届いた。どこへ引っ越してもどこへ嫁いでも一生役に立つという「保育士証」が届いた。それは使われることはなく専門学校の卒業証書とともに仏壇のりっぱな飾り物となる。それは晴れやかに飾られる。登録抹消の手続きはしないでおきたいと思う。

事務所で書類の手続きを済ませ、園での先生ぶりを聞き、園の見学をさせていただき、荷物を持ち帰った。年間の予定が書き込んである

購読しているのであろう保育の毎月の本。お散歩の時にかぶる帽子、仕事着のエプロン、ジャージ、ソックス、

生理用品が入ったポーチ、パウダーバン。そして二十二センチのバレーシューズ。そして手話技能検定の募集要項。教材カタログや、検定申込書もありもうすぐ手話に着手しようとしていたんだなと思う。

園から荷物を持ち帰った。その紙袋には長い間手をつけることができなかった。園で毎朝流れるという園歌をダビングしたカセットをいただいた。Mが弾いているピアノはまだ聴くことができない。

「Iっか先生のママとおねえちゃんですよ」

横になりながらも目を開けている二歳児に園長先生が紹介してくれる。Iっかに似てはいるがIっか先生ではない人がふたりもいるということか、頭はお昼ね中なのかきょとんとしている。それを聞いて首を伸ばしてこちらを見る子どももいる。園の中は静かだ。

よしずがかかって薄暗くしてある部屋はちょうどお昼寝の時間だった。すみれさんの部屋、さくらさんの部屋、ゆりさんの部屋。その日保育園の見学をさせていただいた。食事をさせたり、工作をするテーブルや椅子は隅に片付けられていて布団に寝ている子どもたち。

美味しい食事を作る調理場が思いがけず大きい。S先生も笑顔で挨拶してくれる。仕切りのない小さいトイレがたくさん並んでいる。掃除用品は子どもの手が届かない棚の上にまとめられている。何かを洗濯しているM先生。赤ちゃんを抱いて部屋のすみっこに立っているK先生。話に聞いていた色々な場所。おばけがいるという二階のロッカールームとはここか。ベビーベッドが何台かある〇歳児の部屋は赤ちゃんがたくさんすやすや寝ている。起きだした子にタオルケットをかけると口にくわえて安心したように眠った。

毎日バイクで通った仕事場

——保育の歌「花のおさなご」——

お部屋で指遊び。これぞ本領発揮。一年の行事。豆まき。自分も楽しみ門の前の公園庭。プール。夏の炎天下での仕事も……。

「保母さんはみんな女の人なの?」

お父様と電話で話した。話は保育園のことになり、そう聞かれる。お父様が昔保育園を見学した時、男が来たというだけで子供たちは乱暴なこともできて喜んでいたと聞いた。女の人は優しいだけで無茶なことをしない。

少し乱暴なこともするとよろこぶとのアドバイスを受け「そうですね」と答えながらもそれは大丈夫と思っていた。その根拠はというと、小学校の育成会で三年間ソフトボールをしていた。高校でもクラブはソフトボール。それは保育の現場で役立つ。投げるフォームはカッコイイし少し強い球を投げても子供たちは喜んで、何度も投げてと言うと言っていたし。手遊びも子供を引き込むのがうまそうだし。

携帯電話の待ち受け画面は子供たちと撮った写真が時間ごとに変わる仕組みになっている。Mに遊んでもらえた子供たちはきっと楽しかったんだろうな。三年間受け持った子供たちはラッキーだったんだろうな。

お散歩。楽しく色々な興味をのばし、でも怪我をさせないようにと気を配り……。

運動会。それぞれの分担を守って先生としての仕事をしている姿をまぶしくビデオで眺めた。卒園式では毎年泣く。元来泣き虫である。小学校の卒業式でも「一番に泣き始めたのは○○さんだ」と担任の先生がおっしゃった。保育園では数年間面倒を見てきた園児とまたその親とのお別れということで成長した嬉しさと共に悲しさがあるのだろう。

「今、若い先生が一生懸命保育しているが、こんな時Iっかせんせいだったらどのように子どもに話しかけるのかなと考えるんですよ」

と主任のU先生が言う。

「もっとたくさんのことを教えて欲しかった」

とも言ってくれる。

小さい時からの夢だった保育士になった。

天性の保育士と言われた。

充実した三年間だった。

たった三年間だった。

漂白剤ピューラックスで色が抜けたところがあるエプロンは私のたからものだ。

園長先生は言う。

「M先生にとって、人生のすべてを二十四歳でやり終わったのでしょうね、と思っています。そして今でもここにいるんですよ。いるんです」

書類を届けに行った今日、

「ここを引っ張るんですよ」

と言いながら園長先生は自分のエプロンの後ろのほう

をつまんだ。

三月五日、いよいよ卒園式です。

Mも一緒に卒園ですね。

頑張りました。

おめでとう!!

ZEN（岡乃家）

「こんにちはー」

「だれかいませんかー」

高速を降りて、ファーストフード店が並ぶ道へゆく。今、店の人がいないその店の中にいる。先月のお礼を言うため次回はここで食事をしようと決めていたのだ。忙しかったであろうにお弁当を作ってくれて運んでくれて無事会食ができたことにお礼を言うために。

しばらくして奥さんが厨房から顔を出した。私達を覚えていてくれてお互いにお礼を言い合った。今日、カツ丼と天せいろと天麩羅蕎麦を注文した。冷奴やサラダやみそ汁が付いてきてなかなか豪華だ。しかもおいしい。ただ出来上がるまでに二十分かかったことが残念だがー。そして私達は、逸る気持ちからかコーヒーのサービスを断って、二年目初めての、そして十三回目の墓参りに向った。


『黄色ゾーンとピンクゾーンが出来上がっていてちょっと驚きましたよね。いやはやそれは雑草のお話でした』

十月十五日、まだ七ヶ月も先のことだが一周忌の話になる。洋服などを差し上げる、それを形見分けという。着てもらうのが一番の供養とか。

「AはMのものをもらえたら大喜びするだろう」

とAママは言った。

「今はまだ手が付けられない。服を見ることができない」

と言うと
「まだ時間がある。その時そういう気持ちになったらでいい、ならなかったらしなくてもいいと。ふたりでMの節目節目をきちんと作ってあげよう」

と言ってくれた。時間はまだあるゆっくり考えましょうということになった。

AとAママ参加希望。後悔のないように考えて考えていろんなことをしてきたが、最後にお墓に行く前にAのお部屋に寄ってもらえばよかった、早く考え付けばよかったと言う。何度も悩み事を相談したり、何度も楽しく語らったりしたしたAの部屋なんだからきっとMも来たかったと思うと。もう新居へ行っちゃってそうそう戻れないところにいるから無理な話になってしまった。家の前の信号、公園、斎場、Aは通れない道が増えるそうだ。Mに関連した道を通るとドキドキしてしまうので避けていると言う。

「形見分けなどなにもいらない、仏壇を見たくない、認めたくない」

と言ったAは結局、茨城での一周忌にも東京での誕生会にも来ることができなかった。

まだ数ヶ月先であるというのに「五月十日は仕事場で休みを取っている」という。その日は墓に行ってから家に来ようと考えているといったCが「ビーノをなくしてしまった」と玄関に立つなり言う。墓から帰る車の中ではあったのにどこを捜してもないと。ウチにあるガラス瓶の中からひとつ「ビーノ」をもらってもいいかと言う。もちろんそれはCが集めてくれたものなのだから。違う色だけど黒に塗っちゃおうかなと言う。これからは持ち歩かないで家に置いとこうかとも言う。そんな小さなつながりを大切にしている。父の日にビアーグラス、クリスマスにパパにはハンカチ、私とおねえちゃんにはかんざしを、つい先日の私の誕生日にはお祝いメールが入った。CがMの代わりに頑張っている。

園児全員の個人写真があるのだが、その写真の裏に名前を書いてもらう。その子の親が来てくれるんだと下調べをする。それを手伝ってくれるのもCだ。園長の話を伝えてくれたり、その日は健康診断があるから訪ねるなら何時ごろがいいだろうとか情報もくれる頼もしい存在だ。

「親友Mに会って」と言うが彼は「重くて会えない」と言う、と。

四月からクラスの担任ではなく園長の片腕、主任になるC。子供達と関わるのは今までと変わらないのだしと心を決めたようだ。

「AはMのことは一生鮮明に覚えている。いつママに聞かれても全部しっかり答えられる」

と言う。そのAの言葉をAママから私を通して聞いたCは言う。

「覚えているつもりでも姿とか声とかだんだんうすれていってしまうような気がして恐い、気持ちも月日と共に徐々に変わっていき少しずついろんな場面を忘れてしまいそうでこわい」

と、この一年毎月墓へ通ったCが言う。いくら中身が濃かったと言ってもお友達になって一年しか経っていなかったCの、それはそうしたくなくてもそうなってしまいそうな不安があるという正直な気持ちなのだろうと思う。CはMにリンゴのケースに色んなものを詰めて五月のお誕生日の日に持ってきてくれたのだが、そのケースにカードが入っているのを今みつけた。そこには「M&C☆ずぅーっとおともだち券☆☆」。

気持ちが日が経つごとに濃くなる子、遠くで、近くで、苦しんでいる子、だんだん受け入れられている子、いろんな子がいて、それぞれに生きている。

『ここらへんは田舎だから、そういう出前をしてくれるところはないなあ』

という義弟の言葉にがっかりした六月。納骨のその日はスーパーから色んなものを調達してきてくれてパックの弁当とオードブル形式でのもろもろだった。和気藹々とたくさんのお友達と食事を済ませたが、でも私は一周忌のその日には、精進落としの膳をしつらえたいとひそかに決めていた。十回目の墓参りの日、実家の近くの大きな蕎麦屋に聞いてみた。「パック詰めならできますが出前などもやっていない」ということだった。実家にも手間を掛けることなく後片付けもしなくていい、そしてなによりMのためにりっぱな膳を、という気持ちを叶えたかった。

一度はあきらめたが最後のチャンスである十一回目の墓参りの日、たくさんファーストフードが並んでいる通りで目をつけた「和風ダイニング」というお洒落な店に聞いてみようと思い、義弟に迷惑を掛けることもなく自由に行動できる、車で行きたいと私はわがままを言った。高夫とふたりだが電車ではなく車で行くことになった。高速を降りてから店を行き過ぎないようにと目を凝らす。もし行き過ぎたりしたら面倒くさがりやの夫に、「戻るほどのこともないだろう」などと言われてチャラになってしまうかもしれない。洒落た造りの店は道路の右側にあった。

黒いドアをあけるとアルバイトのおにいさん風の人に聞いた。「そういうのはやっていません」とけんもほろろに断られ、しぼみかけた気持ちに「たしかあのへんに……」と頭に浮かんだもうひとつの店があった。

午後三時。またもや道路の右側にあるそこは、まだ開店していなかった。それでもしぶとく電話番号をメモし、あとで連絡しようと思い車に乗り込んだ。そこへ店の人らしい車が駐車場に入ってきた。聞いてみた。

「店を開けますから中で」と言われ希望が湧く。説明をしながら徐々に固まってゆく話にほっとする。東京の連絡先、実家の連絡先を教え墓へ向かう。「根性あるね」と夫に褒められた。義弟にも報告をして受け入れられた。私はそれをやり遂げてほっとして一周忌までの数日間を、仕事をしつつ、お返しの手配などしながら東京の自宅で過ごしていた。

「何人分か数が決まったらこちらから電話します」という約束の前日、向こうから電話が入った。膳の数は確定していたので安心しながら話し始めた。すると奥さんのお父さんが急に亡くなって通夜葬式をしなくてはいけないので申し訳ないがお弁当の用意はできないという断りの電話だった。やっと見つけた店だ。やっと交渉してまとまった話だ。もう他の店を探しに行く時間はない。

「ああ、そうですか」

とよっぽどがっかりした声を出してしまったのかもしれない。

「……やっぱりやります。お父さんと相談してみます」

と言って電話は急に切れた。すぐかかってきて

「やらせていただきます。がんばります」

「でも、それでは申し訳ない」

「いえ、がんばります。がんばりますので……」

というので

「じゃ、よろしくおねがいします」

となった。

当日、墓で家なりの一周忌の行事をして車四台を連ねて実家へ戻る。そこへ電話が入る。

「場所が分からない。今〇〇針灸院のところです」

義弟に電話を替わろうと思ったら切れた。義弟が迎えに行く。迷っている車を見つけて「ここをまっすぐ行って左です」よっぽどあせっていたのかそちら方面へ走り去った。義弟は乗せてくれてもいいのにねと言っていたが、無事到着し運び込みを手伝った。

今日の会食が始まった。刺身と天麩羅と煮物とご飯と漬物が四角い膳に並んでいる。私はMのためにりっぱな膳を調達できて満足だった。食べ初めて気がついたが天つゆがない。義妹が大急ぎで作ってくれて無事会食は済んだ。

『皆で会食をする。刺身や天麩羅が入ったこの膳はちょっと苦労をして手配をしたものだ。この話はいつか話すかもしれない―』『Mチャンネル』「ザ・ファーストアニバーサリー」。その顛末だ。

『いつも思ってるよ』とMi子やKエール。

『なんだかMといると毎日が楽しくどんなことがあってもへっちゃらにおもえていたんだよ』『笑いがあり楽しく送っている毎日がときどき空っぽのように感じMのいない日々がなんてつまらないものなのだろうと感じるときがあります』

とNo。

『Mのたくさんの友達に出会いいろんなMを知り嬉しくなったり、よりいっそう愛おしくおもったり、悲しくなったりするけど、Mとの想いでをこれからも大切にしていきたいです』

とMo。

『気になりながらなかなかメールできなかったです。まりあは今、自分がしたいことを最優先していればいいと思うよ。そこから浮かぶ疑問や葛藤があったとしても、書きたいことが優先するなら書いた方がいいと思う。体にたまるのは良くないと思うから。要は心のおもむくままに。苦悩から目をそむけないこと。そして小さな笑いがあれば、笑えばよい。泣きたくなれば、泣けばよい。要は「あるがままに」と。笑いの効用はよく知られている。対局にある涙は弱々しさの象徴として、さげすまれてきた。しかし慟哭によって心が落ち着くことはある。友人は死の淵から生還できた理由を「泣き抜いたからだ」と言う。涙の効用を、もっと認めるべきであろう』とも。

BON(花火)

十九時二十分のカウントダウンから二十時三十分打ち揚げ終了まで総数五千発が打ち上げられるそうだ。昭和記念公園の花火へはここ数年お友達と行っていた。

「明日着るから出しておいて」または、

「浴衣どこだっけ、これから行くから」

「早く、早くぅ」

と笑顔で言われちゃ私は押入れに頭をつっこむしかない。打ち上げ花火は元来、精霊送りの行事であったとされています。

二回目のBONがめぐってきた。盆は、ほうろく、おがら、なわ、供え物、馬と牛をかたどったつくりものなどをそろえる、から始まる。今年は早めに呼んであげようと思い、妹とふたりで玄関先での迎え火をした。空を見ながら「おかえり」と言いながらほうろくを家に向かって飛び越えた。その日、仕事を終えたお友達が三人来てくれた。その日は折り紙大会になっていた。

その後の数日はママとMだけで静かに過ごした。たいしたごちそうも作れなかったが、マグロの刺身もあったし、ばあばからおまんじゅうも届いたし、おねえは毎日飲み物をくれるしお菓子も買ってきてくれる。Y子おばちゃんはミーシャのCDをくれたし、A香はゼリーをくれたし、お友達からのお花もある。夜にはベランダでろうそくの火も点けたし、仏壇の上にはヒコーキやハトや言葉が書いてあるツルや風船うさぎの折り紙があるし、去年保母さんたちから頂いたピンクのワンピースも飾ったし、玄関の下駄箱の上にはダイヤがこぼれそうな白いサンダルも置いた。パパとふたりで空を見上げて「またおいで」と言った。はじめてみる送り火の作法をパパは頑張った。これでまたMとしばらく離れることになるわけか。

昭和記念公園の花火に興味はないと思っていた長女が、高校生の時以来の浴衣姿で出掛けていった。その日Mにプレゼントを持って二人の訪問者があった。後日、母と電話した時に報告した。

「それは本当にうれしいこと……だけど……」

と言ってから
「Mちゃんがいなくちゃね」

と続いた。


ドーンドン！　音に誘われマンションの非常階段の五階まで登る。ビールを冷蔵庫から出してきてリップルを開けていない今と思い夫を誘う。五分ほど付き合ってくれた。初登場！　スターマイン、打ち揚げ幅三百メートルの超ワイドスターマイン、一尺五寸玉、芸協玉、一尺玉「匠の華」、そしてクライマックス……。あやうく泣きそうになった熱海の花火を思い出し最後を見たいと思った。

夫はビールと夕食を済ませパソコンに向かっている。碁も終盤らしく画面には碁石がたくさん並んでいる。十九時二十分から始まった花火大会はたしか二十時三十分に終わるはず。それを見たいと思った私はもう一回非常階段へ行こうと誘った。一人ではこわい理由もある。

「花火はもういい」

と言った夫だったが途中で投了してくれた。私は急いでデジカメを持ち、眼鏡を持ち、サンダルを履き、鍵を閉め、夫のあとから非常階段を登る。

「芯入り牡丹」、色が変化する「変化牡丹」、そして「蜂」。これは上空でブーンブーンとうなりを上げながら、火の粉が不規則な奇跡を描いて飛び回る花火のこと。そして打ち上げ花火の玉を何十発、何百発と連続して咲かせるスターマイン、さっきのきれいな花火たちを思い浮かべる。今それらが夢のように消え、暗い空があるばかりだ。しばらく待ってみたがどうやらクライマックスを見逃したようだった。

保母さんふたりが、そしてひとりが、そして母校の同窓会があり東京に集まったという四人が来てくれて、そして八月の盆がきた。お友達と花火大会をしようと思って用意していた花火はまだ仏壇の前にあった。市役所のロータリーの横にあるその場所はなんと花火にうってつけの場所なのだろう。駐車場であるが数年前入口にゲートが出来、料金を取る仕組みに変わった。バーで仕切られたせいでその中にはこの時間帯、車は一台もない。

高い木もあり植木は刈り込まれきれいに整備してある。夜九時半という時間も丁度よい。夏休みということで少しくらい騒いでも、煙がたくさん出ても大丈夫そうだし全然気にならない。この広いスペースにひとっこひとりいない。水が入ったものと花火やろうそくやライターなどを入れたバケツをふたつ持ってエレベーターを降りた。

「暑中お見舞い申し上げます。今月は八月十三日、十四日に茨城に行きます。今度来る時は花火大会をしてMと遊びましょう！」

その日が来てお友達が五人集まった。おねえちゃんも参加してエレベーターを降りた。去年から仏壇の前にあった花火、今年買い足した花火、今日Ｍｏが持ってきてくれた花火、それらが大量の煙と共に一瞬の光を放ち消えてゆく。花火でハートを書いたり字を書いたりした。ちゃんと順番を考えていたようで、線香花火を取り除いて残していた。その線香花火にいっせいに火をつけ一番早く消えた人がバツゲームをするというルールも考え付く。若い子はいろんなことを楽しむものだと感心する。おとなしいと思っていた男の子も松井や川相のバッティングフォームなどをちゃんとやっている。エライ。Ｎｏも踊りを踊る、「ひろしです」をするなどちゃんとこなした。わたしはバツゲームがこわくてびくびくしながら一回だけ参加した。セーフだった。

「今日来なかった子が今度時間を作って墓に行くと言っていた」と教えてくれた言葉に胸が詰まる。お友達が帰ってから夜遅く、いつものようにパソコンにデジカメ写真を取り込んだ。新しいデジカメを買ってしまおうと密かに決心していた。そこには暗いばかりの写真が並んでいる。今日は楽しかったはずなのにおねえちゃんが少し暗くなっている。ママも花束のセロファンをはずし、なんと大きな花束になった花瓶を見て、夜世界陸上を見ながらも、少し気持ちが落ちこんだ。

飾ったワンピースを洗って、しまい、サンダルも箱にしまい、青いちょうちんもしまい、盆は終わった。駐車場に花火で書いた字は夜中に降った雨でも消えずに残っていた。

Ｍパレス（地震）

夫とふたりの時、私は助手席に座ることになる。すると夫が私に言う。

「パッセンジャー」

「あっ、はい」

シートベルトをしないとそのサインが出る。

「ああ」

「パッセンジャー」

「おいおいパッセンジャー」

「……」

そこには長女が座り、その後には私、運転席の夫の後ろには次女、というのが定位置だった。それで伊豆にも軽井沢にも横浜にも千葉にも茨城にも行った。いつも私は助手席に座ることはなかった。そんな私は今回「パッセンジャー」という称号を頂きました。

東京二十三区内で震度五弱以上を観測したのは九十二年二月以来という強い地震があった。足立区で震度五強、二十三日午後四時三十五分ごろのことだった。

その時、河相我門はラーメンを作っていた。タモリはラーメンを食べていた。それぞれ違う場所で——。休憩室から調理場へ向かう途中だったという子（S）。本屋で立ち読み中だったという子（U）。タクシーに乗っていたという（Y）。揺れてる電線を見て風かなっと思った人（M）。ある薬剤師（T）は親戚の子を膝でピョンピョンさせていたので揺れは感じなかったと。私と夫（H＆T）はというとその時墓からの帰り、まさに震源地真上の高速道路を走っていた。

その時ハンドルを取られたと言ったT＆H（夫と私）は往路で、草取り草刈り兼用鎌を買った。高速を降りた所の「ジャスコ」にはなく、数件先の「ジョイフル山新」にあると教えてもらい芝生の刈込鋏も買った。そして雑草を刈った。夫は軍手をして鎌を使い、手を傷つけないように注意して。

私は刈込鋏で、隣の空いている二区画の雑草を刈った。この夫婦にできることは今こういうことしかないのだということに気付き、この久しぶりの肉体労働を、園芸に毎月通う人のようだと思い込んでみようかとも考えて、「ここにきゅうりやピーマンを植えてしまおう」などと言ってみたりしながらせっせと雑草を刈った。東京都二十三区推奨ゴミ袋が満タンになった。

墓の隣のスペースにテントを立ててキャンプをしたいと盛り上がったお友達もいた。そんなこともあるそのスペースを買い取りたいと長女も言う。今日は下準備ではないがその場所の雑草取りをした。

猫と遊びながら、隣の墓の囲いに腰掛けてガラス瓶の中をのぞいている、道から墓を見つめている背中ごしの風景、夫のそれらはとても悲しいショットだった。Mのことについて何も話さないでいる夫の気持ちをデジカメ写真が語っていた。つい先日まで寒い寒いと震えていたのに今日は暑い日ざしを受けて汗をかきながら作業をしている。一年が目に見えるようにどんどん過ぎる。

茨城の家に寄った。その時夫が墓の隣のスペースの話を義弟にしてくれた。義弟は調べてくれると言った。でも住民票の筆頭者とか名義とか住所変更とか墓を立てる予定のない人の登録は難しいだろうなと言っていた。もう予約済みかもしれないしとも、翌日一人で行ったおねえちゃんを駅まで送ってくれた義弟は言う。

自宅へ戻って五日目、二十八日の午後七時十五分ごろまた来た。茨城県南部を震源とする地震があり震度四を観測した。気象庁によると、震源の深さは約五十キロ、マグニチュードは五・一と推定される。

Mが暴れている？　何か言いたいのかなあ……。自宅の障子貼りをし、実家の庭の草むしりをした盆休みのこと、お友達が「観てください」と置いていったDVDを観た。その話は、雨の季節だけ、六週間だけ、戻ってくるというもの。誰が誰と配役を決めることはできない。誰も当てはまらない。ただM、M、M、Mと何度も呼ぶ声を聞くたび嬉しいような悲しいような思いがした。記憶を失っていてもいいから……六週間だけでもいいから……あの笑顔にもう一度会いたいものだ。

「名前のない星を見つけて君の名をつけたい　愛しさとともに」

茨城の墓の手前に出来たセレモニーホールが名前を募集していると知った。それぞれに美しい人生を送った人々とお別れの儀式、宮殿での最後の宴。その場所の名前として、一年前から隣の霊園のメンバーに加わりました娘の名前をつけたいと思いました。考え付いた名前は「パレスM」または「Mパレス」。

「Mパレス」から「ヘブンズゲート」天国への門をくぐり「ブルーローズガーデン」この世にはない花、青いバラが咲き乱れる場所へゆく。

「子供が生まれたらMって名前をつけるって言うお友達がいるのよ」

「みんなつけますよ。だれだれんとこのMちゃん、うちのMちゃん、おたくのMちゃんって友達の子どもは全部Mですよ」

お墓参りの友達がタクシーに行き先を告げる。

「Mパレスへ……」

—名前のない空を見上げて—　by misia

翌月のこと。七月の盆にも八月の盆にも来てくれたお友達が今日は茨城に行くと言う。朝早く車で出発した彼らと午後電車で行く私達が墓で上手く会えるか心配だったが、駅に迎えてくれた義弟の車でいつものように右から坂を上っていくと、四つの花束が供えてあるMのところに、着いたばかりだと言うふたりはいた。カスミソウが入った黄色いガーベラの花はこのお友達、赤いアスター、小菊の花束は私達だが、差出人不明のピンクとパープルのトルコ桔梗のブーケ、そしてひまわりの花があった。

彼らは旅行へ行く前に立ち寄ってくれたのだった。現地に着くのは二十一時になるとナビは言っているが、実家へも寄りたいと言う。栗林を抜け、森を抜け茨城の家に行く。居間で一服し義弟にルートを教わる。地図をもらって意気揚々と出掛けていった。そろそろまた、地震がくるかな?

翌日、おねえちゃんが墓に到着し、それを迎えに行きながら駅まで送ってもらい私達は電車で帰って来た。翌日、旅のお土産を持って友達が来てくれた。帰るころ大雨と雷が来た。翌日、宮城県南部が震源なのでMとは関係ないと思うが、震度六弱が……きた。

ブルーローズ(星の王子様)

【「あんたたち、ぼくのバラの花とは、まるっきりちがうよ。それじゃ、ただ咲いてるだけじゃないか。だあれも、あんたたちとは仲よくしなかったし、あんたたちのほうでも、だれとも仲よくしなかったんだからね。ぼくがはじめて出くわした時分のキツネとおんなじさ。あのキツネは、はじめ、十万ものキツネとおんなじだった。だけど、いまじゃ、もう、ぼくの友だちになってるんだから、この世に一ぴきしかいないキツネなんだよ」

「さっきの秘密をいおうかね。なに、なんでもないことだよ。心で見なくちゃ。ものごとはよく見えないってことさ。かんじんなことは、目に見えないんだよ」

「かんじんなことは、目に見えない」と、王子さまは、忘れないようにくりかえしました。

「ぼくは、あのバラとの約束を守らなけりゃいけない……」と、王子さまは、忘れないようにくりかえしました。】

サン=テグジュペリ『星の王子さま』

〈キツネと王子さまとの別れ際の会話〉

「六年分の思い出と荷物を持って帰ります」

ふざけながらもなかなかいい言葉を言うヤツだ。Eが明日故郷に帰る。最後にMに会いに来てくれた。

「遠くからスネをかじってましたけど、今度は近くでダイレクトにかじります」

なかなか笑わせることを言うヤツだ。バイク二人乗りで交番へ、そんな話も飛び出した。去年の十月のことだそう。それから一年後免許を取っているという話と今日結びついた。友達の免許が取り上げられていたのだった。やっと故郷に帰ってくる彼をご両親は心待ちにしていたことだろう。今日は友達と飲み明かして騒ぎまくって、新たな思い出を加えて帰るのだろう。こちらの思い出にMも一役買っていたらそれはうれしいような気がする。思い出は永遠に消えないから――。そして一年後一発で免許を取得したと報告が来た。ご迷惑をおかけしたお詫びと御礼、そして送別の気持ちを込めてMとおそろのヴィトンのキーケースをプレゼントした。それで三人がおそろになってしまったそうだが、ま、いいね。

『Mのせいでもある、罰金をどうしようか。と相談されたことがありました。この件だったんですね。この一年間ずいぶん不自由な思いをしたことでしょうね。ご迷惑をおかけしてすみませんでした。そして晴れて免許取得おめでとうございます。すぐに見せに来てくれてありがとう。Mも一安心していることと思います。そこでプレゼントを預かりました。Mとおソロです。使ってくださいね。東京に来たときは、KBJに来たときは、Kヶ窪にも足をのばしてくださいね。Mとこれからもずっとお友達でいてくださいね。お世話になりましてありがとうございました』

高速道路と自動車専用道路でのオートバイの二人乗りについて、来年四月一日から解禁することが決まりました。条件は、二十歳以上で中型以上の免許期間が三年以上などの条件を満たした運転者と限ると言うことです。危険性が高い道路は二人乗りを禁止することができるということで首都高速では二人乗りは難しいかもしれませんが、それでも一歩を踏み出したという大きな進歩でしょう。オートバイに乗られている皆さんにとっては大きなニュースではないでしょうか。

【「夜になったら、星をながめておくれよ。ぼくんちは、とてもちっぽけだから、どこにぼくの星があるのか、きみに見せるわけにはいかないんだ。だけど、そのほうがいいよ。きみは、ぼくの星を、星のうちの、どれか一つだと思ってながめるからね。すると、きみは、どの星も、ながめるのがすきになるよ。星がみんな、きみの友だちになるわけさ。それから、ぼく、きみにおくりものを一つあげる……」
「ぼっちゃん、ぼく、その笑い声をきくのがすきだ。これが、ぼくの、いまいったおくりものさ。ぼくたちが水をのんだときと、おんなじだろう。ぼくは、あの星のなかの一つにすむんだ。その一つの星のなかで笑うんだ。だから、きみが夜、空をながめたら、星がみんな笑ってるように見えるだろう。すると、きみだけが、笑い上戸の星を見るわけさ」】

三月なのに「あけましておめでとう」などという挨拶を交わして、このグループにCが加わる。Cも恋と仕事で忙しいかったのだろう。Mとの思い出を素晴らしいエッセイに仕上げてくれた彼も呪文によって「ブルーローズガーデン」へ入ることができていると聞いて安心する。時間がなく、Eのためのすきやきパーティは叶わなかったが、また来た時は寄ってくれると約束したので待つことにしよう。

五月。クラス分けの手法を聞いた。同じ地区の人をまとめる。一人で登校することがないように。体格を均等にするため、お誕生月も考慮する。学力が高い子を一クラスに集めるというのは私立ではあるかもしれないが公立ではないという。生徒のむなぐらを掴んだら訴えられるとか。そこで頭上に「コラッ」と置きチョップをする。または平手で「こいつめい」と顔を撫で回す。教育委員会で問題にならないように先生方は考える。この四人は全員が名前に共通点がある。この学校はこの名前が好きと見た。こんなに集まるとは不思議な話だ。その人は伊豆出身で、私の母とほんとに近くだということが……というよりほとんど同じのようでそんなこともあるのだなあと驚く。新しいお友達も連れてきてくれた。

【「花だっておんなじだよ。もし、きみが、どこかの星にある花がすきだったら、夜、空を見あげるたのしさったらないよ。どの星も、みんな、花でいっぱいだからねえ。水だっておんなじさ。きみがぼくにのませてくれたあの水ったら、車と綱で、汲みあげたんで、音楽をきくようだったね……。ほら……うまい水だったじゃないか」
「ほんとにおもしろいだろうなあ！　きみは、五億も鈴をもつだろうし、ぼくは、五億も、泉をもつことになるからねえ……ねえ……ぼくの花……ぼく、あの花にしてやらなくちゃならないことがあるんだ。ほんとに弱い花なんだよ。ほんとにむじゃきな花なんだよ。身のまもりといったら、四つのちっぽけなトゲしか、もっていない花なんだよ……」】

八月。三ヶ月ぶりに集まったこのグループは、四人全員が、テレビ番組「女王の教室」を見ていた。あんなことしたらＰＴＡが大変ですよ。

勉強より、家庭への連絡事項が伝わったか、電話をしてもいないうちもある。留守電を入れたり聞いてくれたか確認したりそういうことのほうが大変です、などと現場にしかわからないことを教えてくれた。地元に帰り教師になり、小学校六年生の担任になったとの報告も今日、あった。夏休みが終わってほしくないことは生徒以上に思うこと、と今日の二人は言う。二学期の学習予定などを考える。一学期の日標などを張り替えるなどの教室の準備もあるそう。運動会の練習も始まる。今年はよさこいソーラン節をやるそうだ。出張で水替えを忘れ金魚が全滅してしまい生徒に何と言おうか困っている先生もいる。今年もプール指導で黒くなっていた人が夏休みが終わって金魚の報告をしなくてはならないと言いながら帰って行った。

【「王子様の足首のそばには、黄いろい光が、キラッと光っただけでした。王子さまは、ちょっとのあいだ、身動きもしないでいました。声ひとつ、たてませんでした。そして、一本の木が倒れでもするように、しずかに倒れました。音ひとつ、しませんでした。あたりが、砂だったものですから」

「砂漠が美しいのはどこかに井戸を隠しているからだよ……」

「家でも星でも砂漠でも、その美しいところは、目には見えないのさ」「大切なことはね、目にはみえないんだよ……」】

青色の合鍵、ふたつのミサンガ、思い出の石。あの日……から、お友達に接する態度が私達家族の中で暗黙のうちに決まったようだ。私達が落ちこんでいてはいけない。このようにすればみんなが元気になり、リラックスしてくれる。その方法でここまできた。長い一年が経ちました。遠いにもかかわらず何度も墓参りに行ってくれる友達、近況を知らせにまたは私達を励ましに自宅を訪ねてくれる友達、毎月来てくれる友達もいる。皆自分の生活に忙しいのであろうに、暑い日も寒い季節も、待ち合わせをし電車を乗り継ぎここまで来てくれる。その気持ちを考えると本当に有難いと思う。その時、Mがいなくて静かになった家に笑いもおこる。Mがいれば……もっと明るく楽しくできるのにとも思う。


【「もし、あなたがたが、いつかアフリカの砂漠を旅行なさるようなことがあったら、すぐ、ここだなとわかるように、この景色をよく見ておいて下さい。そしてこの星が、ちょうど、あなたがたの頭の上にくるときをおまちください。」

「そのとき、子どもが、あなたがたのそばにきて、笑って、金色の髪をしていて、なにをきいても、だまりこくっているようでしたら、あなたがたは、ああ、この人だな、とたしかにお察しがつくでしょう。」

「そうしたら、どうぞ、こんなかなしみにしずんでいるぼくをなぐさめてください。王子さまがもどってきた、と、一刻も早く手紙を書いてください……」】

スコール（電車）

売店の傘はどんどん売れる。私達も二本手に入れる。傘立ての中が空になり「もうないの」と聞いている客の応対もできない忙しさの店員に、「傘はもうないの」と聞いてあげる。「ありますよ」という言葉を伝えてあげて中年夫婦の会釈を受ける。こんな日のためにどうやらいくらでもあるらしい。


九月。雨のち曇り。その日はかんかん照りでもなくお出かけには丁度いいお天気だった。

二時間後、現地につくほんの五分前。電車の窓にポツポツと雨粒がつく。

ホームに降り立つと横なぐりの雨と強風によろめくほどだ。駅舎には動きがとれない人が溜まっている。駅舎の中のコーヒーショップのカウンターに、売店で買ったばかりの傘を引っ掛けて雨宿りをする。まるで台風のような雨の景色がガラス越しに見える。通りは白くくもりぼやけている。目の前のタクシー乗り場へ行くことさえ困難だ。思いも寄らない天気の移ろいはあるものなのだなあとこれが晴天の霹靂かなあなどと思いながら、冷え込んでいるのにクーラーが効いているこの店さえうらめしく思う。

いつまでもこうしてはいられないと店を出てタクシーで目的地まで行く。

傘を差しながら三十分もするとポツポツにかわり、カラッと雨があがった。いつも真上を見たことがなかったので分からなかった。空が大きいとは思っていたがここの空はプラネタリウムだった。曇り空ではあるものの上空三六〇度全部空だった。夜などネオンもないし、きっとボタボタという星が見えているんじゃないかと思った。


一時間半ほどして帰るころまた雨が降り出した。

その場所まで迎えに来てくれると言った行きと同じタクシーを呼んだ。ふたりがそれぞれ頼り合っていたので、時間がぎりぎりで一時間に一本しかない急行に間に合いそうもない。途中であきらめて町の統合の話などをしてくれる運転手さんの話を聞いていた。渋滞を抜け陸橋に差し掛かった頃、電車が走って来るのが見えた。その時タクシーも駅についた。

この雨で電車も遅れたのだろうか、あと三十秒早ければ乗れたかもしれないタイミングで急行は走り出してしまった。私達は鈍行の電車に乗るはめになった。そしてその時間は長かった。

電車の中は冷房の風が吹きまくっている。隣のブースにいるふたりのおばあさんは、前の椅子に足を投げ出してくつろいでいながら、足には広げたタオルを乗せている。もうひとりは足元をタオルで固めている。そんなふたりにビュービューと風が吹き付けている。

隣のブースの私達も、ひとりがノースリーブの上に羽織った薄い布の上着を脱ぎ、それをふたりで使うということで寒さ対策をしている。駅に着き一瞬冷房が止まる。外の生暖かい空気も流れ込み心地よい。それも一時のことでまた風に震える長い時間が来る。都心に近付き乗り換えた電車も入った途端ヒヤッとし、冷たい風を受け続けることになる。家にたくさんあるのにビニール傘を買い、家にたくさんあるスカーフを忘れた。今回、扇子はあったんだけど……。

レストランで食事をし、真夏の旧軽で買い物もし、白糸の滝を見学します。夏なので車から出るときショールだのカーディガンだのは持たないで歩き始めます。すると木立の中にある滝につく頃、寒くってしょうがなくなります。思うんですけど必要なときに必要なものがない。

扇子が欲しいとき、カーディガンが欲しいときに、それがない。傘もそう。ウチにあるだけで活躍の場では持ってない。コートが十枚あっても今なくちゃ、ないのも同じ。

〈教訓一〉いつでもバッグの中にはとりあえずスカーフを入れておきましょう！　この教訓役に立たず。またやっちまいました。

プレゼントを見せるため持って行った。

「S君がこれを作ってくれたよ。高価なものだよ。かっこいいね。うれしいね。よかったね」

急に台風のような雨になった日、Mパレス（墓）へ行った。

『JR東日本の資料によると、常磐線電車が東京発着になれば、上野での乗り換えが不用となり、所要時間は九分短縮できる。一時間に二往復の常磐線特急は、すべて東京発着となる見通し。常磐線は、つくばエクスプレス（TX）の開業で利用者の減少が予想されており、東京駅との直結は、集客合戦の巻き返し材料になりそうだ』

「なんか夏って感じがしなくてつまらない夏だった」

枝豆をつまみながらお友達が言う。

「今年の夏休みは遊んだというかんじがしない。飲みにも行かないし……プールは行ったけど」

タマゴ豆腐を食べながら言う。

「それは大人になったっていうことなのかもしれないけど、カラオケにも行かないし……ディズニーランドは行ったけど」

とマグロのかまと餃子を食べながら言う。

『―Mがいた夏―』を思い出しているのかな。

ひとりで墓に行ったと言うその子は上野駅で小休止するのが結構楽しみなどと言う。お花を買ってから電車で食べるパンを買って鈍行で行くそうだ。『―Mといた夏―』を思い出しているのかな。

「いまだに思ってくれて、あんなに遠い所まで行ってくれるとは、本当に有難いことだね」

とパパが言う。

区切りの墓参りをしてくれた彼、しょっちゅう行ってくれる彼、旅行の前に立ち寄ってくれた友達、家族に守られて行って来た親友、またひとりで行った彼、おねえちゃんも含め、ひとりで行きたがるのはなぜなのだろう。

『上野駅が終点のJR常磐線・特急、特別快速、そして快速電車の一部を東京駅に乗り入れる新線建設計画が完成する見通しになった。』

　でもそれは九年度末のことだそうだ。

ファーストドライブ（デミオ）

「牛乳を飲もうとすると笑わせるんですよ」

　剣道をしているという体格の良い男の子を連れてきてくれた。

「Mらしいな」

　とパパも納得していた。○○一中のMがいた。

「Ka」、「Sa」、「Ay」とお友達の名前を言うMの声も思い出した。もう十年も前になるが、私と同じアルバイトをしていたこともあるKaちゃんのお母さんが、庭に咲いているコスモスをと今日持たせてくれた。濃いピンク薄いピンクそして白色のコスモスのか細くてやさしい風情、庭で咲いている見事に美しいであろう姿を思い浮かべた。

　十月になり、Ka、Sa、Knが来た。まるでふきのような形状で三センチの太い幹、そして葉はない。おしべは金色で肉厚な花弁は六枚ある。花は直径八センチもあるハイビスカスのように大きい。もっと大きい花もあるそうだ。今日は、それが小学校時代に歌った「アマリリス」だと知った。


「ピアノにしますか、バイオリンにしますか」

　という質問から始まったレッスンは十六年続いた。

『雨の日も雪の日も風の日も風邪の日も靴のヒモ台風でも、もちろんいいお天気の日も土曜日は毎週二十分のピアノレッスンと一時間のリトミックです。妹も受験となり、先生も都立の倍率を調べて下さったり、偏差値も教えていろいろ相談にのってもらったりしていた。私の希望で音楽学校へ行くためのレッスンも。発声のレッスンが加わり、時間も一時間になった。

　そして喫茶店のサロンでの発表会も二回目を終えた頃のことである。OL一年生になっていた姉の方は、残業に加え急な飲み会も増え、妹も幼稚園での実習や風邪、先生宅への途中のバイク事故などが重なり、何週か休むことになる。寒い冬に駅から遠くて暗いお屋敷町を歩き神社の横を通る心配もあって、「半年休んだら」と言ってしまった。あっけなくピアノレッスンの終わりがきたのだった』

「リストの「ラ・カンパネラ」を弾こうか」

とおねえちゃんが言う。フジコヘミングのビデオを見せた日、焼酎をかなり飲んで帰って来たおねえちゃんが言う。

「一週間で弾けるように練習しようか」

一週間後に行く予定のその店にはグランドピアノが置いてあるのだから。

初めて見るそんな形の皿に入ったスープが来た。螺旋階段を登った店にはピンクのクロスにピンクのナプキン、テーブルにはナイフとフォークがたくさん並び、フルコースの食事がこれから始まる。写真を撮ろうとデジカメを出したら店のお姉さんが声を掛けてくれた。

「バッグに位牌を隠し持っている笑いきれない私達」を、「最後の本をバッグに持ちながら架空の結婚披露宴をしている私達」を、そうとは知らずに撮ってくれた。嬉しいのか悲しいのかいいことなのかなんなのか解らないまま今日の行事をこなしている私達に、グランドピアノの音が優しく降り注ぎ私達は耐えている。

今日のレストランは大学通り沿いにある。—店内は白とピンクを基調とした明るいイメージでまるでプロヴァンスのレストランのよう—と『Mチャンネル』「ゼクシィ」（櫻）に出てくる所である。「ピアノレッスンのテーマ曲」が聴こえて、ひとっこひとりいない夜の大学通りへと、螺旋階段を降りる。

このレストランへ来る前に私達家族はドライブをしている。

「最初に何処に行こうか」

「イトーヨーカ堂とかケヤキ公園とか？」

「ファースト・ドライブは？」

パパは質問しながらも答えを考えていたらしくそう言った。それは『Mチャンネル』「ラストドライブ」（お引越し）に呼応したものであの時と同じルートを辿ると考えたようだ。

『まず保育園へ行く。高校へ行く。四小のグラウンド、公園へ行く。ピアノのレッスンを受けた学校へ行く。八小へ行く。十年間住んだ家を見る。幼稚園へ行く。三年間住んだマンションを見る。駅のロータリーを回り、大学通りを走り、『Mチャンネル』「ゼクシィ」で結婚式をした螺旋階段を捜す。

一中へ寄る。外から校庭を見て、門を見る。二時間の思い出めぐりをしてから高速インターへ行く。車は新居のある茨城へと速度を上げた』

その「ラストドライブ」の時、方向が違う専門学校だけに行けなかった。今日はそこへ行った。ここで一度は挫折しそうにもなりながら頑張って卒業し保育士の資格を得たのだと感慨深いものがあった。おねえちゃんは鉄の門の外から暗い校舎を眺めている。まるでそこに動いているMを捜している様に思えて私は目をそらせた。入学式で写真を撮った門のあたり、闇にある校舎の全景、文化祭でにぎわっていた校庭、変わったつくりのブランコなどをデジカメに収めるよう夫に頼んだ。

数年前に子供達が探してくれれば車を購入しようとまでもり上がったこともあった。だが子供達には大きなことで決断するのも難しかったのかもしれない。いつしか忘れたようなのでほおっておいたが、もっと積極的に手助けをしてやればよかったと悔やまれる。

新居を訪ねることができるように（？）こんな理由で購入することになるとは。Mの名前のついたMのナンバーを持った車が来た。

〝うわばみがぞうをこなす〟ように、話を聞く。バイクを傍らに置き本を読んでいたという話を聞く。その時間でも今よりもっと明るかったと言う。ベンチの前を何度か通りかかったが、ずっとひとりで下を向いて本を読んでいたという話を聞く。

店を訪ねる。アルバイトをしたことがあるその店の品は豊富で、楽しいものから専門的なもの、工具から植木までと多彩だ。

レジのお嬢さんをみる。かつてそこにいてニコニコ笑って話しながらもちゃんとレジをこなしている姿を思い浮かべてみる。

その店を頭に浮かべるのも、その前にあるよく通っていたレンタルビデオ屋を見るのもいやだった私は、それらの店に行き中を歩き回り行けないところがないようにとがんばってこなす作業をする。こなさなくてもいいのかもしれないけれど、こなさなければ前に進めない気もして、今こなしておかないとどんどん大きくなってしまいそうな気もして、歩き回りこなしている。

「暮れの冷蔵庫に続きとうとうデジカメを買いました。ビデオは録画もできるＤＶＤに、そしてトイレはウォシュレットが付きました。もう少ししたら多分車も。ごめんね、こんなに新しいものが増えてしまって、Mの知らないものを増やしてしまって、でも車の名前は○○○だよ。それで会いに行くから許してね」

昔は「ピアノレッスンの日」だった土曜日が、今、「墓参りの日」に変わった。

「百年後はみんな死んでる」という言葉を捜し出したママは、

『Mチャンネル』「ゼクシィ」（櫻）にさくらを散らした。

ドルチェ（クリスマスパーティ）

年の瀬の電車に乗った。久しぶりの電車に少し緊張しながらも車内を見渡す。若い子がたくさん乗っているがあの子もこの子もみんな違う。先日、外出した時のこと「Mはどこにもいない」と妹との電話で話した。この頃妹には気持ちを話し「君だけがどこにもいない世界っていうミーシャの歌のようで悲しい」と言い、「そんなものをあげちゃってごめんね。辛かったら聞かないように」と言われたりする。修二と彰が歌う「青春アミーゴ」のカメナシがNaちゃんに似ているという話をした夜のこと、うちのおねえちゃんが似ているような気もする。細いあごにかかる髪、そして試験勉強だとかで前髪をゴムで結んでいたらますますカメナシに。

毎朝そうなっていることに気が付いた。そういう状態にして会社に出掛けるようだ。そういう状態とは前髪をゴムで結んでいることではない。仏壇の前の座布団、お菓子の籠の上、ソファーの仏壇寄りの肘、それらの場所に操作できる向きでリモコンが置いてある状態のことで、その不思議に気付いたのはずいぶん前のことだ。テレビの前に陣取った仏壇は、芸能界のことから、事件、ニュースなど何でも知ることができているはず。だからコウダクミの歌でもふりでも、ユズでも、ケツメイシでも、よくあひる口の真似をしていたスズキアミの再デビューも知っているし、十一月に発売したのに年間売り上げ一位になったこの曲「青春アミーゴ」のことなど全部承知している。きっと歌ってもいることだろう。

電車の中にも、どこの町にもいなかったMが、クリスマスの立川に三人いた。ニット帽をかぶって高島屋のガラスのむこうにこちらを向いて座っていた。近づいても

近づいても似ている。驚いて証拠写真をとカメラを用意した私にパパも「俺を撮る振りして撮れ」と言うほどだ。そのあとかなり近寄って見た。彼とじゃれあっているその子は幸せそうでちょっと太っていた。そのコーナーから出てきた子の髪の色が似ている。下を向いてバッグの中をかき回し何かを捜しながら歩いている。「ああこの子、髪の色や背が同じぐらい」とのぞきこんだらかなりお姉さんだった。近所のシダックスの前のオレンジ色のライトの中で男の子と二人話している黒い服の子がいる。体のバランスが似ている。楽しそうにしている。

私の話を聞いて「その中に本物がいるよ」などとおねえちゃんが言う。二人は近づいて確かめたけどシダックスの前の子は車の中から見たので確かめられなかった。あれだったか……。写真を取り込んでからパソコンで見せたらおねえちゃんも「オオッ」と驚いた。

「この前白いビーノを見ましたよ」

おもーいという位おおきな花束を抱えた子が言う。

「Mチャンネルは、いつも写真を見てから読み始める」と言う子は、渡したブロマイドを見て「ああっMだあ」と泣く。お友達のしるしとしての一周忌の記念品であるブックマーカーが今日手に渡った子が泣き笑いで言う。ママが勧めた『星の王子様』の本を買い、それにそのブルーのスワロスキーが飾られたそれを使うという。

Rが来た。Mの鉛筆画を画廊喫茶に飾るため、原画を借りたいと取りに来た。Rの個展を見に下北沢へ行った。下北沢は演劇、アトリエ、ショップがあり、いろんな可能性がありそうな若者の町、その町でのお友達との二人展だ。夢を聞いた。叶うといいね。

「施設の実習をした時学校に提出したMのレポートを見せてください」Mｏが仕事をやめた今、Mに相談したいそう。Mｏのお誕生日の話を聞く。

「私の二十三歳の誕生日は姫だった。エレベーターが開いたらバラの花束を持った王子が、部屋へ入ったら大きなスヌーピーのぬいぐるみを持った王子が。王子さまが二人もいてあの誕生日はすごかった。それはすべてMが仕込んだことなんですよ」

と思い出話をしてくれる。そして「パレス（墓）へ行くよりサロン（家）に来たい。部屋のあちこちにいそうだから」とも言う。

「Mたちカップルが目標だった。」

Noが言う。どうした？　なにかあった？　電話しても一声でなにかあるとすぐかんじてくれて、会おうと言ってくれて悩みを聞いて泣いてくれる。親身に相談にのってくれる。上から諭すではなく一緒に悩み解決法をさぐる。勇気づけてくれる。そして元気になり笑う。小さいけれど大きい存在だった。「悪口を言わない子だよね」とMoとうなづき合っている。。

Cが言う。

「つらいことがあると飲んで騒いで忘れまた頑張る、そうして暮らしてきたから今どうしたらいいかわからない」と言う。

中型免許をとると決心して教習所に行き、オートバイを起こすことがやっとできた。でもみんなに迷惑をかけるかもしれないからよおく考えなさいと教官に言われたそう。それでもとると言っている。高速に乗り墓へ行くために。車の免許を取得中の子も、とったら最初にパレスへ行くと言う。ヘルパー二級免許、小型免許から中型免許取得と意欲がある若者達に感心し、皆の成長のきっかけとなっていることはうれしいことだと思ってみている。

「好きなものを持って帰りなさい」

「ええっいいんですかあ、じゃ私はこれ」

「目をつけていたんだア、これいいですか」

ママが仕入れたもの、おねえちゃんがお土産で買ってきてくれたもの、パパがサンクスで買ってきたもの、お友達が持ってきてくれた季節限定商品など、それでお店やさんを始めた。

「M、ありがとう、これもらうね」

などと話かけながら持っていく。

ケーキのことをスペイン語の男性名詞で「パステル」、女性名詞で「トルタ」と言います。チーズケーキは「トルタ　デ　ケソ」チョコレートケーキは「パステル　デ　チョコラテ」または「タルタ　デ　チョコラテ」パイも「オハルドゥレ」または「トルタ」です。ちなみにビスケットは「ガジェタ」、プディングは「フラン」、シュークリームは「ベティス」、ドーナツは「ロスキジャ」です。「ドゥルセ」とはお菓子、そしてあまーいという意味です。暮れから始めたお菓子屋さんの名前は☆ドルチェM☆としました。これはスペイン語ではなくイタリア語ですが語感がいいのでそれに決めました。

ツリーの植木小さいおもちゃやカードが置かれ、その前のテーブルにはご馳走が並ぶ。シャンパン二本、シュークリーム五箱、ケーキ、チキンナゲット、ポテト、飲み物（麦茶コーラ紅茶）、日本酒二本などの持ち込みがあり、更に遅れて寿司二桶、フライドチキン二箱、コールスローサラダなどを持ったふたりが到着した。

そしてガーリックトースト、サラダ、生春巻きとみかん、そんなメニューで十二月十九日我がサロンに於いてクリスマスパーティが開かれました。絵を書いたり、知恵の輪をしたり……常連のメンバーふた組ではあるものの、Mを介してこんなにしっくりと仲良くなっている様子に改めて感心しながら友人七人のパーティはお開きとなった。来年は三日にパレスに行く予定だと言いながら、新しい車デミオに会ってから帰っていった。

「'06も健康で良い一年となりますように……」

正月になり伊豆のペンションからM宛の年賀状が来た。

♪君だけがいない世界　misia

アキニレ（正月）

去年三十一日にドアノブに掛けてあった、松や千両なども入った正月っぽいブーケ。その差出人は不明のまま新年も十日が過ぎた。

五千坪という敷地に入ると右にテニスコートがある。左には芝生のスペースが広がり、その奥には中の島を持ち八つ橋がかかった蓮池があり、花が咲く頃には見物客が集まる。更に奥には木立で見えないが大円形プールと幼児用プールがあるはず。この敷地のあちこちに水琴窟も三箇所あるそうだ。ここの温泉地は水琴窟を名物にしようとしている魂胆が見え隠れする。バス通りにも一つ、いつの間にかできていたし母から送られてくる温泉まんじゅうの焼印が、いつしか「場所名」から「水琴窟」に変わってきている。しかし味は変わらない。誰に差し上げても大好評だ。芝生のスペースの奥から始まるアキニレの並木道をとおり神社の燈篭のようなものから道は二つに分かれる。二人乗りブランコ、藤棚などもありその奥にやっと玄関ロビーが現れる。

急に思い立ち富士を目指しドライブすることにした。

母に会いに、または車を見せに、または私達の静養のためにと温泉に泊まった。おねえはついてはこないが実はMは乗っている。ぬいぐるみと写真だけだとしても乗っているのは確かなことだ。

だってあの旅館で、あのテニスコートで、家族でテニスをした夏があったではないか。日差しがまぶしかったじゃないか。ボールを追いかけて何度も草むらに取りに行ったり時には道路まで取りに行ったじゃないか。左に広がる芝生のスペースでは子供達が替わりバンコにパパから車の運転を教えてもらったこともある。

もっと小さい頃は丸いプールで泳いだではないか。そのあと庭から温泉に入って一風呂浴びたではないか。神社の燈篭のようなものの前でばあばと写真を撮ったじゃないか。二人乗りブランコに乗った写真だってある。そのあと温泉地に一軒しかない喫茶店で氷を食べたじゃないか。そんなこともあったじゃないか。そんな旅館に今年の一月一日夫と二人で泊まった。

夜九時。温泉旅館の仕事が終わった母からこちらの旅館にいる私に電話が入る。私の携帯電話番号を教えたのでその番号にかかってくることが新鮮だ。夫は温泉に入り食事をし、敷いてもらった布団でテレビを見ながら眠りかけている。母にこの部屋まで来てもらおうかまたは行こうか、どうしようかと思いつつ着替え始める。電話が掛かってきて私は一人で母の家へ向かおうと決心する。それはちょっとした冒険でもある。

その時間はアキニレの並木道にところどころライトが点っていて神秘的でもあり、木のトンネルも母に会うこんなシチュエーションは初めてなのでさして恐くもなくむしろ楽しく感じた。それでもテニスコートのある開けた場所に来て一安心もし駐車場の車の中からお土産を取り出した。こんな場所で自由に宿と実家を行き来するそんな場面に心躍らせ、一刻も早く母のウチに顔を出したくもあり少し走ったりもした。

車がある生活とは荷物も自由で、電車の待ち時間や駅の階段に無縁で、急に来てみたり、こんなミラクルも起こせるんだなあと思いながらまた少し走った。

数百メートルで着いた。

「マミさーん」

「あっ、はーい」

今日は玄関の戸は開いていた。仕事を終えて急いで家に帰ったのだろう。仕事場と家はほんの百メートル位しか離れていない。通販の箱などが予想通りたくさんあって泊まれない状態だった。パピとMにお線香を上げ仏壇周りを整理し、部屋のかたづけを嫌がられながら少ししてお茶を飲み一時間半後、やっと二つにおさえた持って行った時より増えた紙袋を持ち、私は宿まで送ってもらうことになる。

ゆっくり歩いても数百メートルなのだが寒いので早足になりすぐ着いてしまった。門を入りテニスコートの前で車とマミは初めて対面する。私は離れてもキーを開けることができることを自慢するように、何回か見せて車にお土産を積み込んだ。そして来る時は電気が点っていたのに今は真っ暗なアキニレのトンネルをマミと腕を組み歩く。送ってくれるのを断らなくてよかったと思いながらロビーまで来た。スリッパを直したりしながらいつものように手を振ってお辞儀をして、そして真っ暗なアキニレの並木道を母は帰って行った。

年越しをした茨城からそのまま伊豆まで来ようと思い立ったのは晦日の三十日だった。温泉はすべて満員でマミも旅館の人も電話してくれたが予約は取れなかった。また今度にしなさいというのいつものパターンになるのかとがっかりしたが、いいことを思い立ったと思った私はあきらめきれず大晦日三十一日に電話をしてみた。差し迫っていたのが幸いしたのかキャンセルがあったのでOKという旅館があった。それが昔庭で遊んだこの旅館だった。そのあと母の旅館でも当日キャンセルがあり私達を泊めたかった、親子一緒に過ごせたのに申し訳ないとか、豪華なお正月料理がフイになったりもして残念がっていたと言う。

こちらの旅館で泊まるのは初めてだ。古い建物できれいとは言えないが、部屋の窓から見た旅館は、千と千尋の湯やのようなつくりだった。瓦屋根が何層にも重なり、色が褪せているが赤っぽい和風の出窓がある。風呂は男と女の場所が変わるシステムだった。昨日の夜は女風呂。今日の朝は男風呂に入った。広い男風呂は私ひとりだったのでいつものように泳いでみた。ここ一年の心の重さが一瞬とれたように思えた。そしてまた新たにしょい直したようにも思えた。これははずすことはできないもの、一生はずしてはいけないものなのかもしれない。ちょっと重いけど覚悟を決めよう。風呂場の全面ガラス窓の外には岩で囲まれた池があり鷺の剥製が一羽足をクロスして立っている。動かないから剥製と思う。

翌日、宿での精算を済ませてからお年賀として手拭と何とか焼きの器を頂いて車で出発する。昨日は持って行かなかった重いものを母の家に置いた。新聞屋がくれた洗剤だ。家の周りの植木鉢にキンポウゲがありかわいく咲いている。裏の洗濯機のそばに荷物を置いた。

そのあと帰りがけ仕事中の母を訪ねた。昨日は夜九時まで仕事をし、今朝は七時からもう仕事に行っている。旅館の人たちに渡したお土産のお礼を言われお茶のお土産を頂く。母は夫と玄関先で正月の挨拶を交わしてから私におこずかいだと金をにぎらせそして仕事に戻った。昨日渡したおこずかいがなんでもなくなる。

父の墓参りをしてからナビの言う裏道を走り沼津インターを目指す。海老名インターでメロンパンを買ってそして東京の自宅に戻った。車がある生活とはなんでもやりたい放題なんだなあと思う。

夫は、出先から帰り荷物と私達だけ降ろしてからそのまま家に入らずレンタカーを返しに行き電車で帰ってくるというパターンを一年やった訳だが疲れただろうと思う。そしてタクシーを使い乗り切れない子はバイクを使ったりしてあんなに困難だった、揃って行くというレストラン行きが、ジム通いが、楽にできることが逆に悔しく思えることではある。五人が三人になったのだからそれは簡単になって当たり前とはいうものの。十一月にお寺に来て魂入れをしていただいてからもう一年二か月経っている。月日の経つのも何て早いんだろうと思う。

スノーボードに行く前にパレスに寄り、スノーボードからの帰りにサロンに寄る。そんな計画を立てたお友達がお正月の三日に来た。以前はグループだったが去年ぐらいからはっきりとした形になった四人だ。そんな二カップルが来た。

その四人が暮れのパレスの前で歌をうたったと言う。車のCDを大きくかけて今流行っているレミオロメンの「粉雪」をパレスの前でうたったそうだ。携帯電話で歌詞を確認したりしながらうたったと……。

ああいう子じゃないけど、ああいう歌が上手かった。うたいたかっただろうねとおねえちゃんも言う。歌を自在にあやつっているようにしているコウダクミを見ながらMと重ねて聞いていることに気がついた。

ＩＳ三姉妹はほんの数回だが一緒にカラオケに行ったことがある。その日は点数が出るカラオケだった。そろそろ帰ろうとしたら、その日のシダックスの記録で一位二位がＩＳ家だった。三位まで独占しようとなりもうひとりがさっと歌って一二三位を塗りなおしてから帰宅した。そんなことだってＩＳ三姉妹ならオチャノコサイサイ！　なのさ。

「今日は好きな曲をみんなで言ってたよ。ｋｏｕｄａｋｕｍｉも好きだったね「一〇〇〇の言葉」をよく歌っているMをみました」……こういう情報が知りたいママなのです。

「レミオロメンの「三月九日」は本当にいい曲だから聞いてね。私も好きだからｉＰｏｔで常に聞いてるよ。少し前だけど「flower」もいい曲だよ」レミオロメンの「粉雪」が聞こえてきてMも一緒に歌ったのかな。

大晦日のブーケがまだ枯れないで飾られている。差出人不明ではあるものの大体見当はついている。多分当たっている。実際そうだったし。

ソーン（薔薇のとげ）

「行くよー！」

その合図で小学生の女の子が乗った自転車の集団が走り出した。先頭にいるのはM。まるで馬にまたがり右手を突き上げ旗を掲げているジャンヌ・ダルクの像のように気勢を挙げる。それはむかしむかしの二月十四日バレンタインデーのこと、男の子にチョコレートを配るための集団だ。家の前でそれを見送った私は驚きとうらやましさと頼もしさを覚えたことを思い出した。

『四月三十日に行われる祭りは、ベルディーンといわれ、この学校の生徒も上級生はワインを、下級生はエールを飲み、「ムーンライト・ケーキ」という塩抜きの三日月のケーキを食べます。ラベンダークッキー、カモミールティー、バジルのスパゲッティー。そしてくもの巣ケーキ』

この作り方としては、まずスポンジを焼いて、チョコレートをかけます。その上にホワイトチョコレートでくるくると外側から円を書きます。次に中央から外に向かって放射状に何本か線を引きます。立派なくもの巣ができたでしょう。アクセントとして半分まで切り目を入れたレーズン数粒を適当な場所におくと、くもの巣にかかった獲物となります。

「Mクッキー」と呼ばれていた「ルシアンクッキー」をMの代わりに作ります。今年は球にするのが面倒で四角にした。でも粉砂糖とチョコがけと二種類にした。ウチに集まりお友達とワイワイ作っていたことを思い出しながら作ったが、深夜のそれは時間がかかり結構大変なバレンタイン前日の作業となった。

出来上がったらアルミホイルに入れる。もうひとつのデコレーションのバリエーションとしては、市販の板チョコをとかしクッキーにまぶす。それがさめたらココアを更にまぶすというものです。


『お友達を自分の部屋に招待して小さなキッチンで作ります。バレンタインデーの前日にはいつもジル様の部屋は騒がしく、みなそれぞれ小さな箱につめて思い思いの人に届けていました。リボンをかけたそれは、Mの、みんなの願いをちゃんと叶えてくれました』

Mおはよう！

おはようみー！

いってくるよちゅん！

ぴーちゃんただいま！

おやすみちゅんちゅん！

ねるよちゅん！

行ってくる時とおやすみ時にはピースサインも添える。

そんな挨拶をする。もう何百回こなしただろうか。困ったような顔で見上げると元気付けてくれるように感じる写真が笑っている。つられてわらう。


サロンに飾ってあるMの写真を見て「きれいな人ですね」と水道修理屋のおじさんが言った。

「きれいな……人って……チュンチュンです」と思った。

飾り棚の写真と遺影が同じと知ったからか「奥さんに似ている」とも言った。

「親子ですから」と思った。

宿の箪笥の上においた額を見て「お嬢さんですか」と旅館の仲居さんが言った。

「ええ、連れてこられなかったので……」

「きれいなお嬢さんですね」

「ありがとうございます」と言った。旅行中は写真を飾る場所を一番に作る。厚地のサテンでピンク色の花の刺繍がしてある袋からMの写真がある額を出す。ホテルを移動するたびにドレッサーの前や机の上にそれを置く。

今日これから送別会に行くと言いながら桜が入ったブーケを持って来てくれた。三月で三人の先生が保育園をやめるという話は聞いていたが、残る方も新たな覚悟がいるのだろう。

三～四年の経過は仕事を移りたくなる期間なのだろうが、しかしやめるということつまり仕事がない時期はある種のつらさを味わうものだという覚悟をしなければならないことを若いみんなは知っているのだろうか。その時期、仕事をやめてすぐの頃はさばさばしてほっとし朝寝坊をしたりする。昼頃起きて何もすることがない、ついたため息に不安と焦燥が混じるのにそう長い時間は要らない。

人の言葉に敏感になりこの世に私は必要ではないのかと思い性格もとげとげしてくる。朝ゆっくりと犬の散歩をしている人をうらやましく思っていたのが、今度は逆に忙しく目的地に出勤する人たちをうらやましく眺める。

職安通いも敗北者という烙印をおされるようでうしろめたい気持ちがともなったりする。そして追い討ちをかけるように貯金が底をつく。それを助けるための職安であり仕事を捜す希望の場所ということでもあるのだが、炊き出しをもらう浮浪者などが頭に浮かんだりもする。

その時期、一ヶ月でもつらかったという子もいる。一年半仕事が見つからなかった子もいる。はげましながら一緒に苦労した彼女と別れ一緒に苦労したその子は報われなかった努力に疲れ、精神的にもまいったのだろうか要するに人生が狂った。

「虫出しの風が吹きました」

啓蟄と春一番が同時に来た日、天気予報士が言う。この季節は確実に毎年めぐって来る。

小さいのにリーダー格だったMがいなくなり他のメンバーがバラけてきてもいる。二十三歳までの青春はMと共に終わった。みんなは今、二十五歳の青春を生きている。そういうことではあるけれど……。

二月のパレス行きで発見した。墓のコーナーが削られた形で新しい道が出来ていた。

もう、墓のドライブスルーは出来ない。

メールボックス（母・子）

「私は昨日からやさしくなりました」

仕事場に着いたとたんに言われる。あの「メール記録」を読んでから、子どもに対する態度が変わったという。

家族の葬式以後二週間の忌引をいただきパートに復帰した。

処方箋をパソコンに打ち込む。薬歴の管理、薬袋やラベルへの記入、先月から始めた仕事は覚えることがたくさんある。仕事に行く日、遅く起きた時も、やる気がおきなくても、落ちこんでいても、風呂に入って化粧をしなくてはいけない時間が来る。時間に押されて玄関を出る。仕事が終わって外に出ると駅方向からバイクが来るのではと思う。そしてここを曲がって駐車場に入れるんだよなあと思う。百合と線香のかおりがする自宅に入ると暗い部屋に一人でお留守番をしている白いお骨が浮き上がって見える。


半年経ちジスロマックは一日一回だけで三日間飲む、カロナールは発熱時、マクサルトは頭痛時の頓服と覚える。一年経ち保険切り替えの人がくるたびもたついている。老人医療の二割負担が三割負担に、乳児医療の○割が三歳になり三割に変更となる。仕事が終わって外に出ても駅方向からバイクは来ないと思えるようになる。絶対来ることはないと思う。もうその頃は帰りがけにバイクに触れることはしなくなっている。

あの「メール記録」を読んでから、心配かけて悪いなっと思いながら帰ってきている様子が見えたり、今度からはなるべく早く帰りなさいという気持ちが通じたり、とにかく元気に帰ってきてくれる幸せを思い、今まで子どもに対してつんけんしていた態度があの「メール記録」を読んでから変わったと報告してくれた。


「発信記録」

Mさんよりでんわ○九○‐○○○○‐○○○○へ。

元気ですか？　風邪の具合は？　Nのお宅にお世話になっているの？　気をつけて帰っていらっしゃい。ままより。

きょえぇい！　まま。

はい！

楽しんでますね。おみやげは七味唐辛子なんてどう。

まりあままでした。

ママにことわりもしないでこんなに夜遅くでてゆくなんて！　あんたはいったい……はい。

ママとEは心配中!?

風邪にきをつけて鍵はあいてますう。

わかりました。泊まるときにはまた連絡を！

了解！　まま。

オッケイ！

パパは風邪。ママ元気。

かわいそうじゃあない。ママのみさんかで、そこんとこよろしく。

はい！

了解！　おとじゃないよね。ままより。

オーケー！

ふぁあい。わっかりましたあ。まま。

夜道にきをつけてね。あかずきんちゃん！　まりりんだいじょうぶですか。そろそろ……はい。それなら安心。いつものように寝ないでいるけどね。


どう？

歌っているのなら安心だけど……それなら安心です
ごゆっくり。

何時頃になる？　鍵はある？　ママは四時起きで出発します。戦争なのに。まだ起きてるよー。代筆までした。おやすみ
わかりやした。

はぁぁい。まま。

連絡が遅いですよまま。

元気だねえ。風邪ひかないで。まま。

明日は夕食がレストランかな。Eが何時からかと聞いてきたが、答えていないのです。

じゃ家に六時集合で、よろしいようで。

どこにいるの？　Nたくですか？

わかりました。M先生によろしく。

おっけい！　まま。

おっけい！　Eまま。

わかりました。まりりん。

どうしてるの？　帰って来ないの？　ままより。

了解！　まま。

ビデオは撮りました。そして今日はオトなの？　まま。

早く帰ったほうがいいんちぁう？

海入れて良かったぴょーん。おいしいもんも食べてこいぴょーん。ママ。剛ＯＫ。

おつけい！　飲みすぎ注意です。まま。

ただいま到着です。Ｍいずこ。まま。

オーケー！

おうけいでえす。

了解！　ですがからだが心配デスぅ。

了解！

ごくろうさま！　よろしく。まま。

ろんぷーね。ＯＫです。

リフォーム完了しています。いつお帰りですか。、まま。

ほんとにお疲れ様でした。

どこにいるのか教えてくださいせめて。

了解！

パパ無事確保！　お世話さまでした。ところでＭはまたおとまなの？

シンデレラよ。早く帰りたまえ！

明日は仕事デショ。帰っておいで！

寒いからきをつけてね。

片付け万端！　お待ちしております。まりあ。


ピーきょうは？

あらまあ大変！　ごゆっくり！　終わってお迎えいるようなら言ってね！　ねーむれぇー。

薬は飲まなくていいの。Ｎ宅なの。寒さにきをつけてね。

明日はママお出掛けです。鍵は置いとく？

泊まり？　オール？

りょうかい。鍵はあるね。きをつけて！

ジャベかけます。

カサへ帰るのはアケオラごろになりますか？　ママ。

カサは家。了解！

今日もアロハルセ？　おとま？

了解です！

今日はありがとう。パパの手術と治療は六時に終わりました。家へ帰ってとりあえずの一服をしています。

ＮがＭに連絡とれないと自宅にいますかと電話してきたよ。

ごはんがはじまりまあす。どうぞ。

パパは大丈夫。Ｍは風邪ひかないでよ。了解です。

一応オーケーですけどう。

今いずこ。そして何時蛙？

生きてるかあい！

はい。おめでとうございます。

寒さ注意報発令！

おんやぁ。連絡ありがとう。まま。

了解！

いずこ。

了解！

帰れるの？

布団に入って体を休めなさい。なるべく早く帰ってこい！

一時過ぎてますよ。早く帰って来なさい。

りょうかい☆

オトなの？　連絡請う。

疲れないように。

報告せよ。

どこに、まで教えておいてほしいもの。次回からよろしく。

東京医大〇〇病院。明日三時頃行きます。

いまどこ？　くればいいじゃん。

仕事場で、患者も来ない時間帯のおしゃべりで、トイレのネ、話をネ、していたのです。その時私はウオシュレットを使うのがこわいと言ったのです。そして生涯今まで使ったことがないとばらしてしまったのです。薬剤師は言います。「まるで中国人のようね。私は結婚以来ずーっと使っている」中国人に失礼なのではと思うのだが、私はあれがなければ生きていけないと言う。薬局の前を中学生が通る。同じ学校の同じ制服の中学生を見る。クラブ活動後のジャージ姿もたくさん通る。薬剤師さんや先生はMの話をしないでいてくれるようになった。そして休日診療や年末診療時にも駆り出されたりして、お手伝いができるスタッフとして一人前になってきたようだ。明日は毎月のレセプトの処方箋並べ替えの応援だ。自宅にはウオシュレットがつき、仕事はもうすぐ三年目に入ろうとしている。

　私は「薬」ではなく「薬局」にこうして癒されている。

「受信記録」
なにが？　今日は泊まりっす。四日に帰りまっする☆
すっごい晴れてるのはこっちだけ？　「……」玄関のカバンの中にオレンジあるぞぇ(*^o^*)
きょうさ、二時くらいからジャストとっといて☆

ジャストのびでおけさないでー。
あしたは有休なんで……明日の夜帰宅します。Mさんには電話★しました。M。
ぜんそくは治り、鼻水だけになって元気だよ。N家にいるので心配しないでねオヤスミナサイ黄色月★
メールみた？ Mさんからたぶんきてるよ☆
なになに？
Nはいるよ☆できれば飯をあたえてやってくれ！ まさか府中にいる！？
よいわよ☆私がいないときにガンガンやんなさい。
今日はお泊りんぐピンクハート★
夕飯にケンタいるぅ？ あと明日バトミントン絵★いくよね！？ ねっ！？
やった！ やった！ やったぁ！ ケンタまってて一時間以内に！ 荷物★
まだまだかかるの？ きをつけて帰ってきてね悲しい顔★
御飯たべてくなりぃ〜口あけてる絵★
いまおわったからいそいでゆくよん。
カラオケしてましゅバツ絵★ごめんちょ☆一時間後帰宅だぃ。
もうすこしかかります。
なんとオトタケ発見！ 写真とるのことわられたバツ★
もうすこしのみます！
もちっといるから寝ててね☆
ともだちんちなり☆すまぬ。
ぜんそくっぽいのでかえるー。風呂たいてけろっ。
あ〜かったるいバツ★五時にかえるなり〜。
今日はN家おとまりなり〜。
メールはいらなかったか〜？ きょうはN家だべっちゃニコニコ絵★
ご迷惑をおかけしましたバツ★明後日か明日帰るナリよ☆
すいませんですバツ★始発でそっこう帰ります☆
そのままN家に行かせていただきます〜とまるかどうかわからんが。
やはり泊まるわあ。明日は普通番。きちんと起きて行きますのでご心配なく！(o^-^o)
外でごはん食べてきまっす☆
風呂おいだきプリーズ☆二十分後かえるなり。
みなでカラオケいこーよー!! 食べ終わったら連絡するからさ〜♪

あら。ままはどーするよ？　パピかわいそうかな……
ふんじゃあ徒歩できてね～ん☆連絡したら即出てね！い
またべてますっ。十五フン後にシダックスつくよん☆
N家なり。
夜かえるっチ。
フロたのんだ！
おとまってくる～スマンね。
もすこしはなしたらかえるわー
こどものビデオみてんだーさきねてて……かえるかえ
る！
おそくなります。
かぎわすれたこまりかお★五時にかえるよん☆
調子はどうだい！　ごはんたべてる？？
Mさんにママのアドきかれたがわからないからママか
らメールしてあげて。
明日かえりまぁす☆パパへいき？？
今日もまた小松家で～すんまへーん目がバツ★
いわなかった？ｊきょうもとまり！
おいだきプリーズ。
新年会！明日かえるわー
明日かえります～すまないねの顔★
朝帰るなり～!!（∪。∪）。。。zzzZZ。
おいだきたのんだー！
明日夕方かえりまーす！
四時ごろ帰るなり～
なかにはいってまーす。
九時から八チャンとってくんろ。
あさかえる～！
あそんでんですってばバツ絵★夜かえる
水十たのむわぁ～m(_ _)m
遅くなるが心配せんで～ねむれんのじゃ目がバツ★
もすこししたらかえるわぁ～。
あすかえる☆
遅番なんで明日かえりまっす。
台所にたばこわすれたからよろしく！
住所さんきゅーニコニコ絵★なんて病院だい？　でっ
かいかなぁ。
どーも行けるかわからんがーー一応ね☆スマンねバツ
絵★
今日は行けないのでー m(_ _)m 明日検討するっちゃ☆
携帯電話の「受発信記録」を書き出した。

二〇〇四年、平成十六年五月連休中の最後のメールが出てきてしまった。

ロザリオ（三回忌）

朝方までかなりの雨が降っていた。前日は茨城に泊まり、いつもと違い早く寝た。そのせいかたった二時間で目が覚めてしまい、それから眠れなくなった。一時のぽつぽつ雨、二時のさらさら雨、三時のざあざあ雨、四時のざんざん降りは五時まで続き、六時のしとしと雨へと変化した。パレスへの集合時間が近づくとだんだん明るくなってきて十一時には雨があがった。清められたパレスに横浜から妹家族、静岡から母、そして東京から長女が到着した。

ロザリオは、ポルトガル語で「薔薇の庭」という意味。キリストの生涯を黙想する祈りの方法のひとつで、珠をくりながら唱える祈りが、ちょうど〝バラ〟の花輪を編むようなかたちになるからだそう。その祈りのときにカトリック教徒が用いる数珠（じゅず）様の輪。

大珠六個、小珠五十三個を鎖でつないで輪状とし、十字架をつないだもの、それをコンタツと言う。ポルトガル語でコンタスとも言うキリシタン用語。信徒が用いる数珠。ロザリオ。コンタス。一の珠を繰りながら唱える祈り。そしてロザリオの祈りはキリストの生涯を黙想しながら、聖母マリアの取り次ぎによって、私たちの救いと世界平和の恵みを求めるためにふさわしい祈りです。パレス（墓）のロザリオ（薔薇の庭）で三回忌を行った。

季節によってピンクの花や紫の花でいっぱいになって驚かされる場所に、今日はそれらはなくオレンジのつつじが整然と続いているという風情に変わっている。丸く刈り込まれた生垣の交互に緑色とオレンジ色が続く植木のもとで夫の言葉を聞く。

「二十六才の少し大人になったMを想像しながら、二十六才までのMを思い出しながら、黙祷をしましょう」

この場面で、いまだ聞けていない園歌を弾いているMのピアノを聞こうかと夫が言い、私も賛成したが「それはない」「むり」という意見で却下されていた。今日の記念写真にも入らずお姉ちゃんが離れたところにいるのが少し気になるがどうしようもない。

妹の夫は茨城にくるのは初めてだ。パレスがのどかでいい場所だと言い、一つ分のスペースも広いとの感想を言っていた。パレスの全体像を見て回ってから、実家へ戻りお父様達との会食をし、たくさん話もする。そのあとで、二階の案内でイーゼルに掛けてある百号の未完成の絵などを見てから庭にあるアトリエ見学もしたそうで、それは弟が説明して回ってくれていた。

『五月七日（日曜日）はパレスに十一時……その後は茨城で会食。五月十日はサロンへ……ウチに来てお友達とMを見ていて。三回忌を見届けてくれたら喜ぶと思うけど……』

出席人数も把握したくてAに予定を知らせた。

去年暮れにも今週日曜日にもパレスに行った。ドライブスルーができなくなっていて見事にはまった。Aは毎日一回はMを思い出している。忘れてはいない。三回忌も気分が悪くなっていけないかも知れない。Mはサロンにはいない。パレスにいる、だから私はパレスに行くと言い切るそうだ。

Aママからの着信履歴に返信する。とっても落ちこんだ時Mがいないから、お母さんもいなくなったら話を聞いてくれる人がいないから不安だと言っているという。

「Eが聞いてくれるよ。AとMのことなどをほとんど知っているしAの気持ちも解っているおねえちゃんがいるよ。Aに安心するように伝えて」と言った。Aママも安心したようだった。お家に行けないけれど忘れてはいないと繰り返して電話は切れた。

お姉ちゃんに確認したら「そうだね、それがいい」と言ってくれた。おねえちゃんには三日前にも弱ったお友達からの呼び出しがかかっていたっけ。サロンで更科の出前を食べてミューミューの送迎付きで元気になって帰っていったっけ。その子はレシートを捨てられないと言う。一緒に遊んだ時のガソリン代などのレシートが財布の中に二年間入っていてインクが薄れてきてしまった。ちゃんと保管しておけばよかった、などと言う。

三回忌の日にちも決定し「つる本」の和菓子を選びました。夫の知り合いの「つる本」は、お嬢さんの法事に使うのでしたら心をこめて作らせて頂きますと言ってくれたそうだ。ロザリオパーツ十字架を手配しました。ロザリオとは薔薇の花園という意味で、天使祝詞（聖母マリアへの祈り）を一輪の薔薇とみなし、信仰の玄義を黙想しながら霊的花束を聖母マリアに捧げる祈りのことだそうです。

仏様は男なのでお釈迦様の姿にしたという額をいただいた。全ての形あるものは、永遠に存在することのできない仮のものであり、その本質は空である。同時に、すべてのものの本質は空ではあるが、それがそのままこの世の一切のものであるということ。仏教で、「色」は感覚的にとらえ得る形ある一切のものをさし、「空」は因縁のつくり出した仮のもの、むなしいものをいう。

「般若心経」の「色は空に異ならず。空は色に異ならず。色は即ち是れ空、空は即ち是れ色」から「色即是空」、「空即是色」と言う。「M三回忌」とありその言葉も書いてある立派な額に入っているお釈迦様の絵はお父様が描いてくれたものだ。

まだ、行ける気持ちになっていないという伝言が来たお友達を除いて三回忌は終了した。

ビア・パレス（二十四十二）

保育園では毎朝Mのピアノが流れている、と教えてくれた園長先生のネームプレートの裏には写真があるという。まだ時々いるように感じるので保育園にも遊びに来てとおっしゃった園長先生から前日、アレンジの花束が届いた。

「Dear Mさん、これからもよろしくお願いします」

ハートとサインがある「一人一途」「水色の星」というCDだ。去年は第二弾の「鯨」「コスモスの咲く頃に」「Venus Say……」も届けてくださった。U先生の関係で応援していた『Buzy』というグループがいる。当日六時、U先生が来てくださった。

メール記録があると言う。喘息での時、『明日の様子しだいで休むかどうか電話します』という内容や『苦しいけどがんばる』という内容なのでお母さんは読めないでしょうと言う。喘息の時の薬、シューをバッグから取り出す時手がふるえていた。『薬を飲むとふるえるので症状と量の兼ね合いがあるんだ』と言っていたことなど、あの子の言葉を教えてくれる。

車の話をした時に『ウチにはカーがない』なんて言う言い方をして面白いなと思ったという。

「保育園の廊下のはしっこで手を広げて『おいで……』

と子供を迎える様子は……そう、きれいでしたよ」庭に咲いたという薔薇も持ってきて下さった先生が「それはすてきでしたよ」とおっしゃって「間」をあけた。

その光景が頭に浮かんでしまい、愛しさ、悔しさなどの感情が入り混じり、つまりその「間」にやられた。Mもオジャマしたことのある家、お花でいっぱいの庭を見に来て下さいと言ってくださった。


七時、MI、FK　生まれて半年の赤ちゃんHも連れて今日パレスにも行って来たというお友達が来る。「保育園の先生なんですよ」と紹介し、すれちがいでU先生が帰る。

MY、OK小学校時代の友達が来る。YN。親友。No。

MM。親友。Mo。

SS。なぜかいつも大急ぎで帰る高校男友達。

AA、SS、HA　パレス経由だと言う高校時代のソフトボール部グループ。

お父様が書いてくれた「M三回忌」という額を正面に置いた仏壇が、皆の持ってきてくれる花束やプレゼントやお菓子でだんだん埋まってゆく。去年のクリスマスにプレゼントしたBURBERRYのテンダータッチ。パッケージされたまま仏壇にあったものをリボンを解き箱から出して飾り棚に移した。赤いボトルだったんだっけ……。お友達からのカード、プレゼント、お花のゆびわやピンクのハイヒールペンダント、携帯ストラップの飾り、ピンクのぞうりペンダント、おねえちゃんからのパリ土産のメダイもある仏壇の前には、「Samantha Tiara」の紙袋がある。「M、その中にあるジュエリーはお姉ちゃんからのお誕生日プレゼントだよ」

KC、NS、YM、SY、OR、保母さんグループプラスワンというお友達がビア・パレス、つまりパレス経由でサロンへと到着する。ケーキ入刀はみんなの前で私達夫婦がやる羽目になってしまったが、Mのバースデーケーキのろうそくを吹き消す役は決まっている。

IA、TM、NF、SK、TH、(MA)。こちらもパレス経由で来たという小・中学校時代のお友達だ。

KN。親友男　生まれて半年の赤ちゃんがサロンに来ているという情報が入ったのかおもちゃのプレゼント持参で登場した。

UY。今日の〆として親友男Yが来た。こうして二十三、五人が集合した。お友達には「つる本」の和菓子とお友達のしるしとしてのロザリオパーツ十字架、そしてママが書いたドイツにいるMの話「魔女ジルの軌跡II」を渡した。

パレスに行くという情報も何件か入った。そのひとつとして
「五月十日、その日電車に乗った時涙が出た。なんでだろう……と思った。友達からの電話でMの命日だということを知る。小学校の時よくケンカをした仲だと言うその子は最後に大ゲンカをして別れ、気になっていたことを思い出したそう」

姪のAちゃんと偶然知り合いだった小学校の頃のお友達からメールが来たそうだ。

「昨日の夜中に、FYさんから電話がありました。留守電に『Mのお墓の場所を教えて欲しい』とのメッセージがありました。先程、電話したら別の人に行き方は聞いた、と解決済みでした。かなり遠いとお伝えしたのですが決意は固く、明日あさってでお墓参りに行ってくれるそうです」

まだ梅雨入りしていないのに、雨ばかりのこの頃だというのに、パレスへの客は続いている。


保育園のお母さんはその週の日曜日にかつてMの教え子だった子供の写真を持って来てくれた。小学校へ入学だという教え子の姿も携帯電話に入ったそう。

『Mちゃんにお供えください（TH・YM・IY）』と、お姉ちゃんのお友達からアレンジが届き、遊びに行った帰り大きな花束を頂いてきたりもする。たくさんの花で埋まったパレスの影像を携帯電話で送ってくれて画面で見ることもできた。


『お元気ですか？　Mと小学校の同級生のKです。。今年もみんなで茨城にツアー旅行考えていたんですが、消防は五月が一番忙しい時期なので茨城には行けずじまいでしたが、、今度、ストーカーのHと行く計画が立てられたので、お知らせいたします。それで、もしよろしければ、またIS邸にも遊びに行かさせて欲しいんですがよろしいでしょうか？　よろしくおねがいします』

『今日前の中学の子達からパレスへの道を教えてくださいってメールが来てたよ』

梅雨入りし、今日も雨降りだというのに、サロンへそしてパレスへと客は続いている。

レゾン・デートル（オークション）

パパは言う。「それはいいね、ただで」

ママも「あの子に渡るのはなんだか有意義、おねえちゃん次第だな」と思う。ビーノを五十万で受け継ぎたいと冗談っぽく申告がきた。

「自賠責保険満期のお知らせが届く。バイクの自賠責保険のご継続はお済みでしょうか。すでに満期日が過ぎております」この手紙に悩まされている。保険更新のためには名義変更が必要だ。そしてそのためにはナンバーが変わることになる。ナンバープレートは一人にひとつと決まっているそうで、この番号を残したいと思うおねえちゃんはなんとかならないかと迷いつつ悩みつつ時間が経過している。

ビーノを受け継ぎたいと申告がきた日、おねえちゃんが飲み会を終えて零時過ぎに帰ってきた。その話をするとパソコンゲームをしながら言う。「オークションで誰が来てもEが勝つ」一瞬訳が分からずどういう意味か考えた。「五十万と来たら六十万で落札する」などと笑いながら言う。「あれだけはゆずれないっしょ」などと言う。

そうか、あれはおねえちゃんにとってそういう「レゾン・デートル」なのか、そういう「存在理由」があるのかと考えを新たにした。五月十日、家に来てくれるお友達が見えるようにカバーを取ってあったが、この頃の雨に降られているのでカバーを掛けたいと言う。晴れ間を見てママが掛けておくと約束した。

「運転免許証更新のお知らせが届く。運転免許証の更新時期が近づきましたので、お知らせします。（優良該当）」

「社会保険庁より遺族厚生年金額改定通知書（現在支給停止）年金額が改定されましたので通知します」

「レストランよりお誕生日特別コースお誕生日おめでとうございます。有効期限は二〇〇六年五月二十二日までとさせて頂きます」

中型二輪の免許を取ったCは今二二五CCの白いバイクに乗っている。乗らなくなったジョルカブは後輩にあげることにしたそうだ。Mの黒いビーノと一緒に走った赤いジョルカブを手放したくないと思って悩んだのだと言う。でも使わなくなったものだし、もったいないから使ってもらおうと譲る決心をしたそうだ。明日譲る日だと言って今日Cが来た。ジョルカブとビーノを会わせるために。ママはビーノのカバーをはずし、Cはジョルカブをビーノの側まで運び、仲よく並んだ写真を数枚撮った。そうして赤いジョルカブは黒いビーノとお別れをした。

「軽自動車税の変更手続きについて（お願い）所有者が＊＊されておりますが名義変更がなされていないため……（￥一，〇〇〇支払済み）」

「レストランより　牛ステーキコースあなた様限定メニューご当選おめでとうございます。有効期限は二〇〇六年九月四日までとさせて頂きます」

梅雨前線の猛威が続き、記録的な豪雨を観測、列島に被害の爪痕が広がっている。梅雨明けが八月にずれ込むとなると関東では〇三年以来三年ぶりとなる。いつまでもこの状態で置いておくのも……でも……せめて番号が変わらずに置いておくことはできないものか、雨空を見ながら考えるともなく考える。八月に一瞬早く三十日梅雨は明けた。

アルバム（Mのかけら）

往生の本来の意味は、仏になり悟りを開くために仏の国に往き生まれることである。仏になることにある。おばあちゃんが亡くなって一週間だという子は、仏教を勉強したと説法してくれた。ママが心配と言ってくれるその子はMの夢をたくさん見るという。その子はこんな言葉を教えてくれた。

『花びらは散っても　花は散らない。人は去っても面影は去らない』　M・A

六月。

中学時代のお友達が一年ぶりに訪ねてくれた。「転校がつらいと言い、KTへ帰りたいと泣き、おねえちゃんは優秀で自分はダメだと言いながらあまりに泣くので自分も悲しくなって一緒に泣いた」とその時の状況をパパに報告している。核心に触れた言葉を私達に伝えたい気持があったのだろう、少し興奮しそして話し終えてほっとしたのだろう、いつもの笑顔になった。なかなか見ることができなくて今までで二回ぐらいしか見ていないがHPを作ってくれてきっと喜んでいると思うと言ってくれた。

小学校のお友達は、昔の話で笑い当日の話で泣き、HPがあるから様子がわかり遊びにくることができる、更新してあると安心すると聞きこちらが安心し「俺が行っても逃げない彼女っていいな」などという墓へ行った時の感想を聞いて笑う。

「ゼクシィ」（櫻）一番初めに書いたエッセイですが知らないと言われた。それは、そこまでの状況を残し、霧に包み、夢を込め、精魂傾けて書いたもので、いつ頃だったか忘れましたがみんなに一番初めに配布したものです。親友に渡し損ねていたのか、しかし偶然その中にある同じ式場を下見したということで感激していましたっけ。

七月。

明日アルバムをお友達へ「渡す会」がサロンで執り行われるそうだ。家にはいち早く届いているアルバムを、今日来たのに明日まで見ないというCから知る。今日はママへ誕生日プレを届けてくれた。そしてかわいいブーケはママとMへのふたつ。

「こんにちはー。Mはいるかなー」

そんな挨拶をしてお友達が来る。手には「このごろ流行のキューティはなーび」などと書かれている花火を持って。または植木の花『夢ちどり』を持って。

「ええーっ、もう帰っちゃったよ」

などと答える。七月の盆の二日後のこと。

一週間後、会社旅行のおみやげをたくさん持っていつものふたりと、百人一首の買ったばかりの本を持ちその話をし、本屋に勤めたいと言う子が来た。CDからテーマに沿って曲をえらぶなどサークルで知的な遊びをしている彼はおいしい桃を持ってきてくれた。

数日後、高校時代のお友達からアルバムを作ったので届けたいと電話が来た。その子は「ゼクシィ」（櫻）でロールスロイスを運転してくれる配役の子だ。二年かかってこの策略を練っていた首謀者となっていたのだ。

その日代表で来たという五人が来た。卒業アルバムを作らせたら右に出るものはないというほどのアルバム製作会社に小学校の時驚いたものだ。みんながタレントのように写るというそして自然な学生生活を切り取り、いいアングルの景色などで感心していた『メルヘン舎』。そこに頼んで作ったものだと言う。

基本はうれしいのだが見るのがこわいようで、泣かないでいられるか笑って済ませられるかなどの気持ちがあり、「ママもパパと一緒に見て下さい」と言われるが遠くから横目で見るだけで近づけない。それでも表紙の説明や印刷会社との成り行きなどを聞きながら徐々に見てゆく。そこにはまだ大人になりかけの幼さが残る顔が並んでいた。おねえちゃんは見たくないと言う。なかなか部屋から出てこない。

眉が太かったりほっぺがふくらんでいたりカメラに照れている様子があったりして、本人恥ずかしがるかもねえとも思える写真もあるが、その時代を一緒に過ごした懐かしい顔が沢山詰まったものでそれは宝物なのだろう。皆に呼びかけ写真を集め、レイアウトの相談のためファミレスに集合し『メルヘン舎』との相談など苦労をした分、それは更に重い意味があるものなのだろう。二年かかって世の中に十三冊しかないというアルバムが届いた。

「今、仕事を休んでいるの」おねえちゃんが一足早くせりふを言う。

「今、仕事を休んでいるの」

テレビが言う。

「すごーい」

「Mはもっと完璧だよ。特にトトロは百パーセント」という。

そんなことを思い出しながら皆の話を聞いている。宮崎アニメのことなら完璧なMだが、おもしろいトークの展開も予想されるが、今、ここで宮崎アニメの話で盛り上がっている様子を見て私は『紅の豚』だけは最後まで見たことがない」などと口をはさむことしかできない。先日、何度も見ているのに『魔女の宅急便』から目が離せなくなった。黒猫ジジを連れて魔女の修行に出る、ひとり立ちしていく過程を見る。魔女キキはMと重なった。『サウンドオブミュージック』のひとこまひとこまに泣ける。すべてのなつかしい歌にも。そして『アニー』子役募集をテレビで見た。アニーも何度見たか知れないほどで歌も全部完璧だった。火垂の墓のせつ子とも重なっていたっけ。

ずいぶん時間が経ってからおねえちゃんがお友達の前に姿をあらわした。

「おねえちゃんも見て下さい」と言われ、「うん、あとで」と笑って言っていた。シャドーアートを習っている子から薔薇の額をいただいた。

皆が帰ったあとで「アルバム見てみたら？」と言った

が「あとで、ひとりで見る」と言う。

　夜になった。おねえちゃんは寝る前にいつものようにお線香をあげてから少し暗い居間なのにそこでアルバムを見ていた。「おやすみなさい」と言って部屋に戻って行った。


八月。

　最初はベージュが欲しかったけど限定の黒があると聞いて即決したそうだ。ビーノ購入の時の話を聞く。横浜から四〇〇ｃｃに彼女を乗せ一六〇キロのスピードで高速を来たという子は、ここにいる女の子四人全員がバイクに乗っていると知って驚く。普通ヘルメットの話をしてもふうんって感じなのだとかで、今日は皆の反応がうれしいらしく大分盛り上がっていた。私は、このブームのさきがけは、ＲかＭあたりなんだろうなと思いながら聞いている。

　皆があきらめて帰ったあとの仏壇には、八海山チョコレートクランチ、九州地区限定博多明太子グリコプリッツ、沖縄限定発売ハイチュウ、ユニバーサルスタジオジャパン五周年記念限定商品キットカット、リラックマコラーゲン入りクッキー（ピーチ味）、おいしくなって新装開店！　たけのこの里。

　すっぱムーチョさっぱり梅味、すっぱムーチョソルト&ビネガー味、カフェスナックチーズケーキ仕立てプリッツ仕様、ＤＡＲＳホワイトチョコレート、よっちゃん銀行一億円お札焼きかま、オカザキデリシャスあんみつつぶあん入り、伊豆限定わさびせんべいなどがある。

　今日、「ビーノ」という名のえんどう豆スナック袋菓子、復刻デザインボトルの飲み物（スプライト、コカコーラ、ファンタ、ヨーヨーつき）、こどものオのみもの、昭和サイダー、こどものビール、チーズまんじゅう、どらやきが増えている。花火も三袋になり、冷蔵庫を開ければ、Ｎｏ先生が持ってきてくれた桃があり、Ａ君が持ってきてくれてみんなで食べた残りのすいか半分切りがある。

　Ｍのかけらを探して……Ｍの面影を求めて……皆はサロンに集まる。笑いながら話しながらそっと見回して探して、仏壇にお線香を上げあきらめて帰る。

　今度こそどこかに……あきらめて帰る。

ステラポラリス（ある夏）

「スカンジナビアが沈んだそうだよ」
長女は朝早くキャンプに行き、ゆっくり起きた私に夫が言う。

「ニュースが始まるよ」
ゆっくり起きた私がベランダで植木に水をあげていたらニュースが始まることを知らせてくれた。それは一九二七年にスウェーデンで建造された豪華客船で、日本に来る前はステラポラリスと名乗っていた。

【ラテン語で北極星を意味するという美しい響きを持った船は、かつては北海やバルト海を勇壮に航海していたのであろう。現役引退後日本に来てホテルとなり、第二の人生を送っていた。この美しい船体に惹かれファンとなった人たちも多い。しかし、バブル崩壊後の長引く不景気と親会社の不祥事等が重なりホテルも廃業した。老朽化に伴い、〇五年三月で営業を終え同湾に係留されていた。一旦はカリブ海でクルージングに復帰する話も持ち上がったが、カリブまで曳航する間の保険の引き受けてがなく、敢え無く破談。その後は身の処し方が決まらず、再びの航海を夢見て、その美しい白い船体を虚ろに横たえ、西浦の海に鎖で繋がれたまま余生を送っていた】

と、このような情報がワッと入ってくる。

十代の頃からあこがれていたスカンジナビア号、欧州を中心に活躍後、伊豆箱根鉄道（本社・静岡県三島市）が六億円で購入し、七十年から静岡県沼津市の奥駿河湾で日本初の海上ホテルとしてオープンしていたあの夏、私達はその船に乗った。操舵にさわり、操舵の隙間からのぞいている子ども達、甲板で輪投げをして遊び、ベンチに座った赤いほっぺ。重厚な造りのレストランは値段が高いと判断し連絡橋のこちら側のレストランに入ったんだっけ。この時お土産として買ったハートのキーホルダー。子どもの小学校の頃のお友達は机の中を探してみたらあるかもしれない。そこには『スカンジナビア』と船名が刻印されている。

しかし、終に買い手が現れてしまった。つい先日の新聞報道によると、どうやらスェーデンに戻って、再びホテルになるらしい、八月三十一日にスェーデンに向かって曳航されると書かれていた。ペトロファースト社（スウェーデン）が、ストックホルムで海上ホテル・レストランとして営業する計画をたて、先月三十一日に売買契約を済ませていた。下船後二十年近く経ち、その間何度か思い出してはいたが、そこにあるだろうと安心していた。それでも二年前にはエッセイに取り上げてもいた。

『「MOA美術館」、「池田二十世紀美術館」などへも行きました。人がいない「熱海城」はまるで城主になったような気分だったとか。そこには名画がずらっと掛けてあって世界へ飛び出さなくても有名な絵画を一望できてしまうという不思議な美術館があったのです。熱海の海も、伊東の海も、白浜の海も何度も行きましたよ。熱海「金城館」から眺めた花火は大きかったですねえ。西伊豆のフローティングホテルスカンジナビアに泊まりたいと考えていました。正面に富士山をのぞむ西伊豆三津浜、紺碧の海に錨をおろした純白の客船ヨット。もとは、世界の富豪をのせてクルージングツアーに就航していたスウェーデンの豪華客船です。客室は、北欧調の家具や調度品でまとめられた豪華な雰囲気です……が、それはかなうことはなかったですね。甲板で輪投げなどをして遊んだだけです』

白浜で泳ぎ、西伊豆を回った時、スカンジナビア号に寄り、その後いるか飼育発祥の地だという伊豆三津シーパラダイスへ行く、が、閉館で入れず、いるかのモニュメントの前で写真だけ撮ったっけ。

「先祖代々が眺めて生きてきた富士山が離れていても見られるのは スカンジナビア号のおかげです。歴史ある船を、そしてカメラ設置場所という貴重な役割をどうぞ保存してください」

「富士山いつも楽しみに見ていました。機会があれば現地にも行って見たいと思っていました。市などが買い取り文化的なこととか観光に使えばいいのではないでしょうか。もし無理なら一株株主制度のようなもので保存できないでしょうか？」

「美しい富士山を眺めたい、と願うのは、ほとんどの日本人の願いだと思います。近くに行けなくても、今日の富士山はどんなだろう、という思いに応えてくれるのが『スカンジナビア号』から見える富士山を送ってくれるこのサイトです。たくさんの日本人のこころ、そして、世界中の人々のこころにも、これからも送り続けられることを、切に願います」

これは『ライブカメラ』に寄せられた意見です。『二〇〇三ペルピニアン』『アラウンドザワールド』（手紙）で紹介したライブカメラです。


ここスカンジナビア号からの富士山の景色が、外国からでも、故郷を離れ他県で生活している人でも、いつでも家にいながらにして見ることができたのですねえ。

私はフローティングホテルのその後の詳細も、そこにライブカメラが設置されていることも全く知らないでほぼ二十年が過ぎたのですね。

【フローティング・レストラン スカンジナビアは二〇〇六年八月三十一日（木）に生まれ故郷のスウェーデンに向けて出航いたしました。一九七〇年に沼津に碇を降ろして三十六年間、たくさんのお客さまにご愛顧いただき厚く御礼申しあげます。というお礼の言葉を残して……出港しました。】

そして―（読売新聞）――九月二日は言う。

【同保安署によると、一日夜、引き船の乗組員から「スカンジナビアが浸水し、傾いている」と田辺海上保安部に連絡があり、同町の港にいったん寄港。船体が左側に大きく傾き出し、沖に回避したが、沈没した。静岡県沼津市を八月三十一日に出港、九日に上海到着の予定だった。二日午前二時ごろ、和歌山県串本町の潮岬沖約三キロで、改修工事のため中国・上海に向かう途中の客船「スカンジナビア」（五一〇五トン）が沈没した。えい航中のため、乗組員はいなかった。周辺に油が流出し、串本海上保安署の巡視艇などが油の回収作業を行っている。和歌山・串本沖で客船「スカンジナビア」が沈没。】


「スカンジナビアが沈んだそうだよ」

ゆっくり起きた私に夫が言う。

コスモス（手続き）

「最初は中古をということで三人でいらっしゃったんですよね」

レンタカーでの墓参りも一年が過ぎ、車でも欲しいねということになり三人がまとまってしかもレンタカーを返すまでに時間があるという日、この店を訪ねたのだったっけ。

「そしてこういう車がありますよ。ナビもついて新車でこのお値段、ということで決まったんでしたよね」などと思い出話にはいってゆく。あの日から一年後のあの頃が思い出された。

ガラス張りのショーウィンドー、その中のテーブルセットのひとつに座っている。ここへ来ると美味しいコーヒーがまたは紅茶が飲める、オレンジジュースは果汁百パーセントだ、というサービスがあったらいいのになといつも思う。保険の更新を済ませ、ＥＴＣ、直訳するなら「電子式料金自動収受システム」の取り付け手続きを済ませ、定期点検の車を待ちながら、大きなガラスで道路と仕切られたテーブルであまり美味しいとはいえないコーヒーを飲んでいる。

話の方向を変える、違う話にもってゆく、そんなテクニックは私にはムリ、できないと思っていたが、話を終わらせることができた。思い出話にお礼を言ってから

「じゃ、お待ちしていましょう」

などと言って

「もう少しでできるとおもいますので……」

などと言わせた。

この担当者はウチに入ったことがない。雨が降る日に来たことがあったが夫は手が離せなく（パソコンゲーム）、長女は（風呂上り）部屋から出て来ない。玄関先で書類に印鑑を押した。この担当者は居間の仏壇を見たことがない。もし見たらこの家族に一体何があったのか、何のための車購入か、さらに郵便受けの名前を見てこの車を選んだ意味が分かることだろう。真相をぶちまけて涙をこぼす自分が頭に浮かび、話を終わらせる方向にもってゆけてえらいと思った。私も成長したものだと思った。私は強くなっている。

お彼岸に来た時とは大違いの閑散とした駐車場、車がゼロの墓に着いた。車から墓セットと花を持ち出す。夫は水を汲みに行き、私は話しながら雑草をつまんで、枯れた花はとり去り、紫のスターチスは置いておき、ピンクの薔薇を足して、水を入れ、水をかけ、エビアン水をいれ、夫が火をつけてくれたお線香を半分づつ置いた。その時　横の坂道を車が上がってきた。中で手を振っているのは義妹だ。義弟が駅へ迎えに行って墓へ直行してきたのだろう。義妹は二週間に一度という間隔で実家の

お手伝いをしに来る。長男の嫁である私だが、長女でもありそちらの母をみたらいい、こちらはまかせとけと墓守である義弟は言ってくれる。持って来てくれたピンクのカーネーションやオレンジの薔薇は予備で置いてあるステンレスのバケツに入れた。

　ハロウィーンのかぼちゃがふたつ置かれた墓をあとにして実家への迷路を走る。暗い林につっこみクネクネ道をビュンビュン行く。義弟が見つけた最短の道なのだろう、いつも私達が使う道とは違う。今日こそはこの道を覚えようとしている（最初の曲がり角だけ覚えればあとは、高架をくぐって右、くぐって左、ここを左に、はまちがえそうだなあという箇所がありつつもあとは踏み切りまでずっと一本道だった）。実家でお茶などを頂きひと休みをする。夫は二〜三十分のひと眠りを二回というふた休みをした。

　そして帰路に着く。そこで、往路で発見したピンクのじゅうたんの正体を確かめるために、少し墓方面へ戻るという寄り道をする。うしくんを写真に収めてから広い道路に出る。ピンク色が見えた。それは幅が広い川のようにどこまでも続いていた。圧巻だった。

　レンタカーで過ごした一年、その後の家と墓のドアツードアになった一年。これからなんと快適なＥＴＣ利用の年が始まったことよ。

　Ｍからのプレゼント。青空、白い雲、うしくん、そしてコスモス畑。

　Ｍへの プレゼント。装備を固めた、Ｍの名前がついた車。

エンジェルリング（運動会）

　園児はイルカ。調教している飼育員、または発表会のようにお芝居をする劇団員は保母さん。それはイルカが筆をくわえて今年の干支である「亥」と書き、鼻に赤い色を付けられ落款を押し書きぞめを仕上げる、から始まった。伊豆にあるここ「三津シーパラダイス」は二十年前に来ている。しかし閉館時間で中に入れず入り口にあるイルカのモニュメントの前で写真だけ撮ったものだった。

　誘導されて駐車場へ入る。進んで右へ曲がり空きスペースをみつけて入ろうとした時パパが驚きの声を上げた。

私達はMの名前のついた車にMの名前のナンバーをとった。多分ウチだけだろうと思ったその番号が沼津のあとに続いている。同じナンバープレートが二台横に並んだ図にはおどろいた。これがこれから起こることの知らせだったのか。

「エンジェルリング」または「バブルリング」というものを二頭のイルカが披露してくれた。プールサイドでピーと小さな音が出る笛に従い、海中の劇団員の指示で鼻から空気を出す。イルカが、頭をクイッと動かすと、にぶく銀色に輝くリングが現れます。そのリングは壊れにくいドーナツ型をした泡で、直径が約六十センチある大きなリングです。リングを作ると口でバブルリングを押します。リングは約十秒で六メートル以上移動した後止まります。イルカがリングに噛みつくと壊れて、幾多もの小さな気泡になり、水面へ向けて上がっていきます。そうやってイルカは広い海で遊ぶそうです。

目に見えない水中で回転している渦は、イルカが急に動いたり旋回したりするときにイルカの背鰭の先から発生します。周りに境界となるものがなければ渦線は不安定になり、らせん形より安定した形へと変わります。渦は線に垂直な断面で回転しています。渦線の端が接地できない場合リングを作り安定します。これがバブルリングです。

イルカがその渦線を切ると、その両端は共に引き合い、閉じたリングになります。渦の中心付近より速い流体は、離れたところの流体に比べて、圧力が低い（流体の速度が速いほどその流体の圧力は下がる）。空気はイルカの噴気口から吹き出され、離れて気泡からバブルリングへと変わります。水中の渦のエネルギーが大きいので、適度に約十秒気泡は水面に上がることはありません。小さなリング頭をくいっと急に動かすことで、作られます。イルカに会えたときこの神秘的なバブルリングを見られるといいですね。

翌日、旅館のテレビでバブルリングの説明をしていた。人がレギュレーターを口から離してバブルをふたつ作る。すると下のリングが上のリングの中をくぐりぬける。くぐりぬけたリングの中を下になったリングがくぐる。それを繰り返して消えてゆく。最後はリングを三つ作り人間がするっとくぐった。昨日見たシーパラダイスの様子でエンジェルリングのことを忘れかけていた私はこれをエッセイに仕立てようとその時思ったのだった。

自分で作る時は、水深十メートルより浅い静かな水底に仰向けになります。次に、吐き出す空気の量は多すぎず、口の中でたまるくらいの量をイメージして吐き出します。吐き出すときに、腹筋に力を入れ、〝ブー〟っと音が出るようにくちびるをふるわせながら一気に吐き出します。あとは練習次第だそうなので挑戦してみてください。

プールサイドでこのイベントを進めている笑顔を絶やさない子が、イルカの調教師になりたいと言っていたMに見えた。元気に説明をしながら愛情のこもった目でイルカたちを見ている。寒い会場でハンズフリーメガホンを付けシャカパンにジャンパーで頑張っている。シャカパンの下にはきっとズボンを三枚はきこんでいることだろう。かなり似ているので違う子だとは思えなくなった。イルカよりその子を目で追っていた。

三津と書いてミトと読む、ここ「三津シーパラダイス」の様子はMの運動会での保母さん風景と重なる。

一年目　運動会が始まりIっか先生がピッピッピッピッピと笛を吹き子供を先導してくる。Iっかせんせいのピーッピで止まる。段に整列した子供達に鈴やタンバリンを持たせる。そのあとすぐにアコーディオンをかつぐ。始まりの合図の笛を吹く。演奏をする。終わると鈴やタンバリンや太鼓のバチを受け取りしまう。Iっかは大忙しだ。そして四〜五人を担当して誘導し退場する。

二年目。絵の魚を釣った子供たちがボードに貼り付けに来る。そのボードの横に立ち、シールの裏紙を受け取りながら、ほめながら好きなところに張ってごらんと言う。手を出さないように。これは親子競技だから。

朝集まってくる父兄の受付を玄関先でしている先生方の後に、二歳児がおとなしく一列になって座っている。子供はあちこちにちらばるものだがこれはなんとしたことか。どうやら開会式が始まるまでの時間あきないようにと紙芝居を見ているらしい。

「ではここで問題です。これはだれでしょうか？」

「アンパンマーン」

「なあに？　きこえなーい」

と耳に手をあてる。子供たちは喜んで大声で答える。子供たちの相手をしているのはIっかせんせいだった。

三年目。ピンク色のおそろいのTシャツを着た先生は予定通りに動く。役割どおりに行動する。リレーで出発する子の名前を呼ぶ。マイクを通したMの声は少しも緊張していない。元気だ。朝ごはんも食べないで頑張っている様子に申し訳ない気持ちになる。朝にご飯を食べる習慣をなくしてしまったのは私の責任だ。子供達とアイコンタクトをとりながら、勇気付けをしながら、気持ちをはやらせながら……次々に呼ばれる子供たちは張り切ってスタートラインから飛び出す。

話すと辛くなる時、話さないと辛くなる時、そういう気持ちを調整しながら映像を見る。Mが参加した運動会三年分を見ることができた。保母一年目、二年目、三年目とそろった。一生懸命働いている姿は誇らしくもありまた悲しい。

去年の運動会のビデオテープがある。Mが説明してくれて笑いながら家族で見た。去年の分から先生方にも配るようになったそうで、その前のものも園には保管してあるわけで……。うちにはビデオカメラがない。よって動いているMがいない。運動会のビデオを見たいと思った。

「貸し出しできるとおもうよ」

早速Cが届けてくれた。Mが参加した運動会三年分を見ることができた。運動会のビデオのダビングを頼んだ。さらにビデオテープからＤＶＤにしようと思う。違う部屋にある二台のＤＶＤの機械を接続すればできるが、さてと思っていたら、Cが友達に頼んでみると言ってくれた。今回もCのおかげで私のわがままな願いはすぐに叶い、そして三年分の運動会のＤＶＤがそろったのだった。

四年目。これは観客がいないものだった。それは運動会の予行演習の模様だからなのだが。本当の運動会の日には喪章という意味があるのか腕に腕章をつけて行うそうだ。前年の運動会で撮った先生一同の写真、それにはもちろんMがいる。今年は家族で見に行こうと思った。当日延期になった年もある。その時丁度Mはゼンソクだったのでよかったと言っていた年もあった。今年は雨で翌々日に延期になる。パパと長女は仕事なので、ひとりでも行こうと思う。その日……大雨になって中止となった。再度小規模で実施となる。そのまた予備日がある。仕事とぶつかり結局見に行くことはできなかった。

そして五年目の運動会も終わった今、ボランティアで園児の散歩もしながらドイツで魔女修行か、どこかのミュージアムでオルゴール製作に携わっているのか、または雄大な太平洋を背景に繰り広げられる、海の王者である大好きなシャチのスーパーアトラクションに参加……。では「鴨川シーワールド」か、などと思っていたら「三津シーパラダイス」で〝ドルフィントレーナー〟になっていた。なんと。だってあの車。

ラビットストーリー（手話）

「『碧いうさぎ』をよく歌ってた」
「そう、手話もしながらね」
花束をふたつ持ってきて「ひとつはママに」などと言う。十九年が明けて、今日、お友達が集まりました。

【むかし、人とうさぎは月で暮らしていました。月にあるお城で、人とうさぎは仲良く、幸せに暮らしていました。ある日のことです。月が地球に降りて行きました。ゆっくりと、ゆっくりと地上に近づいて行きます。もう手を伸ばせば地上はすぐそこでした。人とうさぎは顔を見合わせると、にっこり微笑んで、地上に降りてみました。

いつもは遠い空の中にしかなかった地球に降りてみました。初めて見る地上は月とは全然違いました。月にはお城があっただけです。でも、地上には花が咲いています。お日様が明るく空を照らしています。鳥が鳴いています。地上は様々な色で溢れていました。

人とうさぎは楽しくて、楽しくて時間を忘れて一緒に遊びました。そして、気が付くと、月はするすると昇っていってしまったのです。もう手を伸ばしても月には届きません。人とうさぎはひどく悲しみました。どんなに地上が楽しくても、自分たちが帰るのはやはり、月だったのです。人は地上で暮らすことを決めました。うさぎは泣きました。うさぎの体はやがて自分の涙の色で碧くなりました。

時が流れ、人はむかし自分たちが月から降りてきたことを忘れてしまいました。うさぎのことも忘れてしまいました。

でも、碧いうさぎは今でも覚えています。そして、ずっ

と待っています。人が抱きしめてくれるのを。（星の金貨）】

♪碧いうさぎ　酒井法子（手話）

アイアンチェアー（千の風）

「お墓の前でなかないで下さい。そこに私は居ません」そんな歌が流行っています。何度目かに聞いた時、癒されたからとか感激したからではない涙が出ました。せっかくお墓にいると思い、会いたいと思った時は墓に行けば会えると思ってがんばっている気持ちを、ばっさりと切られたように感じたからです。

「去年暮れにも今週日曜日にもパレスに行った。ドライブスルーができなくなっていて見事にはまった。毎日一回はMを思い出している。忘れてはいない。三回忌も気分が悪くなっていけないかも知れない。Mはサロンにはいない、パレスにいる。だから私はパレスに行く」と言い切るお友達もいるのです。

墓で待っていてくれるんです。誰が行っても逃げませんよ。誰でも受け入れてなぐさめてくれて、癒されてあきらめて墓から帰るのです。それでいいじゃないですか。私はその『千の風になって』はすきじゃありませんね。

十月。
一目ぼれしたピンクの花束、焼き芋、チーズケーキを持って来てくれた。Cの二十六才バースディに化粧品の薔薇セットをプレゼントした。今日は電車で来たと言うCはワインを飲んでテレビ（のだめ）を見てゆっくりした。帰りがけオレンジジュース、バナナジュース、オリーブオイル、そして持って来てくれた焼き芋の残りを急いでホイルで包み結婚した娘が帰る時のように持たせた。会社から帰ってきたおねえちゃんはCが電車で来たと聞き自分はワインを飲まないでいて、そして車で送って行った。一人暮らしの妹を送る姉のように。

十一月。
サロンへ急襲された。どうしたら私達の手をわずらわせないでよい訪問ができるのかと悩んでいるようだが連絡は必需だ。ノートへの言葉のお礼に、色んな味の紅茶の缶をひとつづつお土産にしました。

友達の懐妊を知らせてくれたり、彼女が出来たとの報告が二件あり、その後別れたとの報告が一件。それから職についた報告などをしてくれて、テレビの「のだめ」や「チンパンニュース」の録画を見て笑って帰って行った。仏壇にはチョコレートやねりけしや自転車のハブが置かれていた。


十二月。

英国のビジネスマンは毎日一時間も費やして不要なメールを消している――。英BBCによると、一七四人の回答者のうち三分の一が一時間、五分の一は一時間以上の時間が消去のために奪われていると回答。中には「Eメールは今や仕事上の悩みの種」と話す人も。Mチャンネルの「メッセージボード欄」にどぎつい題名の迷惑メールが届く。そのお掃除に追われるので十二月リンクを解いた。


「レストランより　北の国からコース極上七品付　ご当選おめでとうございます。有効期限は二〇〇六年十二月十一日までとさせて頂きます」

このコースはハガキを送らせて頂いたお客様とご同伴の方何名様でも「限定メニュー」を限定価格にてご利用頂けます。ご来店時、本状を係員にご提示ください。なお、ご予約なしでもご利用頂けます。SM立川店。


「郵便局の年末年始アルバイト大募集」

ハガキを見せる。昔お友達と何回かやったことがあるアルバイトだ。

「こんな手紙がきたのよ」と見せた。

「ムリだろう」とパパは言う。

平成十八年、今年ももうすこしでおわる。


パレスにはアイアンチェアーがある。それはもう一脚の椅子とテーブルがセットになっているもので、その一脚の椅子以外は茨城の家の庭に置いてある。墓へ行った時には荷物を置いたり座ったりできる便利なものだ。車がだんだん離れてもズーッと見えているMパレスの目印としても役に立っていた。それがなくなっていると先月お友達から聞いたので、今月茨城へ行った時に聞いてみた。お母様が座れるように、荷物も置けるように、ゆっくりできるようにと二年半置いてあったものだが、やはり盗まれたらしいことがわかった。千の墓があるあの場所をざっと探したがあの白い椅子はどこにもなかった。

会いたいと思った時は墓に行けば会えると思ってがんばっているお友達、何時間もかかる墓へ行くお友達、ひとりで行くお友達……。

でも、いつまでも墓に固執しているのも少し心配ではあるのです。だから毎月だったのが多分間があくようになっていると思える様子に、それはそれでよかったなと思うのです。少しずつこなれていく、いない世界に慣れていくということが必要だと思うのです（いずれ会うことはできるのですから）。

茨城に向かう車の中でそのことを
「それはそれでいいと思うの」
と報告し
「よかったね。それでいいんだよ」
と確認し合いました。
もしかしたら……それが、風になってきたっていうことなのかもしれません。
千の風に……。

「千の風になって」秋川雅史
作詞：不詳／作曲：新井 満／日本語詞：新井 満

MisF

「あの時はごめんね。許してね」

小学校の卒業式の日。泣きながらあやまったMに皆が味方する。

「こんなに言ってんだから」

「そうだよ許してやれば」

そのことすら腹立たしく、

「だめ、許さない」

そう言ってからFは同窓会に出ることもなかった。


「これでは試合にならないな」

四球が続きどんどん相手に点数が入る様子を見て野球を知らない者でもあせった。その時ピッチャーが交代した。FからMに交代して試合が始まったと思った途端、試合は終了した。サロンであの頃の話をしながら「でもだめ」「許してあげない」と言う。プライドが高く、なかなかしっかり者で強気な性格だと見た。Fのお父さんが監督だったので彼女も一緒に今でも育成会を続けているそうだ。なぜかぶつかってしまう仲、育成会でキャプテンのFと副キャプテンのMは、ソフトボールでライバルだった。

「短所。すぐ人にきらわれる」

小学校の時の何かに書いた文のその箇所を見て愕然とした。ケンカをしたり仲直りをしたりそんなことが多いのは小学校に限ったことではない。お弁当をだれと食べようか悩んだり、好きな人がかぶったと口をきかなかったり、昨日まで仲良しグループだったのに今日はへんだったり、まあ色々あるのだろうが、自分が嫌われているとは認めたくなく、口にできなく、忘れたく、字に書きたくない。その気持ちに勝ってしまったのかそんな箇所を見つけて驚いたことがあった。修学旅行のグループ決めは大変だ。Fはグループになる子を決めていた。そこへMが入ってきた。Mが入ってきてFがはじきだされた。小学校の時のどうやらそれが原因のようだ。

去年、Fが墓へ行った時の話を聞く。通勤電車の中で急に涙が出たと言う。本当に不思議な話なんですけど、と自分でも理解できないことが起こったと言う。悲しくもないのに涙が止まらない。なぜかと考え「M」が浮かんだ。友達に連絡を取ったらその日が命日だということを知る。

墓の場所を聞いたその友達とは、仕事場で部下だったことがあるMのいとこだ。アパレル関係の店長となっていたFは、葬式で親族席に座っているいとこを見かけていたのだった。

「昨日の夜中に、Fさんから電話がありました。留守電には『Mのお墓の場所を教えて欲しい』とのメッセージがありました。先程、電話したら別の人に行き方は聞いた、と、解決済みでした。かなり遠いとお伝えしたのですが決意は固く、明日あさってでお墓参りに行ってくれるそうです」

最後にひどい言葉を言ってしまったと後悔しているなどと、Mのいとこであるからも話は聞いていた。その時の話を今日は本人から聞くことになる。墓へ行った時は一時間も座り込みたくさん話をした。その顛末を話しながらも「じゃ許そうか、なあんてね、だめ」と許しそうになるが、結局ダメという言葉が最後に付く。許してくれる気はないのかとあきらめが頭をよぎった。緑と茶色のキャンドルを選んだ彼女の性格は、『堅実で粘り強さを持っていて、社会の中で認められたいという欲求を強く持っている人です』『プライドが高く、人からの評価を気にするタイプ。献身的に人に尽くすので、まとめ役に向くでしょう』『社交的でよく気がつくタイプです。野心家でもあり、積極的な行動も伴います』などと出た。

最終電車を気にするお友達を玄関まで見送った。サロンへ戻ると、Fとパパが握手をしていた。椅子に腰掛けているパパの手を、ひざまずいたFは両手でおでこに着けている。そして彼女が泣いていることに気がついた。

「ごめんなさい……ごめんなさい」

これは懺悔だと思った。

「ママとも握手させてください」

握手をしながら……泣きながら……笑った。

その時、すべての様子を見ていたCが、

「これを食べれば許してあげる」

と言いFに何かを差し出した。バースデーケーキの上に乗っているマジパンだ。去年はストーカーHが食べた「ハッピーバースデーM」と書いてある四角いものだ。それを受け取ったFは食べ始めた。許さないと言っていた彼女はこのことによって許された。

「オリンピックの金メダルのように」

などという注文を出しメダルをかじるポーズをした彼女の写真を撮った。赤い目でそれでも笑って収まってくれた。

「サロンで初めて会った人とお話しする、サロンで顔見知りになる。お友達になる。私が○小のクラス会へ参加するのもMちゃんのお誘いからでした。そして今では常連さんです。Mちゃんのお友達を作る力が私たちにも働きかけてくれる気がします。S」

帰宅後にメールをくれた小学校時代のお友達と一緒にFは帰って行った。長い後悔から解き放たれ心の区切りがついた彼女は、かつての友人達とも打ち解け、これからは同窓会にも出席するようになるのだろうか。

「あの時はごめんね。仲直りしよう」

小学校卒業の日、あの日のMの願いが、十五年経った今日、叶ったことになる……のかな。

Mis S

「こんにちは。いらっしゃい」

ドアを開け、

「やせたねえ」

一目見てその言葉を言ってしまった。

「Mのところへ行きたいと何度も思った」

それほどに痩せた原因が徐々にわかっていく。


昔一年間留学したというオーストラリアをグーグルアースで捜し、ホストファミリーの家におねえちゃんが印をつけた。外国へ行くこともできるし、温泉へ行ってもいいし、ひどいストレスからは逃げてもいいと思うし、とにかく休養をとってしっかり寝て、などと家族ではげまし元気付ける。時間をかけてキャンドルを選んでから言う。

「今年はアレ、ないんですか?」

ピーンと来た私はあるわよと用意してあった手提げバッグから、「ジル様Ⅲ」を、その冊子をのぞかせた。これを待っていてくれる人がいるというのも嬉しいことだった。一年かけて仕上げる私の命と言っても過言ではないものだから。いや過言か。

「去年は泣きながら読みました」

などといってくれて……自信を持って過言ではないと言おう。言ってしまおう。

「Mのところへ行きたいと何度も思った。お墓じゃなくて……」

玄関のドアが閉まりパパが言う。

「時間がゆっくり流れたね」

いつも穏やかな彼女ではあるが、少し弱っていることもあるのか話もゆったりしていることに気が付き、元気でテンポがあり声も大きめの他の友達との差を感じたのかそんな感想をつぶやいた。仕事も変える方向で動き出しているし家族にも支えられているし、きっと大丈夫。

今度来る時の彼女が楽しみだ。色ならこれ、香りならこれ、と迷っていたので全部持って行きなさいと喜ばせた。

「日本の皆様　お元気ですか?
いつも思ってくれてありがとう。
Gracias por tu amistad.
(あなたの友情に感謝します)
二〇〇七年春　I☆M」

Ｍｕ（茶）。お祖母さんを亡くし悲しんでいた時だったので前を通るとカッコーと鳴く鳥をあげた。その鳥が落っこちたりすると「あらあらおばあちゃんたら……」と取り上げる。そうして癒されると報告してくれた。フイに鳴いて「おっチュンか。洗濯物干してくるね」などと言う。家にはチュンチュンと鳴くスズメがいる。京都からのリフレッシュ旅行帰りの彼女から湯葉のお土産をいただいた。

Ｋａ。実家は幼稚園をやっている。母親は園長だ。だが彼は消防士だ。救護班だ。

「あの友達は来ますか？」

Ａちゃんのことを心配してそんな質問がきた。

「ううん。ずっと来ていない」

「そうですか」

「仕事は何してるんですか」

「幼稚園の先生よ」

時間に頼るしかないのだとだれもがあきらめる。横浜の宿舎にいるので、横浜元町「霧笛楼」のクッキーをいただいた。

Ｈａ（オレンジ）。「どうして」と聞き、その時Ｍが言った言葉は「むり」。学校で作った指輪をもらってもらうと思って近くの駅から電話した時の答えも「ちょっと出てきて」「むり」だったと。

ピアノのレッスンの帰りにＨａの家に寄ったことが二回あるんだと言う。それって二回遊んだことがあるってだけで付き合っていたってコトじゃないんじゃない。なとど友達に冷やかされる。それでも彼は言う。

「間違った先入観をもたれているみたいですけど、僕はただのＳではないんです」

「二週間でしたが」

Ｍの部屋の空気を吸いたいと、やはりＳっぽいことを言う。カルボを捜しクローゼットに入れたと知り天井の星を見て帰る。ロールカステラとそしてＭの好きだった「梅しば」を置いてくれたのはＨａ君か。

『大型バスでパレスに行き、駐車場で七頭舞を踊る』そんな壮大な希望を話していた梅雨入り前の今日……。三月には白いトルコ桔梗とオレンジのカーネーションそれにカスミソウが入り黄色い薄紙とセロファンをオレンジのリボンが飾っているというつもより少し背の高い花束を携えMに報告をするために来たという。今年の桜は早かった。平年より七日も早いと言う。いっぺんに咲いた桜で卒園式も無事終え、これからひとりで夜行バスに乗るという。四月にも、五月にも、六月にもキレイなブーケを携えてきてくれた、そんなCを今日迎えた。

オレンジや赤のガーベラに黄色いバラそれに紫のレースのブーケを持ってきてくれて、Mの小学校時代の友達の輪に和やかに入り、そして有意義な時間を過ごせたと喜んでいた。

先の、ＭｉｓＳより仕事場を変えた。とメールが入ったそう。

ＭｉｓＡ

その時処方箋が飛び交っていた。書いてもらったメモには、結納の日にちと結婚予定の年度があった。

「Mは特別な存在」「一番喜んでくれたはず」と話す娘の結婚式披露宴に、Mの席を設けたいという話がきた。ドイツで勉強していて（……実は茨城に来ているとはいえ）そうそう新宿までは行けないと思うし双子のノエル様が代役で出席するという案も浮上した。ディズニーランドへ行ったカップルの写真とお正月らしいフリージアとスイトピーの花束が届いたのは年を越した一月のこと。中学二年生の時、転校してきたMと親友になった。AとMは卒業までの一年半べったり一緒だった。そのまま一生親友でいようと誓い合ったようだった。

十年後、それが叶わなくなり、AはMに対して怒りという感情さえあるのかもしれない。その証拠にAは「サロンへ行ってもMはいない」と言い、来ることもなく三年が経つ。困ったなと思っていた。何か言ってあげたいとも思うが、声をかけることは憚られる。声を掛けた日、葉書が届いた日など事あるごとに親子は話し合い、Aは泣くという。

絶対忘れないけれど今は後ろを振り向かない、前だけを見てすすもう、としているかのように三年が経つ。しかしこの三年の間にAは成長し、幼稚園の先生もベテラン組になり、仕事に区切りをつけ結婚へと向かう。ディズニーランドで彼と映っている写真を見て、なんとかなりそうだと安心した。その後、Ｍに関しての疑問を教えられた。

位牌を借りたい、代役で、などとも考えていたようだが、結局、Ｍの写真を花嫁衣装の胸に入れて、式と披露宴を行うことにしたいと落ち着いたようだ。


近頃みつけたこの歌は、昔から聞いてはいたが歌詞を知ると心にしみた。女からの、男からの、……Ｍの気持。題名は『Ｍ』。

♪　Ｍ　PrincessPrincess

ジル　28

ケーキイベントは二十一時十分から始まった。

トップスの四角いチョコレートケーキ＆タカノのイチゴがのっているケーキにろうそくを置く。

三本のろうそくで二十八を表す細工をしてくれたＮａちゃんにその説明をしてもらう。

「ここに三本のろうそくが立っています。見えるかなあ」

テーブルに集まってきた後ろのお友達にも見えるようにケーキの位置を変えている。

「この長いのが十とすると真ん中の短いのが八、これで年を表しています」

皆感心して納得している。引き継いで私がイチゴのケーキの方の二本のろうそくの説明をする。

「実はＮａちゃんの結婚式が決まりました」

わあーおめでとう！　と拍手がくる。

「来月六月に結婚式があります。だから彼と彼女」

と、ろうそく方面を指さす。

「だからピンクと水色かあ」

などという声もあり納得している。


ろうそく吹き消し係を決めなくてはいけない。去年はＭと同じお誕生日のＹちゃん、おとしはＭと同じ身長のＣだった。今回は、と見回すとＭｏがいる。今回Ｍｏ以外にはいないでしょうと思い指名した。そして、Ｍの方をＮａちゃんに、Ｎａちゃんの方をＭｏにと注文した。

吹き消しそうになって歌を歌っていないことに気がついた。

「♪はっぴばーすでーつーゆー……」
「♪ちゃーんちゃかちゃーーん……」
ケーキイベントは二十一時十分開始だった。

数日前　Uから電話。

十二日前。四月二十八日。女のお友達Mo、Siが薔薇の花束とケーキを持って訪ねて来まして、しょっちゅう来る子ではあるけれどこれまた久しぶりで、城が好きでいつか行きたいと言っていた姫路城に二人で行ったという話を聞いた。ひとりが病状を知らせ、ひとりが経過を見守った。十二日前に来て、この一年の報告をしてくれた二人は、同時期に一人暮らしを始めていた。専門学校の同期であり親友のMoと、保母さん仲間のSiが、親友になったように見えた。No先生がMと同じ車種のビーノを購入してから、三台目に乗り換えたと聞いて、四年の月日が流れたと思う。

一週間前。五月四日。秘密主義のノエルがひとりでパレスへ行った。ETCカードを忘れたがエビアンは忘れない。帰りは帰省ラッシュに巻き込まれ高速を降りて時間をかけて夜中に帰ってきた。

三日前。五月七日。No、Y子、当日に用事があり来られないのでとお友達が二人来ました。予約なしはきついのですがストレス休みをしたノエルが昼に作ってくれたスパゲッティがあったので助かりました。大きい母の日花束がきれいです。ありがとう。

前日。五月九日。明日はジル様のお誕生日パーティなので、今日パレスへバイクで行ってきたというCがサロンへ来た。片道四時間で高速を使わずに……夕食をごちそうしノエルの帰宅を待って〇時近くに帰った。先日来た子がこの子の貧しい様子（小麦粉で一週間過ごした）を話していたので「この米を持って行く？　重いけど」と見せたら、そりゃあもう喜んで持って行ってくれました。

当日。五月十日。義弟とめいと義妹とお友達が墓参りをしたとの連絡が入った。
『あいにくの雨になってしまいましたが、われわれの前にきれいなお花とたくさんのお線香が供えてありました。今来たような気配でした。〇五一〇M』

五月十日。Ri、A、Moがパレス経由サロンへ。

当日朝。九時。ピンポーン！　花屋さんが来た。姉ノエルの友人たちからの『Mちゃんへ』という札があるアレンジが届いた。

九時半ピンポーン！　宅急便やが来た。園長先生、S田先生から手紙付き花束、手紙付きアレンジが届いた。

十時。リーン！　Muより電話。「三日後司法試験の結果が分かる。今月中にKa、Haと訪問したい」。

十二時。ピンポーン！　パパは起きているとはいうものの、ノエルはベッドの中、まだ家の一日は始まっていなかった。Y君（十か月）を抱っこしたKAが玄関に現れ、バスローブのママが迎えた。急ピッチでしつらえをし二時間遊んだ。ビデオを譲り受けたので使い方をパパに勉強してもらい今日の一部始終をとりっぱすることにした。大きくなったY君に『テーブルの周りを回っているこれがお前だ』と見せることだってできる。

十四時。ピンポーン！　妹が大荷物を持ってパーティの助っ人で来てくれた。彼女は元気が有り余っていると言い、買い物に一切行きたくないなどと根性のない私を助けてくれている。

十八時。リーン！　SEより。後日伺うと電話あり。

十八時半。ピンポーン！　園の主任であったU先生が五種類の薔薇を持ってきてくださった。庭には二十一種類の薔薇が咲いているそうだ。アメリカバーモント州の約三十万坪の庭園、その広大な敷地にターシャは暮らしていますが、U先生は草花をこよなく愛す日本の「ターシャ・テューダー」というところでしょうか。国立白十字の生チョコレートとオレンジ系統でまとめられたアレンジも置いてくれました。

十八時五十分。ピンポーン！　小学生組Mi、Sa、Noの三人が来た。

十九時。ピンポーン！　昨日片道四時間のバイクに乗り、パレス経由で来たCが来た。

ピンポーン！　Yッキーが。ずっとMを見守っていてくれたように今日も静かに見守ってくれている。

ピンポーン！　Mo、Noがきた。

ピンポーン！　Maがきた。いつも果物を頂くが今日はいちごを持ってきてくれた。あとでそれをNaにほめられていた。

ピンポーン！　Ri、Ai、Moより、今日パレス経由で来た三人から、父の日、母の日プレゼントまでいただいた。

十九時半　ピンポーン！『Mらしいよね』とひまわりの花束をかかえてNaが来た。いただく花の中でもひまわりの確率はかなり多いことを見てとり、『みんな考えることは同じだな』などと言い仏壇のてっぺんに置いた。

二十一時メールが来た。

『肺炎になって寝込んでます。今日はたくさんMのこと思い出してました』

返信メールを書き、妹に読んで聞かせて送信しようとした時、Naちゃんがそろそろ帰ると言う。ケーキがまだだとあせった私は間違って送信寸前のメールを消してしまった。

二十一時十分
ケーキイベントが始まった。ケーキイベントは先のとおり行われた。

二十一時半　Eにメールを送ろうとさっき消した文を思い出しながら、お見舞いとお礼のメールを打ち無事送信した。

『雑談をしに来た』と藤のテーブルの方に来てくれたNaから、来週パレスを訪ねるとも聞く。結婚式の用意も万端で、新居、旅行の行き先も決めたと言う彼の笑顔から成長した様子がうかがえた。明日彼女の保育園の先生方が開いてくれるプレウェディングパーティがあるのでと早めのお帰りになる。Maが見送りに玄関まできてくれてまたほめられていた。

二十二時。おさんどんをしてくれた妹が帰る。お礼にアレンジを一つ持って行ってもらう。それはMもお友達も許してくれると思う。横浜へ帰り着き『今、きれいに咲いてくれています』というメールが来ましたし。チュッパチャプス食べ放題で、『魔女Jの軌跡Ⅰ』『魔女Jの機跡Ⅱ』『魔女Jの奇跡Ⅲ』と続き、今年は『魔女Jの帰籍Ⅳ』でジル様が日本へ帰ってきたという報告がある冊子で性格診断をしたりして、まったりした時間が流れた。

一週間後にあるHーたんの結婚式に出席するので、歌の練習をしてからサロンに来た、という小学生時代三人組が帰った。高校時代組、専門時代、保母時代と残った人で、近頃血液型が判明した姉ノエルの話から、献血で大変だったMoの話、車の話、Aiの結婚離婚の話を聞き、ここでCが昨日バイクでパレスに行ったことを報告したりした。

三角の箱を開けたら三角のショートケーキの小物入れが出てきた。蜜ろうのろうそくが二本あった。人形が何体か置いてある。おいしいクッキーやケーキもいただいた。帰り支度を始めた時、ひすいでできている勾玉の根付けが置いてあるのを見つけた。

「これは誰が置いてくれたんですかあ」

と聞いても、みな顔を見合わせるばかり。その時笑っているYッキーを見た。

Moちゃんが車で送ってくれるという話になり、大きい車なので全員乗れるか、ひとりだめだということで、姉ノエルが二人を引き受けることになる。廊下で昔のように全員の写真を撮りみんな帰って行った。花籠と花束が満載でお開きは○時十分でした。

みんな楽しくしてくれているけど、いろいろ悩みがあったり、笑って話してくれているけど、ほんとはつらいことだったりするんだよというノエルが、送迎から○時五十分帰宅して、本日ジル様の二十八才誕生日パーティが終わった。

グランマ　マミ（ピンクの星）

大切なものをうまく手放すのが人生の課題だと知ってほしい。そんな新聞記事を見つけた。

【二十一歳の「私」が重病にかかり、死へ向かうという想定だ。過程をつづった日記があり、それに沿って「大切なもの」を次々とあきらめることになる。

学生たちは、まず小さな紙十二枚に、自分にとって「目に見える大切なもの」「大切な活動」「目に見えない大切なもの」を三つずつ、「大切な人」を三人書く。教室の照明が落とされ、日記が読み始められる。

「二週間前ぐらいからずっと、胃のあたりが気持ち悪い……」「私」は病院へ行く。食欲は落ち、がんだろうか、と悩む。深呼吸のあと、最初の三枚を選んで破る。手術後さらに三枚。季節が変わってまた三枚。紙を破るのは「元に戻らない」という意味がある。

「今日がおそらく私が日記を書く最後の日になるだろう。いろいろあった私の人生……」

二枚を破る。「最後に残った大切なものを手に持って、目を閉じてください」。間を置いて「さようなら」。いよいよ一番大切なものが書かれた紙を破る。静かな曲が流される。受講者は疑似体験とは思えないほど感情を日記に重ね、毎年、大勢が泣き出す。

過去の授業で一人の女性はこう書いた。「それはただの『母』という一文字が書いてあるだけの紙片なのに、握りしめずにはいられなかったし、なかなか破ることができなかった。『紙を破る』ただそれだけなのに」

大切なものをうまく手放すのが人生の課題だと知ってほしい。『奪われる』と思っては悲劇です。何一つ持たずにうまれてきたのだから、得たものは返さなくてはなりません。神様へ、宇宙や自然へ、あるいは愛する人たちの間へ……。返す先を見つけることも大切です】

(朝日新聞二〇〇八年四月十八日関西学院大「死の疑似体験」授業より)


母はマミと呼ばれ、現在老人会の副会長を務めている。総会の中で挨拶の言葉も言うそうで、「なんだかできちゃった」そう。挨拶は寝て起きると頭に言葉が出てくるほど練習したが、真っ白になったら困るので紙に書いていった。でもそれは見ないでできた。

「急に言わされた締めの言葉は気持ちを込めたらうまくできた」

などと言い、五十歳から三十年所属してきた老人会の役員を今年度、つまり来年三月で退任する。家へ来てもらいたいと考えている。


六月、マミに電話した。

「ひとりでくることはできないの」

と聞いてみた。思いがけない言葉が返ってきた。

「もうひとりで行くことはできないわ」

と言った。トイレも近いし足腰が弱ったと言う。早足で元気に歩く母から初めて聞く言葉だ。お題目や太鼓で寺へ行く時も、ダンスや歌の練習、発表会の行事に出席する時も、寺のおしょうさんや近所の人の送迎付きだと言う。

「お母さん偉くなっちゃったから」

と笑う。新婚旅行のリベンジ、鬼怒川温泉にはもう行けないということか。

「あの歌のようにお墓にはいないのかもしれないよ」「空を駆け回っているのかもしれないよ」

「だからあんたたちもお墓に行くよりも、茨城のお父様を亡くしたお母様のところへ行ってあげなさい」

と言う。

「毎日空を見る。空を見ると星がたくさんあってそれに話しかけているの」

と言う。

「その中にピンク色の星があるのよ」

と言う。

ハッピーウェディング

Tグランドホテルでの晴れの舞台、それは公開プロポーズから始まったという。

六月に結婚した花嫁は幸せになれるというヨーロッパの言い伝えが日本のちまたに流れている。その由来には六月すなわちJuneという月名が、ローマ神話の女神ジュノーからきているというもの。ジュノーは結婚をつかさどり、女性の権利を守る神なので、この月に結婚すれば花嫁は幸せになれるというものである。


六月一日は『Mファミリー』というお友達軍団の中のふたりの結婚式だ。新婦とお友達でもある姉ノエルが出席する。Mに着せたいと思いクローゼットから金色のドレスを出した。

「Mはそれ着ないよ」「趣味が違う」「サイズも合ってない」と姉ノエルは言うが……。

男と女、二人の親友の結婚式があった。指輪交換、ケーキカットのファーストバイトで笑い、キャンドルサービス、ブーケトスでは男の子が必死にキャッチ。

羽織袴の新郎と、リーゼントっぽい髪型でピンクのシフォンの内掛けという新婦は、遊びが入った和の雰囲気で余裕が感じられる。そんなお色直しをしたあとも、子供たちからのメッセージあり、生い立ちのスライドあり、親戚のおばさまの手品あり、そして新郎新婦が手でハートを作り写真に収まって彼らの新しい人生が始まった。

ジューンブライドとは「六月の花嫁」のこと。親戚やお友達のも含めて一度も結婚式に出席したことがないMのために、今日はスパンコールがついた金色のドレスを飾った。そしてユーチューブで歌を聴いた。

昨日の晴れた一日とはうって変って、どんよりとした寒いほどの一日を空虚に過していたところに電話が来た。

「パレスに初めての人も含めて行きたい人が九名います。そのあとサロンへも行きたいのですが……」

気象庁は本日二日、関東甲信、東海、近畿の各地方が梅雨入りしたと見られると発表した。

♪あ〜よかった♪　花＊花

Ｍｒ Ｕ

『届いています』と言った。皆で集まり作ってくれたアルバムのお礼に『Mチャンネル』の四十五の文を一冊にまとめた冊子を作った。それをこのアルバム製作の『代表』と見られるUに配ってもらおうと考えた。半年経って友達が受け取っていないことを知り問い合わせた。その時彼は『届いています』と言った。

一年経ち、二度目の電話をした時、『本が読めない』と言った。家族からのお礼だと言って配るという、いわば手柄を預けたつもりでいた私はその言葉に愕然とした。その電話で真面目に詫びながら、辛い気持を訥々と話す。こんなに重く受け止めて四年経っても薄れない感情にちょっと心配な気持にもなった。たまに落ち込むことがあっても、たまにリアルに思い出して辛さが大きくなっても、気持ちの転換を図り、表向きだけでも繕うことができている友達がいる中、四六時中、心に引っ掛かり思い出させてしまっていたのかもしれないと申し訳ない気持ちになった。彼にとっては、読むことも配ることもできないという辛い仕事だったようだ。二度目の電話をした時、『本が読めない』と言った。

彼は気持ちを話してくれる友達のひとりだ。家族を明るくしてくれる方法をとる子、ぼそっと話しかけてくれる子、まるでいるように話す子、実は手をつないだことがあるんですと告白する子、がんばって元気な様子を見せて引っ張ってくれている子もいるが、私は気持を話してくれる、というのがどうやらうれしいことのようだ。いろんなエピソードも話してくれて、その時Mの元気な姿が見える。そして心から笑う。後で思い出して泣くにしても、それは非常にうれしいことなのだ。

だが、みな、家族との接し方で悩んでいるということもそのMr．Uは言う。食事をいただき楽しく話をして帰るだけでいいのかと、そのあとで考えてしまうという。実はそれは家族にとってもいや私にとっても考えてしまう一種辛いところなのだ。買い物が嫌いな私が買い物をし、Mがいないのに集まりをする。誕生日を除いては、本当は誕生日ですら、『楽しいパーティは違う』と思うので料理は最低限にと思う。腕をふるってがんばるっておかしいと思うから。Mがいないのに、空しい、虚しいと思う気持ちが湧いてきてしまうから。

それに伴い急に行く、連絡をしてから行く、その二つでも悩んでいるようだ。しかし急に来るということは、化粧服装など自分の用意、部屋の掃除や、部屋や廊下の片づけ、仏壇の花や食料の補充などができないストレスにつながる。いつも片付いたお部屋にしておけば悩まないでいいのかもしれないけれど、やはり連絡は必要不可欠なんだな。気力が衰えた今は特に。

買い物が嫌いな私が買い物をできなくなり、それでも会食の支度をしなくてはならず、その頻繁さに何度か根を上げたことがある。そのたびに「うれしいねえ。こんなに思ってくれて、訪ねてくれて」と言われ、「そう、そうだよね」と丸め込まれる。その頃少しノイローゼ状態だったのかもしれない。お弔いはありがたくお受けし断ることができないものなのだ。会食は連夜深夜過ぎまで続く。デートも同窓会も飲み会も会場はウチになった。そうして接待した客の数は千人に近づく。

しかし会食が終わったあとの気持ちは一転する。無事済んだ、よかった、楽しかった、ありがたい、ノートに言葉も集まった。だから「またきてね」と言う。そうして背中を押されて流されて四年が経った。正直に言うと軽い理不尽さを感じたり辛い気持もゼロではないが、それさえ推進力になって、結局ここまで来られたのは、どうやら素直に家族のためと思い、素直にMに会いに来るという気持ちの、彼らの力によるものなのではないかと分析し心から感謝をしたい気持ちだ。

先の彼が皆に送ったメールを手に入れた。でもそれは公開してはいけないものだと姉のノエルが言う。

『全部敬語でね』『何事かと思った』と何人もが受けたメールだが。彼が皆に送ったメールを手に入れたが。

戻れない Mr.Children。

M i s C

昔の携帯電話の電源を入れたらメールが出てきた。まだ遊び始めの頃の『今何してる?』『あそぼ!』などが出てきて『何でもないことばでもうれしかった』と言う。去年同じタイプだと思い、CにEを紹介した。二人でパレスに行ったらいいなとも思った。

『道は私が知っている』

『じゃ車は私が出す』と話が決まったようだったが。

『考えるに私はひとりが得意みたい』

『パレスに行く時はひとりがいいんだ、と思う』

『ノートに言葉を書いて?』

に首をふる。弱っているもう一人も、あたらしくできた友達に連絡を取ることもできそうもなく、首を横に振った彼女とひとりひとりで来ることになったようだ。

五月二十日ハートのキーホルダーのプレゼントに添えてMに手紙を書いたと持ってきてくれた。私が一番欲しいものは《その子の気持ちが書かれた手紙》だとわかった。Mとのエピソードなどが書かれていたらそれはさらにうれしいものだ。ハートのキーホルダーは車の鍵につけた。園にロイヤルミルクティー、レモンティー、レモネードなどと冊子三冊を、分園のCに届けてもらった。

七月十三日お盆が来た。ちょうどその日もちっ子Eが来たので家族ともちっ子EでMを迎えた。新聞紙とおがらをほうろくに乗せて火をつけ、パパが飛び、ノエルが飛び、もちっ子Eが飛び、ママが飛んだ。外側から家側に。

二灯の青い提灯も回っている。今日はいつもと違ってごちそうだったので驚いているかも。仏壇前に置ききれない程皿が並べられている。もちっこEは少し太り元気そうに見えたが、話を聞くと非常な苦労をしているようでかわいそうだった。人格否定などという言葉も出るほどのいじめにもあっているという。今は勤務先も変わり一応理解ある人たちの中で仕事ができているとはいうものの、実は完全復帰ではないという。将来的にも仕事私生活と悩みはつきない。それでも生きていりゃこそ明るい未来もあるってもんだ。耐える時期だって必要なのだ。

七月十五日お盆明け。新聞紙とおがらをほうろくに乗せ、さよならの行事をする。

「このまま返さないでおこうか」

「意味がない」

と言われ、一日遅れで返すことにした。新聞紙とおがらをほうろくに乗せて火をつけ、家側から外側に、ノエルが飛び、ママが飛んだ。Cはこの頃とんと来なくなった。

○小軍団

「Mの夢を見たんです」と彼女は言う。

「せまいところに私とMが吸い込まれていくんです」

「でも怖いところじゃなくて明るくていいにおいがするんです」

「何度も名前を呼んでいました」

笑っていたか幸せそうだったかと知りたくて「どうだった？」などと聞いている。小学校のときのように三つ編み、か。MにはMuちゃんの声は聞こえないの、か。

パレスに行く時、スーパーマーケットの片隅で昼食をとると聞き、『フレンチ』という店を教えた。駐車場も広いし結構おいしいしきれいな店だし結構広いしとお勧めしておいた。私たちが毎回遠回りして見ている、芝生に横たわっている『ウシクンタチ』も教えてあげればよかったな。

六月十五日。Mu、Ka、Mi、Ta、Sa、Mik、Ho、報道関係のAちゃんは地震対策で待機しなくてはならないのでと、言い出しっぺのHは仕事の休みがとれなくてと二人の欠席がありつつ、七人の客が来た。玄関を入ってくる子の中に知らない子が約二名いる。まあ、落ち着いてから名前を聞こう。とりあえず部屋へサロンへと誘導する。

司法試験に向け頑張っていた彼女は今年すでに一時試験に合格している。二次試験を通過すると『弁護士さん』という人生がスタートする。それにしてもみんなゴールインしてゆくな。二十一歳で結婚していた子H、四か月前に結婚した『消防士さん』K、新しい人生のスタートを切ってゆくなあ。『夢に出てくるのは、自分が想ってるからじゃなくて、相手が自分を想ってくれているから』との説が正しいと聞いたことがある。電話でMの夢を見たと教えてくれ、今サロンにいる彼女が言う。
「Mの夢を見たんです」
「ママが黒い帽子をかぶっていて私たちがサロンへ行くと『もうすぐMが来る』って言うんです」それは、予知夢か。

五月十八日。『Mファミリー』というお友達軍団がパレスへ行っている日だ。

六月一日。『Mファミリー』というお友達軍団の中のふたりの結婚式だ。

六月二日。昨日の晴れた一日とはうって変ってどんよりと曇って寒いほどの一日を過していたところに電話が来た。
「パレスに行きたい人が初めての人も含めて九名います。そのあとサロンへも行きたいのですが……」

七月十六日。Mちゃんと同級生のKです。七月二十五日の件で電話がくる。

七月二十五日。K君が、HとHのために再度運転手をし、パレス経由そしてサロンへ。

転校してきた時の話を聞く。Aちゃんといつも一緒にいて走り回っていたと、歩いているところをみたことがないほどだと言う。『二人で一人って言っていたんですって』そのAの結婚が決まりもろもろの話をするが三年もサロンに顔を見せないのにどうしていろんな連絡が入るのかと不思議がるKに真相を語る。Aのママが報告をしに来てくれると。ブーケを持ってきてくれて深刻な話をする。落ち込むこの親子を逆にはげましているのだと報告する。

『Mがたくさん出演したんですよ』

長かった髪をベリーショートにしたHの結婚式のスライドに、『小学生の時の写真や成人式の時などたくさんMちゃんがいました』とHが言う。つい先日ビデオクリップのような映像を作り結婚式で流したというCDを見て、密かにMを探したことを思い出し、それはうれしいことだと思った。教えてくれたHの笑顔がまぶしかった。

去年五月十日に来られなかったHにアロマキャンドルを渡した。これで『魔女ジルの帰籍Ⅳ』の中にある占いができることでしょう。

『Sからのラブレターは読むたびにママが泣く』

Kに質問されて『Mが一番好きな顔と言った男の子の話』などをAママがするとHが反応し、『おっと』と思う。そういうキャラでいくらしい彼はソファーにいる熊のぬいぐるみをMと思っているふしがある。首に名前が書かれた千社札をかけ、そう思わせているということもあるのだが……。

さらにKがHに言う。

『プリンターを見てごらん』

ブラザーの最新のプリンターの名前を見せ感心させる。帰りがけにも

『ここMの部屋……』

と言う声が聞こえていたし……。

六月にパレスに行けなかった子をのせKが運転し、仕事で休みが取れなかったH、または結婚式を一週間後に控えていたので五月のお誕生日に来ることができなかったH、二人をパレスにそしてサロンへと連れて来てくれた彼は、湘南グッズ（ワイン赤白、江ノ島ビール、湘南サブレなど）を、そして梅グッズ（チョーヤの梅酒PIO、うめしば）そして、カバヤカリポリキャンディ、PEZなどの、家族またはMがよろこびそうなものを持ってきてくれた。

『このトシになって小学校の時の友達とドライブしてるってすごいことだと思うんです』

『高校生とかでなく小学校の友達っていうのがみんなに驚かれるんです』

結束させた『絆』を、更に続けさせているMの力はす

ごいと言ってくれます。

『あの場所で小学校時代を過ごしたという、土地を誇りに思う気持ちというのも根底にありそうだな』などとパパは分析する。皆が納得し駅舎が描かれたキーホルダーが文房具屋で売られているという話も出る。確かにクリーンで魅力的なあの土地でのあの頃は、良い思い出がいっぱいだ。

できることならあの時代に戻りたいほどだ。

あの時代からやり直したいくらいだ。

アフタージル　二十八（戒名）

四月。Uに電話した。

五月十二日。Sから電話。彼女がいてなかなか連絡できない状態が続いたと二年ぶりの電話が来た。

五月十三日。ワイン、オリーブ、パエリア、スペイン仕様のパーティ。本日は薬剤師が二名、わがサロン『キャサリンズバー』を訪ねてくれました。仕事終わりにちょっと寄ってワインを飲む、ただそれだけのことならそれは楽しいものです。オリーブとワイン、パエージャも電磁鍋に作ってあります。ただそれだけのことならいいのですがミニバラの花束と塩瀬の最中を頂きました。今頭が痛いのはワインのせいか……。

五月二十三日パパとママでパレスへ行き、雑草やすずらんの花を見たり写真を撮ったりして墓で時間を過ごし今年一番の芍薬を供えた。四年たったのか。そうね。五年目に向けてがんばろう。そうだね、と。親不孝だと思った。Mが皆のことを考えた分、皆が家族によくしてくれる。それはMが家族に孝行してくれているとも思える。

五月十日。太陽と月のテーブルにチュッパチャプスのツリーを置き、缶入りコーンフレグランスのお土産ありで、すしからあげポテトサラダかしわ汁とビール麦茶ワインそしてトップス&タカノのケーキでお誕生日パーティがあり、子連れのお友達、園の主任で始まり、妹も助っ人として協力してくれて、その間電話数通とメールもありつつ自宅のサロンに十五名が集合し家族が迎え、花籠と花束が満載でお開きは〇時十分でした。

十七年五月。『魔女Jの軌跡』二十五歳。

ブックマーカー（干菓子）。

十八年五月。『魔女Jの機跡』二十六歳。

クリスタルクロス（鶴本の和菓子）。

十九年五月『魔女Jの奇跡』二十七歳。

アロマキャンドル（マシューのチョコ）。

二十年五月『魔女Jの帰籍』二十八歳。

インセンス（チュッパチャプスツリー）。

二十一年五月。『魔女Jの姫妹帰』二十九歳。

ミオマモル（チュッパチャプスツリー）。

二十二年。三十歳のMは想像できない。お誕生日会はなしとする。

初めて部屋にビデオをセットしてどんなもんかな撮れてる撮れてると見ているとEが言う。「そういうのいやだな」みんなが書いてくれたノートを見ていると「私の時はノートなんてやめてよ」と言われる。

七月二十一日お友達の結婚式で音楽を担当したYが来た。式すべての音楽を仕切った彼の仲間との成果を持ってきてくれた。式場でスライドに映されたものは、時間をかけて趣味の仲間と綿密に作られたすばらしいものだった。BGMが流れる中、ふたりが案内状を前に考えている場面、公園で遊んでいるふたりがまるでCDTVのビデオクリップのようだ。そして新婦の友達との数枚の写真が映し出される。MoとMの写真が一枚ありさえすればそれは完璧な作品だったといえよう。新婚さんの彼女が五回も夜明かしをして家に帰らないなどという武勇伝も作りながら、彼らの中でMのいない集まりが本格的に始まったと感じる。グループの集まりを新居で行ったと聞く。それは楽しい餃子パーティだったと聞く。

七月二十六日パレスへ。パパが言う。もう五十回ぐらいも来たかなあ。パレスの猫からとって代わり、ウシクンがデスクトップにいる。でも先に逝くということはやっぱり親不孝だろう。

『Mファミリー』はなくなった。今は「まだある」と言うかもしれないが、きっとなくなる日がくることだろう。覚悟をしなくてはいけない。友達が多い分とんだ苦労を親がする、親の私が。Aの結婚式が近づく。

ノエルが独り立ちする。家を出る。二人の子供が巣立った。それぞれ変則ではあるものの。

『優生院妙安美徳信女』

次女の戒名です。

グリム童話　いばらひめ（二十九歳）

五月十日、静かに始まったこの会が、終わるころに大荒れとなった。バレエ作品としての「眠れる森の美女」は、一八九〇年にサンクトペテルブルグで初演された三時間もの大作で現在も多くのバレエ団が上演している。

【ある国の王さまとお妃に、かわいい女の子が生まれました。盛大なお祝いをしますが、一人だけ呼ばれなかったうらないおんなに「十五になったらつむにさされて倒れて死ぬぞ！」と呪いをかけられます。十五になった姫は百年間眠ることに……。眠っている間に野ばらの生け垣が城の回りを一面に取り囲む。百年後には、さまざまな樹々が深い森のように茂る。ある時その森に王子がやって来た。野ばらの生け垣は自然とほどけ城の中に入ることができる。その中に眠る美しい姫に口づけをする。姫は、その口づけによって百年の眠りから解き放たれて、二人はめでたく結ばれる】

バースデイパーティの終焉を告げる。

「これまで家族をささえてくれて、ここまで連れて来てくれたことに感謝をしています。五月が近づくと体調が悪くなるのですが、どこかで少しづつ無理をしているからではないかと思うのです。子どもたちも家を出て行きましたし、退院した母親を引き取っての看病もあり状況が変わってきました。そこで、五年間のお友達の気持ちに感謝をしつつ、ここで一旦終止符を打つことにしました。この後のことは、Mへの手紙で知らせてあげて下さい。結婚の報告や子供の誕生やその他Mや家族に話したいなと思ったことは手紙で知らせて下さい。そうしてください。以上、お礼とお願いでした」

五月十日、区切りの話をした。その日を取りやめるだけというノエルと、とりあえず一旦止めて、ようするにこの先とりあえず一切なくしたいニュアンスの私。食い違いでおおもめとなる。結婚の報告や子供の誕生やその他Mや家族に知らせたいなと思ったことは手紙で知らせて下さいなどと勝手なことも付け足してと言われ、その後何人もが泣き、五月十日、静かに始まったこの会が、終わるころに大荒れとなった。

「ミオマモルちゃんの説明」。

いざという時、強烈アラームとライトがあなたを守る。名入れされている『de　MIO』とはスペイン語で『Mより』という意味です。いざという時、あなたのために、あなたの身を守ってくれることでしょう！　そして『完』と書かれた『魔女Jの姫妹帰』のお話。サロンにはいつものチュッパチャプスツリーもありました。

Sよりの電話に事情を話していたら、Mに助言をしていてくれたように諭され、今日行くことができなかったので僕とNの代わりにお線香を二本あげて下さいと言われ電話は切れた。寝る前にさっきの電話を思い出し、お線香二本に火をつけた。日本の茨城県の昔話に、イバラ（茨）で城を築いたと記されているように、眠っているイバラ姫はイバラに囲まれた城の中にいます。その城の場所は現在の茨城県のどこか……だそうな。二十一年六月六日　震源地はここという地震がきた。

パリの北六十キロメートル、シャルルドゴール空港からわずか二十分の距離に位置するラレー城は、「美女と野獣」の舞台になっていますが、ねむりひめ、いばらひめ、つまり「眠れる森の美女」の舞台となったのはユッセ城です。絵はユッセ城のチャペルです。その後バイクにはカバーがされてバイク置場ではない奥に置かれた。これからは北風よけとしてマンションの自転車達を守る役目をする。

「今日でB・D会は最後とのこと。何が正しいかはわからない。けど私たちの思いもきっと考えてくれてのことだと思います。友達みんなで、B・D会はしましょう。Mも来てね」

「ママは今、五年経ったからバースデーパーティは区切りをつけるって言ったけど、ママのこの五年間を考えると涙が出そうになったよ」

「ママも五年で区切りをつけるって言ってたから、あたしもがんばって現実を受け入れられるようにするね。Mと会った時から今までずーっとありがとう。そしてこれからもよろしくなり」

「これからは皆がMに会いに行くのはお休み。だけど今度はMが皆に会いに行くのだ！！！　大歓迎待ってるよ。五年って早いようで遅いような……。短いようで長いような。今何してるのかなー？　たくさん笑って幸せですごしていますように。今までありがとう。これからもよろしくネ」

「Mの家族も色々な思いがあり今回の決断になったんだね。でも、みんなのキモチは何も変わらないよ。少し環境が変化してるだけ」

「二〇〇九年八月六日。最後のノート、超久しぶりです。いかがお過ごしでしょうか。毎日その日を終えるのに忙しく時間が早く感じます。おいしいケーキを買ってきたので、あとでこっそりどーぞ。ジルにも(猫の)ヨロシク。またイバラキに顔出します。花も五月には。ではでは」

ジャスティス（弁護士軍団）

「お赤飯を炊いてあげれば？」

二十年九月。待ちわびていた電話がきた。たくさん勉強をし、さらに研修期間があるとはいうものの、ここでひと息ついて英気を養い、確実な人生を着実に登っていくのだろう。二次試験合格の連絡がきた。先に合格していたMiと今回合格したMuの二人がMに報告に来たいと言う。二人の女弁護士は時には助け合ってこれからの人生を生きていくことだろう。夫が言う。

「お赤飯を炊いてあげれば？」

女司祭長（TAROT　CARDから）
光のヴェールに包まれし気高き者
そのヴェールの背後にある真理を背負いし者
私は貴女の名前を知っています
月の光を具現された貴女は叡智の顕現です
貴女の御名は無数であり、ひとつです

女帝（TAROT　CARDから）
感情と情動の嵐を突き抜けて調和にいたる
大地の豊穣なる実りと大いなる多産
それらが愛と肉体に結びつく時
今日までの死が今日からの生とならん

アフタージル二十九

姫のエピソード一

おじさんが倒れているところに遭遇した。少し痙攣しているようでこわいから通り過ぎようとしたA。Mは寄って行き声をかけた。しどろもどろで話にならないので「お巡りさんを呼んでこよう」と言って行ってしまった。私を残して、とA。

しばし後にお巡りさんを連れて帰って来た。話していたら、どうも酔っぱらいだということになった。では、と安心して離れようとしたら、なんとおじさんがよろよろと追いかけてくる。怖いので少し逃げたが何か言っているので立ち止まった。おじさんが近くまで来てさかんにお礼を言う。お世話になってありがとう。本当にうれしい。これを受け取ってくれとお札をくれようとしている。Aは「いいえけっこうです」と横を見ると「そうですか、それでは」とMが受け取った。

おじさんはよっぽどうれしかったのだろう。一万円渡したかったのだろう。その気持ちを受け取ったのだろう。笑っちゃうけど自動販売機でお茶を買って渡していたということから、おじさんの気持ちもわかるというもんだ。後でいただいたお金はワリカン（？）にし五千円ずつにしたという。吉祥寺駅でのハプニングエピソード。人の心配をしてたり、ちゃっかりしてたり、気が効いていたりするMの動きが垣間見えた。

姫のエピソード二

雪が積もった道を歩き、ある建物の階段を降りてその会場に入ったものだ。ある日大きいアンプの前に三人がいるなあと思っていたという。Mを含む三人はきっと歌って踊って手を上げていたのだろう、そこでKが音にやられて気を失ったとか。みんなでライブハウスの外に運び出して救急車に乗せたのだという話を聞いた。お腹や足にまでじんじん響く大きな音だった。気を失うのもありかと思う。

十年ぶりに家に来てくれた子は、Mがずうっと応援していたその活動の中で、一人が倒れて救急車で運ばれたという話をしてくれた。

Mに歌がうまいと言われてロッカーになったというMuは、僕の人生を変えた大きな存在だったと言う。応援することができなくなって五年経ったMu、子供を連れて来てくれたA。それらの成長した友達を見たらMはなんて言うかななどと。Ｍｕはその活動を三年前にやめ今は仕事をしていると言った。いばら姫二十九のパーティ一弾目が終わり、予約されていた二弾目が今日終わった。そして三弾目はない。

Ａ本人からの結婚報告はなく、とうとうお嫁に行ってしまった。その日、会場であるホテルの前を車で通りその中にきっときれいな花嫁姿のＡがいるはずと考え、そのホテルの写真を撮った。結婚報告の葉書がきた。しあわせそうなＡがいた。その背中にはＭの写真が忍ばせてあるのだという。五年分のサロンでの小さなプレゼントを贈った。ジル様ⅠⅡⅢⅣⅤとともに。これからの五月十日もずっと心の中で思ってあげてね、と。

あれから来なくなった、あまりに依存しすぎるＣも独り立ちする方向にしたほうがいいと思っていたのだが、先日保育園を訪ね母と妹に園を見せながらこちらから面会を申し込んだ。Ｓさんと二人で出てきてくれて元気な姿を見た。心配なカップルもいるが、もう大人だし自分たちで考えて解決していくことだろう。報告はなくてよい。

いばら姫二十九のパーティ一回目が終わり、予約されていた二回目が終わった。そして『次』はない。

Ｙ子おば（状況報告）

宅急便（マミ・ユー）マミは、私の好きなお菓子やドライフルーツ、まんじゅうを送ってくる。暮れには餅。今その餅で何とか生きているような気がする。

『Ｍちゃんのことといつまでも想って下さり、ＩＳ家を訪ねてくれる友人の方々ありがとうございます。皆様の集いは何よりの供養になると思います。Ｙ子叔母』

『Ｍちゃんおかえりなさい。家族とお友達と楽しい時を過ごしてね。Ｙ子叔母』〇七一三。

『この頃何でも美味しくてＨちゃんのことを思うと申し訳ない気持ちで』と思いながら食べるそう。

ミーシャのＣＤを聴くときは『Ｍちゃん一緒に聞こうね』と言うそうだ。書いては泣き、読み返しては泣き、文にするということはつらいことだという感想と共に送られてきた。

妹は、『買い物に行きたくなくて半日から一日悩む』と言った私のために食料を送ってくれる。お友達が来たときにも便利だと言い、スパゲティとソースも沢山、トングも二本。元気になるようにと栄養剤、お線香も四箱、きれいになるようにと化粧品、ワインが四本も入っている。集いの資金としてのお金まで来る。愛情がいっぱい送られてくる。

宅急便を送ってくれる妹との電話でMの話をする。

「あの子は幸せすぎたんだね。思い通りに生きてきたからうたれよわいのかも」

きらきら、ぜいたく、支えられ、守られ、おすそわけ。

「いとこととしてちいさいころに遊んだ思い出しかない」

と姪のAが言ったら、

「それは残念だったね」

と言われたそう。

「おれのせいだ、おれのせいだ」

と繰り返し言いながら泣いていた男の子のハンカチはタオルだった。絞ったら水が出そうに思えたと。「シモネタでも何でもいいから話していないと泣いちゃうんだ」と言いながら喋り続ける。みんなの悲しみが伝わったと言う。

あの日もことも教えてくれる。

Mの全部を理解していたと思っている友達は、知らない面も知っていく。葬式のマイクロバスに乗るとき、

「あなたがたはどなたですか」

と、KがEに聞いたそう。

「なんだよ、あいつらはだれなんだよ」

と言っていたと聞いた。

彼のせいだと思い、食事の席にも行きたくなかった。外にいたと。Noは口をきかなかったと。せめてピアスぐらいはずしてこいよと文句をいっていたそうだ。今度あの時のことをKに聞いてみようと言っていた。友人からの冷たい視線に耐えているのかもしれない。かわいそうだ、守ってあげなくては。と思っていたがほんの数ヵ月後ははばたいていた。都心で同棲って……。

最後のパーティ後、Mに歌がうまいと言われてロッカーになったというMu、子供を連れて来てくれたA。そして猫と遊んでくれた三人の男の子が来て、電話も

メールも来客も途絶えている。

「お花もだめなの？」

と聞かれ
「そう、すべてにしたい」

と答えた。

Eが来たがっているとの報告も。


五月。M他一同よりアレンジが、Yより二つのアレンジが届く。

墓でふた組と会う。正確には一組とひとり。

七月。Nがひまわりの花を手に玄関に来た。立ち話で今仕事も住居も島だと知る。

Ma。父さんの葬儀あり。電報を送る。

二十九歳の時、バースデイパーティの終焉を告げた決断で、五年間の緊張が解けたような気もしたと言うお母様はお姉さまEと初めて当日にパレスを訪ねることもでき、そこで二組のお友達にも会えたとか。

お母さまは、『Mちゃんねる』を音楽で満たそうなどと思い『You Tube』へと入っていく。


そばにはジル様と名付けられた黒猫が寝転んで……。

Mアメブロ本（絆）

六月「あのね……あとで……」

夢を見た、というお友達にそれを言おうとすると毎回言えなくなる。「二～三年経つと夢でお別れを言いにくる」と細木数子が言ったこと。夢に出てきてお別れを……言うのだそう。二年というのはそういう年月なのかもしれない。外見的には今までと変わりがないように生活していると見えなくもない。

どこまでやってもいいのか、ふざけて飾ったり、こんなものを持って行って見せたりするのは悲し過ぎるかな、家族で計りつつもいたような気がする。墓参りの作法にも慣れた。

七月。二年かかって世の中に十三冊しかないというアルバムが届いた。

（題名。Sun flower）友達を大切にし、友達が大好きなMは好きな言葉（絆）と書いた。なりたい動物は（つばめ）、なりたい職業（幼稚園の先生）、好きな言葉（絆）と何度か（絆）を口にする。小学校の時のアルバムの題は（絆）とある。

八月。二年かかって届いたアルバムと、三つある花火のうちのひとつを持ってパレスに置いた。ガラス瓶に入っていた、「たけとんぼ」と「ピカチュー人形」を持ち帰り、茨城の二階にもあるガラス瓶に入れてきた。

アルバム作成首謀者Uくんへ（先日はアルバムを届けてくれてありがとう。この二年の間、友達が集まってMのために家族のためにと一生懸命作業していてくれたこと、Mのことを思い出していてくれたことを嬉しく思います。そして今回このアルバムが届き、本当にいいお友達がいてMはしあわせだったのだなと改めて思ったものです。ママの書いた文を十三冊お送りしますので、アルバムを購入してくれたお友達にUくんから渡して頂ければと思います。お手数をお掛けしますがよろしくお願いします）。Mファミリーより十五冊送付しました。

きっとMも喜んでいることと思います。U君には二年前にお世話になったなあという思いがあります。この前も話しましたがお友達を車で送迎してくれたことなどは本当に有難く心強かったです。そして高校時代の話。出席番号が前後で近いので教室や体育の時の思い出話が楽しかったですよ。そんな話を聞けて私達はうれしかったのです。

Mチャンネル二年分の『ラストドライブ』から『レゾン・デートル』まで四十四の文をアップし本を作った。ブログの本のタイトルは「絆」とした。

出来上がりを待っている時、Mの携帯電話の受付音は〈ケツメイシのトモダチだよとおねえちゃんがつぶやく。ケツメイシの『トモダチ』の歌詞が高校生用の教材『資料現代社会』に掲載！ちと驚きですが、トモダチの歌詞は素晴らしいので教材になってもおかしくありません。ヒップホップといえば、独特の言い回しや汚い言葉が多いと思われがちやけど素晴らしい歌詞も多いです！まだ聴いたことのない方は、ぜひ一度聴いて見て下さい。そして感じてください。〉

Mと別れる。遠くで思う。思い出に浸る。たまーに辛くなったら来る。Mから卒業することも各々の人生に必要かもしれないとも思うのです。思い出に変わりつつある、ということでもあるような気がします。回転して、加速して、失速までの状況を反芻し、そしてあきらめる。でも、Mがつないだ　絆は永遠だから……。

Mとの絆を大切に思ってくれている人々にありがとうの気持ちをこめて。

スクールジャック（フリー参観日R＆D）

R【その日私は、月に二回通っている夜間の絵画教室の授業と、先生を交えての飲み会に出席していた。飲み会も中盤、電車の時間がまずい。そろそろオイトマしなくては……。画材一式を抱え、ほろ酔いのまま山手線へ乗り込む。池袋から日暮里。まだ顔が熱い……。常磐線に乗り換えて揺られること約四〜五十分。

常磐線終電車、チカチカ消える電気に少し怯えながら、一人茨城に向かっていた。明日のDちゃんの「授業参観」を観に行くためだ。と言っても、Dちゃんは生徒ではなく先生の方。その春大学を卒業し、地元茨城の小学校の先生になったばかり。

「Dの授業参観があるんだけど行かない？♪」

「なにそれ！　行くー！♪」

Mの誘いに今思えばびっくりするほど何も考えずにOKしていた私。何故なら私は一度もそのDちゃんに会ったことがなかったからだ。存在だけは知っていた。Mから聞いていた。でも直接話したこともないし、顔すら見たこともない。Dちゃんだっていきなり知らない女が自分の授業に来たら〝お前誰だ……⁉〟ってことになる。でもそんなことお構いなし（笑）、Mと一緒、何かが起こりそう！　楽しそう‼　それだけで二人の茨城への旅決定☆☆☆

SN到着！　さすがに顔も普通の色に（ホッ……）一足先にSN入りしていたMとDちゃんが車で駅まで迎えにきてくれた。

「M‼」

「R‼」

一気にテンションが上がり駆け寄る二人。お互い会うのは約一ヶ月ぶり。それがこんな風に茨城での待ち合わせになるなんてなんか不思議だねー、そう話した。Mに紹介されてこの時Dちゃんと初会い！　初めに言葉をどう交わしたかは忘れたが、第一印象は「イメージと違う……！」メガネかけてて雰囲気真面目そう……？　なぁ～んて騙された（笑）。Mと一緒にハイテンション＆マシンガントークのDちゃん。さすがMの友達だ～。イメージ通り（笑）。初対面でもハイにしゃべりまくるDちゃんと私を見て「やっぱりDとRは合うと思ってたんだぁ～♪」そう言うMは嬉しそうで可愛い。いつもMは自分の友達と私を引き合わせてくれる。Mの友達が私の友達にもなる。それがMもあたしもいつもすごく嬉しかった。

近くのセブンイレブンでお菓子、ジュースを買い込む。それから車で走ること数分？　数十秒？　あっという間にDちゃんのマンションに到着。二階建て、一階はしっこがDちゃんの部屋。

「おじゃましま～す」……広い！　キレイ……とは言いにくい（笑）が、とっても広くて羨ましい感じ。「腹減った～」とカップラーメンを食べ始めるDちゃん、逃さず「Mもー!!」と奪い取って食べるM☆Dちゃんが寝たあともMと私でバレないようにシャボン玉大会……♪】

D【Dの学校には学期に一度、フリー参観日というものがある。フリー参観日とは、保護者や地域の方が自由に学校を出入りでき、子どもたちの様子を見ることができる日のことで、本校のウリでもある。担任にしてみれば、この日ほど憂鬱な日はない。朝の会での教師の話から給食・清掃時の教師の動き、昼休みの過ごし方など、すみずみまで保護者の目が光っており、プライバシーなどあったもんじゃない。普段子どもに対して、

「おめえはよー！！！！」

なんて言葉遣いをしているDでさえ、この日は、

「～くん、先生の話を聞かなきゃだめでしょ」

なんて歯がうくような話し方をする。というよりせざるをえない。教師である以上、学校にいるときぐらいは常に丁寧な言葉遣いをしたいものだが……。一昨年の五月。人生初のフリー参観日。教員一年目のDにとっては胃がきりきりするほどの緊張。前日から「明日は朝これを話して、一時間目にこれをやって……」と細かい計画をノートにびっしりと書き留める。しかし、前日の夜はまったく仕事にならなかった……。

フリー参観日前日の夜、東京からMがやってきた。目的は翌日のDの授業をみること……半分冷やかしもあったのか?! ただでさえ緊張しているのに、Mの前でやる授業なんて……考えれば考えるほど、失敗をやらかす自分を想像してしまう。「友達のRも後からくるから☆」「エーーーーー」まだ会ったこともないRも明日見に来るという。しばらく駅でRを待っている間、Dはもう明日のことを考える余地がなかった↓ 開き直っていた。しばらくしてRが到着。初対面だというのに「おひさー。元気してた?」などとギャグをとばし、三人でワイワイ夜を過ごした。

翌朝、教師モードに切り替え、普段はジャージ姿のD先生がスーツ姿のD先生に変身した。緊張気味に登校し、早めに教室へ行き、朝の会をする。まだ保護者はだれも教室には来ていない。さらっと朝の先生のお話を終え、一時間目を始める。

一時間目　算数。

Dの専門教科は数学。大学で四年間みっちり数学は勉強した(つもり)。今学習している内容は「三角形と角」。ちょうどこの日はまとめの時間であった。教科書には正三角形と二等辺三角形のしきつめ図が載っていた。Dの大学の卒論は「平面図形によるしきつめの指導について」。ビンゴ! 大学時代に駆使したプロジェクターでさまざまなしきつめ図を提示する。授業が始まってプロジェクターを準備していると、記念すべき第一号のお客様が教室に入ってきた……ってMとRかよ!!

目で「来んの早すぎじゃね?」と合図を送ったが、ニヤニヤしながら知らんふり。授業中であるので、後ろの二人ばかりを気にしてはいられない。気持ちを切り替えて授業を進める。……その後、保護者が何人か見に来たが、あきらかに教室にMとRがいるのはおかしい。保護者にしてみれば、見たこともない人が教室にいるのだから……それもずっと。Dは知らぬふりをして授業を進めた……。やっと一時間目が終わり、一息つく。保護者と軽く言葉を交わし、職員室へ。二時間目は専科の先生の授業なので、Dは職員室で事務をこなす。

Mの感想。「Dの授業は怖い。もっとやさしく!! 隣の保護者が「D先生若いのにすごいね……」etcっていってたよ。」だって。そりゃ彼女に授業見られてたら表情もこわばって声も大きくなるわ!

三時間目。親子レクレーション。

三時間目は体育館で親子レクレーション。親子レクレーションとは、子どもたちと親と先生とでレクレーションをする時間。一年に一回あるのだが、フリー参観日にということで、この日に行なわれた。

レクの内容は、ジャンケン大会&新聞紙を使った簡単な遊び。内容はシンプルな遊びだが、子どもたちにはバカ受け。

「それでは、D先生、ステージへ。先生とジャンケン大会をします。勝った人だけたってください」

役員さんにそのように言われ、Dはステージへ。

「じゃあみんな行くよ！　ジャーンケーン……」

って体育館の後ろを見るとMとRがチョコンと座ってジャンケンをしている。

「お前ら一時間見たら帰るっていったべよ！」

Dは内心でそのように思いながらもジャンケンをし続けた……。

チャンピオンが決まるまで続いたジャンケン大会。その一回ごとに勝った！　負けた！　と一喜一憂しながら動こうとしないMとR。Dは困りながらも先生を演じ続けた……。

四時間目。親子レクの作文。

四時間目は教室で先ほど行ったレクの作文。原稿用紙を配り、Dは机間巡視。何を書いたらよいかわからない子に指導をしたり、漢字の間違いを指摘したり……先生らしくふるまった。

「書き終わった子はせっかくなので、おうちの人に見てもらおう」

Dは子どもたちに呼びかけた。続々と書き終わった子がおうちの人や友達のお母さんのところに見せに行く。

「見てもらったら、一言コメントを書いてもらってね！」

……案の定、MとRは四時間目も教室にいる。もうDもいることに慣れてきた。すると、ある子がトコトコとMのところへ作文を持っていった。Mは作文を一通り読んでコメントを書く。Dはそのことに気づいたが、特に見に行ったりはせず、別の子の指導にあたった。

授業が終わり、作文を集める。書き終わらなかった子は宿題。給食準備に入って騒がしくなった教室でDはパラパラと作文を見る。

「～ちゃん、一緒に遊べて楽しかったね」「新聞紙の遊び、今度はおうちでやってみよう」などど、保護者が書いたであろうコメントが続く中、たった一言だけのコメントが目にとまった。

「ステキ。『周りに花丸』」

放課後、提出された作文を読み、一人一人コメントを書く。四十人もいるからこれがまた大仕事。例の作文が出てきた。Dは「ステキ」と書いた犯人は……と思いながら作文を読む。……あとから聞くとその犯人はやはりM。作文読んでのコメントが「ステキ」て……Dは鼻で笑いながら赤でコメントを書き加えた……。】

R【翌日、授業参観日当日。Dちゃんは先に出勤。そのあとMとタクシーで小学校に向かう。とってもいい天気☆陽気な運転手さんと三人、車内は和やかムード。学校は広々、自然に囲まれている。

正門を通り真っ直ぐ校舎のほうへ進む。左には校庭が広がっている。やっぱり東京のより広い☆

「こちらご記入お願いします」

下駄箱の受付にて。「?・?」紙を見ると〝保護者の方〟〝地域の方〟どちらかに丸を付けなければいけないらしい。ギクッ……。ど、どちらでもありません……そう思いつつ隣のMとアイコンタクト。シラ〜っと〝地域の方〟に丸を付ける。やや冷や汗。。

Dちゃんが受け持つのは四年生。四十人のクラス一クラスだけ。緊張しつつ教室の扉を開ける。ガラガラッ……。クラスいっぱいの生徒の視線が一斉に集まる。

「やばいM！　うちら一番乗りだよ‼」コソッとMに言う。まだ誰も来ていない。どう見ても保護者には見えない怪しい私たち二人に生徒の視線はなかなか外れない。授業参観だってのにどっちが見られてんだか分かりゃしない。

一時間目は算数。図形の「敷き詰め」の授業。〝先生〟なDちゃんは黒のスーツ姿。落ち着いた口調で授業を進めている。昨日みたいにバカは全く言わない(当たり前)。なんだか別人みたい。そんなDちゃんの姿に顔を見合わせてニンマリしつつ目を合わせようと二人で熱い視線を送る。さらに怪しい二人（笑）。生徒一人一人に優しく教えるE（↑Dちゃん名字）先生。ついこの前まで自分は生徒、ものは教わる立場だったのに、気づけば今はこうして同い年の友達が教える立場になっている……。なんだか一人しみじみ。

二時間目にもなるとお母さん方も増えてきた。そんな教室にいるとなんだか自分も〝お母さん〟になったような気分☆気づくと生徒の何人かと仲良くなっているM。さすが保育士！　いや、さすが⁉　相変わらずMはホント誰とでもすぐ仲良くなれるのね〜。羨ましいっ！

三時間目、教室を出て体育館での親子レクレーション。参加したくてもできない〝地域の方〟なMと私は、体育館一番後ろの出入り口の所で少し寂しく見学（笑。）Dちゃんは壇上に上がりレクの説明をしてる。生徒のみんな、お父さん・お母さんと一緒に居れてすごく嬉しそう☆「じゃーんけーんぽんっ！」先生（Dちゃん）と生徒たちのじゃんけん大会（？）が始まった。生徒&保護者の方々が背を向けてるのをいいことに、Mと二人、その場に立ち上がってジャンプ！　激しくじゃんけん大会参加それに気づいた……？　Dちゃん。ちょっと笑ってる……？？

四時間目は三時間目のレクの感想文を書く授業。興奮冷め遣らぬままみんな一生懸命に書いている。書き終わったら、自分のお父さん・お母さんに見てもらってコメントを書いてもらう、そして先生に提出。

書き終わった子が次々と席を立って自分の作文を持っていく。クラスはにぎやかで和やかムード☆

そんな中、「ハイッ！」と作文を持って一人の女の子がMの前に来た。授業中に何回も振り返ってニコニコ、休憩時間にはクラスのこと、友達のこと、自分のこと、たくさんおしゃべりしてくれた可愛い女の子H。お母さんではなく何故かMのところに（笑）。Mは優しくHの感想文を読んだあと、どこかから借りた赤ペンで〝すてきっ〟と書き、さらに花丸を添えてあげた。Mらしい。私は、MはHのお母さんか！（笑）って笑ってツッこんだ☆Dちゃんにはバレると怖いので内緒☆（あとからすぐバレたけど！）

四時間目も終わり、給食の準備が始まった。白衣姿で一生懸命に給食を運ぶ生徒たち。班ごとに机を向かい合わせる。懐かしい感じ……。休憩時間とはいえDちゃんは〝勤務中〟。またMと二人、熱い視線を送る。気づいてくれたDちゃんに、遠くから「帰るねっ」と口パクで言い手を振ってバイバイした。たった三時間？　四時間？　しかいなかったのに帰るのがかなり名残惜しくなっている。

「また来ようね」

「来年来たらみんな大きくなってるんだろうね」

やりたいこと全部やろう!!　これが今回のMと私のテーマ。事前にばっちり計画は立てていた。学校をあとにしたあとすぐに東京に戻り、ラクーア↓ルミネtheよしもとへ！　かなりのハードスケジュール。M、疲れたよ〜、Mと一緒で楽しすぎて笑い疲れた☆かなり満喫の旅☆また行こうね、M☆☆☆】

D【人生初のフリー参観日、強烈に今でも心の中に残っています。これからの教員生活の中で何度、参観日があるのか……数え切れないくらい経験すると思いますが、この日のことは絶対に忘れられません。あの日ほど緊張する参観日はもうないでしょう。

「M、これからも見守っていてね☆」そして一言コメントを下さい……ステキ『周りに花丸』と……】

オンリーワン（運動会D&R）

D【H一六・九・一八　朝。

ピーピピ、ピーピピ……（目覚ましが鳴る）。

朝五時起床。寝ぼけ眼をこすりながら、Dは学校へ行く支度をする。今年は初の体育主任。今日まで約二週間、入退場の練習やダンス練習など、暑い中子どもたちを指導してきて、今日はそれを保護者へお披露目する日だ。

Dの学校は各学年一クラスしかないため、種目数が六種目と他の学校に比べて多い。つまり、担任の負担が多いということだ。徒競走に障害走、ダンスに団体種目、縦割り種目に親子競技。そのすべての種目の内容を担任が考え、準備をし、演出をする。プロデューサー兼ディレクターというところだ。また、教員が参加する種目も多い。ムカデ競争に個人種目、今年から加わったPTA地区対抗リレー。Dは若いというだけで教員チームのアンカーを任されていた。プラスDは体育主任ということで、開閉会式を考え、プログラムを作り、ラインを引き、テントを張り……と夏休みから今日までよくがんばったと自負しながら六時学校へ。

「M、今日一日うまくいくように見守っていてね……(´_`)」

運動会は天気にも恵まれ、予定通り順調に進む。Dは全体の進行を見ながら、出発係の担当ということで徒競走のスタート地点でピストルを鳴らし続けた。目の前には準備係のテントがある。去年の運動会はテントの横に二人の女性がいた。MとRだ。今年は二人はいない。テント横をたまに意識しながら係の仕事をこなしていく……。

「次は、PTAによるムカデ競争です」

去年は一位（確か……）とがんばった教員チームが今年もと意気込む！　……しかし結果は五位と去年より順位を落とす。昼休み、職員室でお弁当を食べていると、「ムカデ競争がだめなら、PTA地区対抗リレーは!!」と教頭の意気込む声が聞こえてきた。……Dは昼休み中でもライン引き&グラウンド整理があったので慌てて弁当を食べる。……から揚げを一口で食べながら、Dは昨年の昼休みの緊急会議を思い出していた。

H一五・九・二十七。運動会の昼休み。IN職員室。

「準備係のテント裏で不審者が出たそうです」ある担任が保護者から下半身を見せてくる不審者がいるとの報告を受け、対応にあたった。Dも昼休み率先して見回りをした。保護者に状況を聞きながら、被害にあった児童の対応にあたる。幸いにも、被害者の児童はあっけらかんとしていた。「午後は意識しながら進行しよう」と校長から指示があり、ぴりぴりした雰囲気の中、運動会が終了した。

「わたしはダンスが一番印象に残ったよ」

とM。踊った曲は「世界にひとつだけの花」。図工の時間に作った色とりどりの花笠を持って、子どもたちがのびのびと踊りきった。夏休みからふりつけを考えていたDの横にいたMは、ある程度踊れるようになっていた。

今日一日ずっとDの周りをくっつき回っていたMとR。ムカデ競争のときはスタート地点でカメラを持ってスタンバイ。本部に行くと本部の後ろでニヤニヤこちらを見つめていた。やりづらい中で仕事をこなしていたDだが、彼女にがんばっている姿を見られるのも悪くないとどこかで思いながら張り切って仕事をこなした。

運動会後のPTA役員との反省会（飲み会）。疲れのせいか早めに酔ってしまったDは、一次会で失礼して帰宅した。家のドアをあけると、そこにはMとRが布団を占領して横になっていた。机の上には宅配されたピザの跡。早めに疲れた体を休めたかったDだが、MとRはそうはさせてくれない。ビールを飲みながら今日一日を振り返った。

MとRとムカデ競争の話やリレーの話で盛り上がっていると、ふと不審者の話になった。すると、実はMが不審者を見つけて教員に伝えてくれたことを知る。ここでも持ち前の正義感？　を発揮してくれた。お陰で無事運動会を終えることができた。

「M　ありがとう☆(^_^)v……」】

R【約三ヶ月ぶりとなるMとのI県Rへの旅。前回の授業参観に引き続き今回は秋の大運動会！　前日の金曜日、MとRはお互い仕事が終わったあと日暮里で待ち合わせ。職場がわりと近いこともあってRの方が少し先に着いた。常磐線はしっこのホーム、しゃがみ込んで雑誌をパラパラ……。しばらくすると、「R―！ごめん!!」と小走りのM登場。二人一緒に行くのは今回が初めて。前回同様、今日も車内は仕事帰りのサラリーマン達で込み合っている。

三ヶ月ぶりのここR、会った瞬間から高まるテンション！　今回は〝SN〟ではなくその一駅前で下車（記憶が正しければ……）。線路沿いに車を止めてMとRの到着を待っててくれたDちゃん。Rに行くのは三ヶ月ぶりだが、Dちゃんと会うのは一週間ぶり。先週Dちゃんが東京に遊びに来て皆でKBJで飲んだばっかり。会うのはまだこれで三回目だけどすっかり〝長年の友達〟モード☆

翌日、運動会当日。体育主任のDちゃんは朝早くに出て行った。MとRはあとからまたタクシーで小学校に向かう。Mはキャミソールに薄いカーディガン、Rはノースリーブ。まだまだ夏を感じさせる蒸し暑い天気。

運動会日和♪　授業参観の時の静か〜なイメージとはうって変わって校庭はたくさんの人でにぎわっている。校舎、四年生の生徒達、たった三ヶ月ぶりだけどなんだかとっても懐かしい感じ。みんな相変わらず明るく全然変わってない☆

ＭとＲはやっぱりそんな四年生をひいきして見てしまう。Ｄちゃんのことも目で追う。この前の授業参観の教室と違って今回は広い校庭。それに体育主任というだけあって動き回る動き回る……！　目を離すと〝あれ？　Ｄちゃんは？〟と二人でまた捜す繰り返し（笑）。時には接近！　正面テントにいるＤちゃんに背後からシラ〜ッと近づく。そしてまたニヤつきながらアツい視線を送る。Ｄちゃんが気付いた！　ビクッとしてやっぱりやりにくそうな顔……（笑）。

途中お腹が減ったＭとＲはコンビニに行くことに。しかし学校をでても田んぼが広がるばかりでお店らしきものはなにも見えない。通りすがりの人（多分）にコンビニが近くにあるか聞く。すると、二つあるものの、反対方向でどちらも歩いて約三〇分かかると言う。ヴーン……お腹すいたけど歩きたくない……。結果タクシーを捕まえて「ミニストップ」に行くことに。やっと捕まえたタクシー、が、恥ずかしくなるほどアッという間に到着。もちろん一メーター。「近くてすいません。」「ほんとすいません」と運転手さんに繰り返し謝りお礼を言う二人。Ｍはいつも通り、「肉が食べたいっ」と迷わずチキンを買う。Ｒは久々のミニスト、食べなきゃ損！ってことでミニストのバニラアイスクリーム。

帰りはまったり歩くことに。突然Ｍが歩道横に生えている雑草を「ンーーッ！」とひっこ抜き出した。踏ん張ってる顔（笑）「なにしてんの！（笑）」Ｒの声にも関わらず「ンーーーッ!!」と引っ張りつづけるＭ。Ｒはなんだかよく分からないけどすっごい笑えてきて、そんなＭの写真をパシャパシャ☆

リレー、ムカデ競争、花笠（？）を持っての〝世界に一つだけの花〟のダンス。和やかムードで次々と進んでいく演目。校庭のあちこち、ちょこちょこと動き回り場所を変えて見ていたＭとＲ。四年生の子達が出番待ちで入場門にいればそこへ行き話し掛ける。Ｄちゃんを見つければ追いかけて昇降口の方へ。そんな二人も、後半は校舎向かって真正面の鉄棒の前に腰を落ち着かせた。……としばらくすると、「R！　あっち行かない？」とM。此処まったりでいい感じなのにー？「なんで？」聞かずにMは続けて「いいから!!」とRを引っ張る。「?・?・?」。

「変なおじさんがずっとこっち見てたんだよ！」とM。えっ……全然気付かなかった……！　しかも上着の中から下半身を見せてきたと言う。それってまさに〝変なおじさん〟じゃん！　……ってそんなこと今どうだっていい!!　怖いい、怖すぎる。そんなことに全く気付かなかった自分も怖い……！

人一倍責任感の強いM。じっとしてるはずがない。保育士としての怒りも加わって、怒りレベル急上昇。近くにいた先生を捕まえアツく状況説明。そのあとも、お前らの方が怖いと言われんばかりの顔で目をギラギラさせ、運動会を忘れ〝おっさん〟探しをするMアンドR。そんなこんなで少し後味の悪さを感じつつも、楽しかったね〜とDちゃんの家に帰宅。

今日東京に帰る予定だが、なんだかものたりなく(?・)もっといたい！　と思ったMとRは勝手にもう一泊すること決定！　ついでに勝手に宅配ピザを頼みお腹いっぱいでDちゃんの帰りを待つ。運動会のあと、先生たちで打ち上げ（？）の飲みがあると言っていたので遅くなるのは分かっていたがなかなか帰ってこない。

「遅ーい!!」と怒るM（笑）。

電気が消えているはずの自宅に明かりがついていて、ドアを開けるとMとRがいることに驚くDちゃん。何時だったかは忘れたが、かなり遅い時間だったと思う。Dちゃんが、〝変なおじさん〟の通報者がMだと知ったのもこの時。かなりびっくりしていた（笑）。

あとからDちゃんに聞いた話、先生達の会議で〝変なおじさん出没〟の話が出たらしい。その時その通報者がまだMだとは知らずに（笑）そのあと結局その〝おっさん〟を見つけることはできなかったが、それ以降被害はなく済んだ。あの時Mが通報しなかったら、生徒が狙われて怖い思いをしていたかもしれない。

　そしてそれから一年経った運動会。去年の変質者出没を踏まえて、今年は警備を厳しくしたとのこと。あの時の光景が目に浮かんだ。すべてMの正義感と勇気あってのこと。

　でもMのことだ、今年の運動会もきっと、雲の上からまたあの時みたいに目をギラギラさせて、見張ってくれてたんじゃないかと思う。そして子供たちを見守ってくれてたと信じてる。】

D【H十六・九・十八。午後〜。

「次は、PTAによる地区対抗リレーです。各地区の代表の選手、先生方は入場門にお集まりください」。

　アナウンスが入り、Dはアンカーのハチマキを額にまく。六人一チームでそれぞれ半周ずつ走る。アンカーを任されたDのスタート地点は、去年MとRがいたテント前。

「M　見ていてね……（＾u＾）」

　そこにいるはずがないMに心の中で呼びかけた。

　スタートを告げるピストルが鳴った。教員チームは序盤から二位をキープ。Dはドキドキしながら戦況を見つめた。第五走者の教頭にバトンが渡される。必死に走ったが、三位に追いつかれてしまう。三位とほぼ同着でバトンがDに手渡される。バトンを受けたDは必死に走った。タバコで汚れた肺が悲鳴を上げながらも半周を全力で走った。……半周ってこんなに長いの？？

　ゴール前、一位を射程圏内に捕える。疲れきった体になんとかムチを打って走り、見事一位でゴール。子どもと変わらない笑顔で、喜びに満ちた先生方は温かく迎えてくれた。

「M。見ていてくれた？　いい年こいてがんばっちゃったよ……(>_<)」

　……例によって運動会後はPTA役員との反省会。Dはいつもよりハイペースで酒を飲まされた。

「今年は去年より一週間準備期間が短かかったのに、思い出に残る運動会になったね！」

「よっ、体育主任、おつかれ」

などと、ちやほやされていると、ある曲がカラオケで流れてくる。

「若い体育主任、一曲どうぞ〜」

と振られ、ふらふらの状態で歌った曲は「世界にひとつだけの花」。Mとの思い出の曲、去年運動会で子どもたちが踊った曲。いつも大学の友達と熱唱する曲……。複雑な心境のままなんとか歌い終わると、Dは眠りの世界に誘われた……。

……今年も一次会でダウンしたDは、同僚の先生に送られて帰宅する。ドアを開けるために鍵を探してると、ふと去年のことを思い出す……。

「去年はMとRが勝手にピザを食べていて、寝てたっけな……」

そんな思いをこみ上げながらドアを開ける……。

静かな部屋……誰もいない部屋……。当たり前か……。一人で冷蔵庫からビールを取り出し、今日一日を振り返った。

体育主任として奔走した半月。不本意に終わったムカデ競走。精一杯走ったリレー。

Mが隣にいたならなんて言葉をくれたかな……。

「いい年こいてがんばったねぇ」

「運動会って子どもがメインじゃねぇ？　先生ら張り切りすぎジャン☆」

「今年は不審者でなくてよかったねぇ」

一人で妄想にふけりながら、慌しい一日に幕を下ろした……。】

マクベスの手紙

「初めまして。○○M。です」

　高校二年生のときだった。少し小さなどこにでもいる普通の女の子だった。ただひとつ、友達の彼女だということを除いては……。

　正直、いつから好きになっていたのかは分からない。毎日学校に行くのが楽しくてしかたがなかった。話をするだけでうれしかった。幸せそうな君をみるだけで……。

　だが、そう長く幸せは続かなかった。僕はこのとき、出会いがあれば別れがあるということを激しく痛感した。僕はその友達を心から憎んだ。二度と顔を見たくないし、話もしたくないと思った。今思えば幼い考えかもしれない。彼も彼なりに考えて出した結論なのだろうから、少しずつであろうとも受け入れてあげなくてはならないのだろう。

　この出来事をきっかけに、僕は自分の本当の気持ちに気付いた。僕が彼女を幸せにしてやりたいと。だが、その「好き」の一言が言えなかった。今までの関係が壊れるのが恐かった。正直、彼女の中で僕が友達以上（彼）になれる自信もその時はなかった。ただ、それでも彼女のためなら何でもしてあげたいと、心から思った。僕は笑ってる彼女が好きだから……。自分の彼女にしたくなかったと言えば嘘になる。うまく言えないが、彼女に逃げ場を作ってあげたかった。かっこよく言えば、どんな形であろうと、彼女の力にはなれると思った。本当はただ、自分の気持ちから逃げているだけなのに……。それに気付くのはずっと先のことだった……。

　月日が経ち、彼女は再び幸せを手にした。毎日楽しそうだった。本当は悩み、苦しみもたくさんあっただろう。けど、それ以上に嬉しさが大きかったからだろう、僕の目にはそう映った。

「マクベスにも幸せになってもらいたい」。

　嬉しいような、悲しいような、複雑な心境だった。僕も彼女を作った。しかしどこかで彼女と比べてしまう。そして別れがやってくる。あの時言えなかった「好き」という言葉。それが良かったのか悪かったのかは、僕にも分からない。ただ、今言って彼女の幸せを壊すことになるのも嫌だった。そのとき僕は、一生言わないようにと心の奥底にしまった。

二〇〇四年五月十日。二十四回目の誕生日を祝うようにに彼女の携帯にメールを送った。いつもなら返事がくるのに、この日は来ない。誕生日だし、きっと大切な人と過ごしているんだろう、そう思ってた。

午後六時頃、僕の携帯が鳴った。普段あまり見ない名前だった。

「彼女が亡くなった」。

意味が分からなかった。何度も聞き返した。それに追い打ちをかけるかのようなキャッチのあらし。皆同じことを言う。だんだんとリアルに伝わってくる。


半信半疑のまま、次の日に自宅へ行った。

彼女は寝ていた。まだよく分からない。

手にふれてみる。冷たかった。

そのとき、現実がみえた。

なにもしてやれなかった。結局彼女に逃げ場を作ってやることができなかった。苦しみに気付いてやることができなかった。色々な後悔が込み上げてくる。あの時、もし言えていたなら、何か変わっていたかもしれない。


僕の最後のわがまま、どうか聞いてやってください。

「Mちゃん、君のことがずっと好きでした。必ず幸せにします。付き合って下さい」

いずれ返事を聞きに行きます。考えておいて下さい。いつまでも、いつまでも大切な存在です。いつでも頼ってください。

僕は笑ってる「〇〇M」が大好きです。

色紙二〇〇四（先生方より）

子ども達と楽しく遊んでいる姿、「Iっかせんせい！」と呼ばれて「ハーイ！」と答えた姿、ピアノに向う姿勢、すべてが〇〇先生でした。私たちにいつもすてきな希望、笑顔をありがとうございました。やすらかに……合掌。（園長）

美しく生きたMさん。かわいくてやさしくて、いつでも心が透きとおっているMさん。子供たちへのお話、最高で聞いていて嬉しかったです。Iっか先生の歌とピアノもう一度聞きたい!!　いーっぱいのやさしさと思いやりありがとう。U。

〇〇先生と出会ってからまだ一ヶ月と少しです。でもたくさんのことを学びました。子どもと接した日々の仕事とたくさんのことを教えて頂きましたが、まだまだもっともっと教えて頂きたかったです。それに、プライベートでもカラオケやアソビ、飲みにも行きたかったです。書き出すととまらないくらいもっともっと接していたかったたです。こんなに短い間だったけれど、こんな先生になれればという目標でした。これからも〇〇先生とN先生を目標にしてがんばっていきますので見ていてください。いつまでも明るい先生になります！　本当にありがとうございました。（Y．tomoko）

〇〇先生。一ヶ月と短い間でしたが〇〇先生の笑顔やユニークなお話、雰囲気などとってもかわいいなぁーと思っていました。もっとたくさん話して仲良くなりたいなあーと思っていました。いつまでも〇〇先生の笑顔が忘れられないと思います。本当にかわいい笑顔だよね。その笑顔で元気をもらってがんばります。〇〇先生ゆっくり休んでください。（N．takako）

〇〇先生へ。さくらぐみにかわいくて明るい先生がいてなかよくなりたいなあって思ってたら三年目で同じさくら組みの担任になれてうれしかったのを覚えています。一年間と少しで、先生に教わったことやしてもらったことを忘れません、ぜったい。天国から子どもたちとみんなを笑顔で見守っていてください。（N．sizuko）

○○先生とまだ一年の付き合いでしたが、せんせいはいつも明るくて元気に声を掛けてくれうれしかったです。土曜日には一緒に保育して、せんせいの保育は、自由があっていつも楽しそうでいいなって思ってました。いつものニコニコ笑顔忘れません。ゆっくり休んでください。ありがとうございました。（O．akina）

○○先生のピアノ大好きでした。最後の卒園式になるのならゆっくりと見せてあげればよかったね。替われなくてごめんね。かわいい○○先生に会えてよかったです。（M）

○○先生がもういないなんてまだ正直いって信じられない気持ちです。本当に子どもが大好きだった○○先生の笑顔忘れません。安らかにお眠りください。優しい先生の姿、もう一度会いたいです。（mariko）

明るくてかわいい笑顔を忘れません。色々とお気づかい頂きましてありがとうございました。安らかにおねむりください。（K・kayoko）

はじめて先生と会った時は、緊張してなかなか話せなかったよね？　一年間さくらで一緒に保育をして、いつも元気で頑張っている姿を見て私もたくさん元気をもらいました。とくにピアノは練習をたくさんして本番までにはちゃんと弾けるように日々努力をしていたのを覚えています。その笑顔と明るさはいつまでも忘れません。（D）

○○先生と出会ってまだ一ヶ月しかたっていません。クラスも違うので余りお話をしたことがありませんが、さくら組さんにお手伝いに行った時や、早番で一緒になり、先生が子どもたちと楽しく保育をしている所を覚えています。先生方と一度行ったお茶とても勉強になりました。先生と一緒にお茶を飲めて本当によかったです。先生との思い出はずっと忘れません。本当にありがとうございました。ゆっくり休んでください。（H・kumiko）

いつも明るくて気づかいやさんだった○○先生！　その笑顔を見れないのかと思うと淋しいのと悲しいです。まだ信じられないです。もっともっとたくさん話がしたかったです。ありがとう。ゆっくり休んでね。かわいい

笑顔絶対に忘れないです。（S）

突然のことでただ驚いています。うそであって欲しいと何度も思いました。先生が子どもたちと絵を書いたり工作をしている姿が思い出されます。人なつっこい笑顔が今にもこちらの方に飛んでくるような気がします。もっとお話がしたい気持ちでいっぱいです。先生の笑顔を忘れません。ありがとう。（K）

会えないのは淋しいし、なんだかとてもつらいけど、その笑顔としゃべり方ふっと思うでしょう。年が離れている私にも普通にしゃべってくれて助けてくれてありがとう。Iっか先生本当にありがとう。（hatumi）

〇〇先生、もっともっとお話したかったです。残念です。淋しいです。ゆっくり休んでくださいね。子ども達のことを見守っていて下さい。（T・hiromi）

かわいい笑顔の先生。子ども達はいつもIっか先生、Iっか先生と呼んで遊んでいましたね。もっともっとお顔を見ていたかったです。安らかに。（O）

いつも笑顔で子供達に囲まれていた姿を思い出します。元気いっぱいで輝いていました。そんな先生の姿をもう見られないと思うととてもさびしいです。空の上から私達を見守っていて下さい。安らかに……。（S）

楽しい思い出だけを持って天国へ旅立ってね。（T・jyunnko）

喘息で辛い時も一生懸命に仕事していたね。かわいらしい笑顔にもう逢えないなんて……信じられません。淋しいです。ゆっくり休んで下さいね。そして子供達のことを見守っていて下さい。（看I）

〇〇先生の保育とっても好きでした。私とにていたし……。二人で私達こわい先生かな（？）と話したこともあったよね。優しい先生でした。子どもと何をして楽しいのかと考えている姿は、いつもかんしんしていました。一緒のクラスになれることを願っていたけど残念です。〇〇先生の世界や夢の中で一緒のクラスで働きましょう。私を成長させてくれてありがとう。逢えないのは、

とても悲しいです。でも笑顔で過ごしてね。(M)

いつも笑顔で元気で可愛くて……。保育にはとても真剣に取り組んでいた○○先生。そんな○○先生を尊敬していました。まだまだ全然信じられません。いつものように〝おはようございます〟と保育園に来て保育している○○先生がいるような気がします……。もっともっといろんな話がしたかったたネ。先生のことわすれないから。ピアノも、可愛い笑顔、声……。いろんなことを教えてくれてありがとう。そしてみんなのこと、見守っていて下さい。(Ｋａｙａ)

Iっかとさくらぐみの担任として三年間過ごせたこと本当によかった。毎日笑ったり、時にはお互いに悩んで支え合ったこと、スーはIっかが支えてくれて成長できました。Iっかのカワイくて、パワフルな笑顔、いつまでも忘れないよ。Iっかに負けないくらいスーもピアノに保育がんばるから、ずーっと見守っていてね。Iっか、ありがとう。(S)

○○先生へ。いつもいつも明るく元気で可愛い笑顔を見せてくれた先生。今でも「先生元気？　頑張ろうね」と声を掛けてくれるようで本当に信じられません。先生が子ども達と心から楽しんで遊んでいる姿、やさしく話しかける姿……いつも素敵だなあと尊敬していました。天国へ行っても子供達や私達のこと見守っていてね。本当にありがとう。(N・ｔｏｍｏｍｉ)

Mちゃん、専門の時から一緒だね。保育士目指して頑張って、保育士になって頑張って、離れた場所で働いていたけど、困った時は集合してね！　いっつも元気で人のことを心配していつも誰かを励まして、涙もろくて、何事にも頑張ろうという姿勢が、スゴイなあと思っていました。もっともっと一緒に働きたかったヨ。〝Iっかパワー〟をもらって頑張ります。皆のこと忘れないでね。Mちゃん、ありがとう。(D)

卒園式で泣いている私のことを気にかけて、ピアノをひきながらもティッシュをさがしてくれた○○先生のやさしさ……。子供達の目線でいつも明るく保育している○○先生……。そんな先生がとてもかわいくって……。もっともっといっぱいお話したかったなあー。たくさん

の笑顔、やさしさをありがとう。みんなを見守っていてね。安らかに……。（I）

○○先生。先生の笑顔、子どもと一緒に楽しくすごしている姿。なんにでも前向きの姿、私は大好きでした。きっとステキな保育士になるんだなーと思いました。天国へ行っても子どもや私達を見守って下さい。安らかに。（M）

朝、園歌が流れるたびに○○先生がピアノを弾いている姿を思い出しています。今でもこれは夢？という思いが……。本当に淋しいです。もうこれからはずっと笑顔の○○先生でいるんだよ!!（O）

○○先生へ。分園で仕事を初めて一緒にした時「先生って面白い」と言ってくれたね。私は○○先生のかわいくて一生懸命で何より子どもが大好きなところが大好きだったよ。随分遠くへ行ってしまったけど、このかわいい子どもたちのことをどうか見守り続けてね。約束だよ。（S）

私は給食室なので、○○先生と顔を合わせる時間があまりありませんでしたが、私がたまに保育室に行くと「来たよぉー、KM先生だョッ」てとっても笑顔で子ども達にお話していたのが、とっても印象に残っています。短い間でしたがありがとうございました。安らかにお眠り下さい。（K）

○○先生へ。あまりにも早い人生でやり残したことが沢山あったのではないですか？　楽しいこともこれから沢山待っていたはずです。本当に残念です。親子ほど年が離れている私に優しく声をかけてくれましたよね。いつもニコニコして子ども達にも「Iっか！」と言われてとっても楽しそうに保育をしている姿が浮かびます。私にできないことを沢山できる、そんな先生を「いいなぁー」と思っていました。先生の分も若い先生達、そして私も精一杯頑張っていこうと思います。安心してください。ゆっくり心静かに眠って下さい。（M）

AもGも朝保育室で先生に抱っこされるのが楽しみで、私もそんな先生と子ども達をながめて今日も一日Iっか先生の様にニコニコでいたいなあ……と思っていました。お星様になったIっか先生。どの星かなぁ……。子ども達と探していますのでその時はキラッ!!と輝いてくださいね。（O）

○○先生。最初で最後のメールになってしまいましたね。同じ誕生日で盛大に祝うはずが……。とっても残念です。でも、いつもあなたのことを思い出せる日ができました。今度会った時は私だとわかってくれるでしょうか。いっぱいのんで楽しく歌いましょう。ゆっくりそれまでまってててください。（T）

突然の出来事で残念です。何を書いていいのかとっても寂しいです。○○先生のぶんまで一日一日がんばっていきます。安らかにお眠りください。（I）

Iっかへ↓KMっちより。大すきだよ。先生とは同期でMSTと三人でのみにいきいろんなコトを話し今では大の仲良し。先生のお集まりほんとに楽しくて、ぬすみ見ていたんだよ。先生のいないYTGはやっぱり淋しいよ。Mの笑顔忘れない。子どもたちを見守っていてね。ありがとう。

挨拶

五年もの間、Mの誕生日をお祝いしてくれてありがとうございました。
私たち家族がここまで無事過ごしてこられたのは、励まし続けてくれた皆さんのおかげだと思っています。本当にありがとうございました。心から感謝しています。
ＩＳ家で開催する「Mの誕生日パーティー」は、M二十代最後の今年をもって終わりとしました。これから先も、五月十日は皆さんの心の中でMを想ってくれたら嬉しいです。

今まで支えてくれて本当にありがとう。皆さんが元気に楽しく過ごしていかれることを、ＩＳ家はお祈りしています。

平成二十一年七月　ＩＳ（M）ファミリー

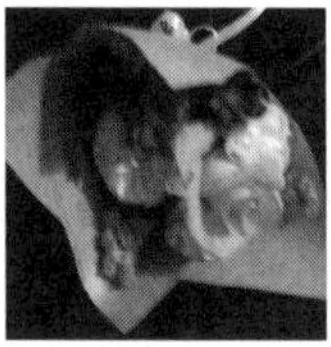

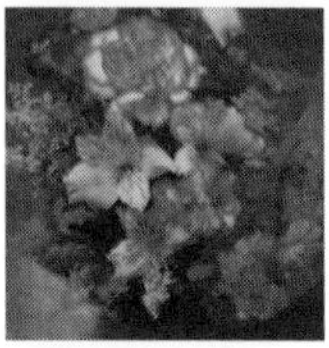

第二部　ヤーパン・ルフトポスト

――あらすじ――

ドイツに旅立ったジル様の魔女修行。世界を統括する大魔女様候補としてドイツへ三人が召集され、日本からはジル様が選ばれた。ドイツで生活しているジル様の様子を、日本の家族に知らせてくれるのは黒猫ジルです。パリからならジャポネ・パラヴィオン、スペインからだとハポン・ポル・アビヨン、英語ではジャパン・エアーメイル、ドイツからならヤーパン・ルフトポスト、共に『日本への航空便』という意味です。

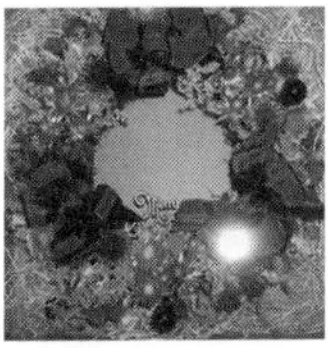

目次

魔女ジル様A

【ドイツのローラン様、
フランスのザジー様、
そして日本のジル様】

それは数週間前から続いていました。その仕事に最適と思われる候補者が世界中からリストアップされて会議が開かれていました。そしてとうとう候補者三名が決まり発表されたのです。選ばれた候補者の中から更に選ばれるひとりが、ドイツの大魔女様の後継者となり、世界中の魔女を統率するという役目を担うのです。それは大変名誉ある仕事です。しかし、それには五十年という歳月を費やす修行を行うという約束が待っているのです。人々は後継者候補に日本のジル様も入っていると知り大変喜びましたが、ジル様と長いお別れになるということにも気付き心を痛めているのでした。

私はすべてを見ていたのです。ジル様が本部へ旅たつ時も、私はここで見送りました。私には止めることはもちろんお別れの言葉をかけることもできませんでした。そう、私は話すことができません。私はこの森の中の一本の木、大きなヒマラヤスギなのですから。私はそろそろ二百歳を越えようとしている、この場所の番人なのですから。

この森は東京原宿にあります。その森の入り口にあるのが「ソルシエール」。その店は駅を背にして明治通りを渡ったあたり。広い通り沿いに、赤坂離宮のような、バッキンガム宮殿のような、鉄の高い門があるのです。門で仕切られた森の中に、街の喧騒とは別世界のような雰囲気でひっそりとあるのです。

門の中には緑の芝生が広がり、丸テーブルと椅子が見えます。夜になると、テーブルの上のキャンドルに火が点されて、その光が木々に反射して夢のように輝きます。そしてここは、小さなパーティとか結婚式の二次会で貸し切りで使われることも多いのです。そういう日は門の外に見物人が群がるのです。私はそんな時でも特等席で見学することができるのです。幸せそうな白いドレスがふわふわと庭への階段を降りていきます。花嫁のヴェールは帽子のうえから白いオーガンディが芝生についてなおあまりまる長さでかかっています。手にはレースの手袋、その手にはバラのブーケを持って。カバと呼ばれるシャンペン方式で作られる発泡酒ワインで乾杯をし披露宴は始まるのです。そして夜十二時以降になるとウィスキーやラム、ウォッカ、ジンなど強いお酒に変わり遅くまで宴は続きます。


ここのウエイトレスは全員ロングヘアーで、口数が少ないのが特徴です。独特な不思議な世界なのです。実はこのウエイトレスというのは全員が隣に併設されている「ソルシエールユニバーシティ」の卒業生なのです。でも街の人たちでこのことを知っている人はいないと思いますよ。ユニフォームは黒いロングワンピースに白いエプロン。みんなよく似合っていますよ。これもショップで買うことができるということです。

そんな「ソルシエール」で今日繰り広げられているのは、結婚式の披露宴や二次会ではないようです。今日「ソルシエール」での集まりは、一生を掛けた修行に出掛けた魔女の送別会です。あのジル様の……。その時一陣の風。その風がはこんできたもの、これは「バレリアンルート」の香りでしょうか。

ジル様の誕生日は十七回ありました。「素敵な名前ですね（M）」と言われた命名を受け、ジル様は大切に育てられました。「ジルは誰からも愛される人（N）」と言われた十七歳まで。「すごい決心、勇気がある（U）」と言われた覚悟まで。

太陽の日

古いアパートに住んでいた頃、ジル様は生まれました。ねずみ色でひび割れたその外観を好みなぜか魔女が全室を占めていました。新宿高層ビル群もサンシャインも眺められる場所にあったそうです。体重は二七一六グラム。双子のお姉さまは二七二〇グラム。殆ど同じ体重でしたが食が細いジル様は小さく、チーズが好きなお姉さまは大きくなりました。まるで三歳差の姉妹のように見えます。

ジル様がなにかをのどに詰まらせて顔色が紫色になった時は驚いたそうですよ。ある暖かい日、その一室で起きた午前中の出来事です。キッチンでお皿を洗っているお母様であるマリエル様の足元にハイハイをしてきたジル様を抱き上げて、異変に気付き、逆さにしたり背中をたたいたりしたそうですが、詰まっているものを出すことができなくて、そばにいたお父様がのどに手を入れて掻き出そうと何度もして、さてどうしようかと考えた時、ぽろっと出てきたそうです、ワイングラスのかけらが。その時のマリエル様は泣きそうでしたよ。グラスを割ってしまった時のお掃除は徹底的にしようという教訓から、そのかけらは今でもマリエル様がお持ちとか。さてどうしようかと考えた時、一旦落ちつくというのは、困った時に必要なのです。双子のお姉さまがアパートの廊下のてすりとコンクリートの間に足を入れてしまった時も、碁盤の足の金具に足がはまった時も、そこに入ったはずなんだから出るはずと思うのですが、そんな時は子供も力が入っています。子供の気持ちを落ち着かせ、さて、ちょっと待てよ……そして引っ張る。すうっと抜ける。まず親が落ちつきましょう。気持ちって不思議なものなのです。

雨上がりのある日、よちよち歩きで遊んでいる時に転んで、アパートの前の水溜りで溺れかけたこともあったとか。マリエル様はすぐ抱き起こして落ちつかせました。驚いたジル様の様子はかわいそうだけど笑っちまったそうですよ。ジル様本人も結構喜んで大きくなった時、その話をお友達にしていたそうです。

「わたし、おぼれたことあるんだよ。ねえ」

今は二十五メートルは軽く泳げるジル様です。

月の日

寒い冬に冷たいお布団に入った時、一〇数えましょうとがまんをさせる。「一、二、三、はい、がまんがまん」「四、五、六、ほらだんだんあったかくなってきたでしょう」「うん、ほんと」「七、八、どう」「うんあったかくなった」「九、一〇、はいおやすみ」「おやすみなさーい‼」「ママはジルがおねしょした時おこらなかったよね」すぐいろんなものを替えて気持ちよくしてあげていましたね。そう、何度でも……。

「地震だね、大丈夫だよ、こわくないよ」夜中に地震があるとマリエル様はこのように声をかけるため子供部屋に走ります。地震がこわいジル様はそれだけで安心してまた眠りに入るのです。それからマリエル様はテレビをNHKに回して、震源地を説明する急いで背広を着たりするあわてているアナウンサーを見るのです。これは大きくなるまでもずっと続いていましたよ。


お父様が暖簾の棒でゴルフボールを突き、球の打ち所によって行く方向が変わったり球が戻ってきたりすることを遊びながら学ばせ、仕込んでおいででした。お父様お得意のビリヤードですね。

「昨日のジルの手はすごいぞ」「ジル、素質あるぞ」とお父様は感心してお母様に報告しました。

お父様はジル様が小さい頃から碁盤の前に座らせて一緒に長い時間遊んでいました。九路板、十三路板の前で何時間も遊んでいましたねえ。「しちょう」という手も知りました。でも、あぶないのでと動かないように椅子に座らされて……。隣にロバのカタカタを置かれて……。お母様が家事を終えて迎えに行くと泣くのですね。これが。屋上でゴルフの練習を見せられていたのは苦痛のようでしたね。

お父様と双子のお姉さまと三人でよくお風呂に入られていましたね。何枚もあるその時の写真をマリエル様はまとめたいと考えていらっしゃるようですよ。運動会のあと、一番だった、二番だった、そしてVサイン、と指を何本も掲げているものとか、パーマをかけているエンジェルのようなジル様と、風呂にもぐり足だけを出しているお姉さまとのツーショットなどみどころ満載のようですよ。お父様が風呂上りのジル様の髪をドライヤーでかわかしているほほえましい姿も見たことがありますね。

「他の人になついたらやだ。自分の子だと思うんだ」ジル様は「きなこヒメ」を育てていましたっけ。ホカロンやきなこ用のクッションも作ってコタツの中であたためて……。体にしばりつけて……。でもその卵はひよこになることはなかったですね。

火星の日

軽井沢へ何度も行かれましたよ。旧軽の突き当たりにあるつるや旅館、その前にある茶屋でお団子を食べたこともありました。ショートパンツをはいたジル様はアイスクリームをおいしそうに食べていましたね。林の中を散歩したり、白糸の滝を見たり、鬼押し出しへ行ったり、楽焼を楽しんだり、レストランでお食事をしたり、ショッピングもしていましたね。ある日は足が疲れてベッドにつっぷしたまま眠ってしまっていました。ご両親様は夕食を求めて土砂降りの街を歩き、ピザやさんを見つけました。焼き上がりを待っている間に仲良くなったカップルに、「オテルドゥ軽井沢ボワルト」まで送ってもらった様な送ってもらえばよかったねと悔やんだようなどっちかの記憶があります。私も二百歳ともなるとすこおしおとろえてきたかなと……。

宿に戻りだれもいないホールへ入り、皇太子妃美智子様が弾いた、そのチェンバロピアノがある居間のテーブルの間をぬって二階へ上り、不思議の国のアリスのような小さいドアを開けて……。行った時と同じ格好で眠り込んでいる双子の姉妹の姿を見たのでした。よっぽど疲れたのでしょうね。家族全員の足の裏をつぼおししてから眠ったマリエル様でした。おかげで翌日はまた歩き回ることができました。ほんとにつぼ押し棒が役に立ったと感心したマリエル様は数人にお土産として購入していましたっけ。

家族で散歩をしていてあの有名なテニスコートの近くの画廊で立ち止まり、もう少しで絵を買いそうになっていたこともありました。その絵はテラスにテーブルと藤の椅子があって心地よい風が吹いていました。お父様とお姉さまは早く来いと観光案内所あたりで待っています。でもジル様とお母様はその画廊から出ることができません。

「財産になりますよ」

「好きな絵と一生暮らすのは最高の贅沢です」

などと言う店員にいちいち感心しています。もう少しでカードを出しそうなマリエル様です。ふたりともその絵にぞっこんです。藤の椅子には繊細なレースのクロスがかかり、紅茶セットとカップがふたつ、お菓子が入ったバスケットもある。つたが絡まった家の窓も見える。その場所の陽の光は穏やかで、そこにいい時間が流れていたのを感じたのでした。それは「Sahall」というアーティストが書いた〝Afternoon Tea〟という絵でした。

水星の日

そう、「ねこの鈴」というものがあります。いい音がする旧軽の通りで買ったばかりの、その鈴を入れたバッグをどこかの店に置いてきてしまったジル様はその時泣きそうでしたよ。勇気を出して店の人に聞いたら、お家の形をしたバッグが手元に戻り、中にあった「ねこの鈴」を何度も振ってほほえんでいましたねえ。その鈴もマリエル様は大切に今でもお持ちだそうですよ。

「ねこのゆめ」というのがありましたね。お父様が単身赴任をしたときのことです。荷物をまとめ必需品である碁盤と碁石を包む時、中にメッセージを入れたのです。白い碁石の方には「お父様お仕事がんばってね」というもの。黒い碁石の方にはなぜか「ねこのゆめ」と書いた紙でした。赴任先でそれを見たお父様は感激したそうです。家族にしかわからないその言葉は、お正月に家でやったかきぞめの時、ジル様が書いた言葉だったのです。お父様はそれを会社の人に話したそうです。聞いた人は子供がいる人で、なにか思うところがあったらしく、涙目になっていたと聞きましたよ。きっと自分の子供と重ね合わせ、ジル様をいとおしく思われたのでしょうね。

木星の日

「MOA美術館」、「池田二十世紀美術館」などへも行かれました。人がいない「熱海城」はまるで城主になったような気分だったとか。そこには名画がずらっと掛けてあって世界へ飛び出さなくても有名な絵画を一望できてしまうという不思議な美術館があったのです。

熱海の海も、伊東の海も、白浜の海も何度も行きましたよ。熱海「金城館」から眺めた花火は大きかったですねえ。西伊豆のフローティングホテルスカンジナビアに泊まりたいとマリエル様は考えていらっしゃいました。正面に富士山をのぞむ西伊豆三津浜、紺碧の海に錨をおろした純白の客船ヨット。もとは、世界の富豪をのせてクルージングツアーに就航していたスウェーデンの豪華客船です。客室は、北欧調の家具や調度品でまとめられた豪華な雰囲気です……が、それはかなうことはなかったですね。甲板で輪投げなどをして遊んだだけです。その時のジル様は白いワンピースにピンクの麦藁帽子をかぶって、それはそれはかわいらしかったと記憶しています。

金星の日

ジル様は小さい時グラタンがお好きでした。レストランへ行くと注文するのは必ずグラタン。でもそれは他のものより時間が掛かり、しかも熱いので食べるのにも時間が掛かる。そのことにきづいたジル様はその後ハンバーグになりましたね。いつでもハンバーグ。メニューも見ないで注文します。近頃は「肉が好き」がお友達の間にも浸透していたようです。モスバーガーのフライドチキンが好みだったとか。おこずかいが自由になってからは、焼肉は特上カルビそして特上カルビとその連続だったとか聞きましたね。寿司ならまぐろ、スパゲティならカルボナーラ。更科で出前の時はカレーうどんと決まっていましたっけ。

お父様の退院祝いでジル様おすすめの焼肉屋に家族を招待していたことは、つい最近のことですね。ヴィトンの財布にレシートをしまいながら、ガムをくわえたひょうきんな様子を撮った写真を見るのはつらそうなマリエル様です。エスカレーターで降りる時、「こっちを向いて」と声をかけ、下からジル様、お姉さま、お父様がこちらを向いたちょっとぶれている写真が出ると、すぐパソコンを切り替えるマリエル様です。

土星の日

魔女でもあるジル様の母親マリエル様はおもしろい人です。ジル様との話が聞こえてきて私までつい笑ってしまうほど陽気な方です。親子というより友達の様でしたよ。お母様はジル様のことを「チュンチュン」などと呼んで可愛がっていましたっけ。やせてしまいみんなに身体を心配されていますが、食欲もないようですが、夜中にもちなど食っているようなので私は安心しているのですよ。薬局のお仕事を続けあまり考えこまないようにしているマリエル様が不憫です。そしてだましだまし生きていると泣いた双子のお姉さまの深い静かな悲しみようはとても可哀想で誰も声を掛けられません。まるで壊れやすいガラス細工のようです。

お父様は悪魔ではなく普通の方です。マリエル様の心配をするジル様と双子であるお姉さま、お姉さまを心配するマリエル様、このふたりを見守りながらも一般社会の仕事に出掛けていきます。心に深い傷を負ったお父様は力強くおふたりを支えていらっしゃいますが、何か胸に詰まったような感じが……したら、痛みを感じたら……薬を飲むのです。まだ未使用のニトロペンを。

なぜかシャチが好きなジル様は、水族館もよく訪ねていました。イルカの調教師、またはオルゴール製作、などの職業にも就きたい気持ちもあったようです。しかし十五歳になるころには、自然と「ソルシエールユニバーシティ・高等部」への進学と固まっていったようですな。


「ええっそんなものがあったなんて」

「ウッソー、信じられない」

「でも私も聞いたことある」

「ホントだとしたらステキね」

「それは森の中にあるそうよ」

「原宿駅を背にして明治通りを渡ったあたり」

「それってガーデンカフェのソルシエールがあるところ？」

「そうそう、その森の奥にあるんですってよ」


近頃街中で皆が噂をしている話があります。どこへ行っても誰と会ってもすぐその話になるそうです。でも結局本当のことは誰も知らないようで謎が謎を呼んでいます。テレビでも報道されているのですが、結局疑問を呈するまでいつもコマーシャルになります。

「ソルシエールユニバーシティ」という学校は森の中にある古い洋館である。なぜ人知れずあったかというと、あまりに深い森の中にあるためと思われる。私はこの森の中の一本の木、番人である大きなヒマラヤスギなのですから、ガーデンカフェも学校のこともよく知っているのです。

校舎に近づくといい匂いが漂ってくるでしょう。それはそこここにハーブが植えられているからです。ミント、ローレル、セージ、ローズ、コリアンダー、ライラック、ゼラニウム、シクラメンなどが認められる。これはとても重要な授業の材料として育てられているのです。理科と化学を受け持っている、看護婦でもあるエビアン先生と生徒達が毎日世話をしているので生き生きと、緑がとてもきれいに育っています。ここへの入学に関して年令制限はなく、魔女に興味があり勉強したいと強く願う人にのみ運命の扉は開くのです。調べたりそれと思われる人に聞いたり、努力をした人、行動を起こした人だけに。ちょっと楽しいかもとか興味本位の人には、結局手は届かない。ジル様は生粋の魔女家系なので、いや、片親だけが魔女というハーフではあるのですが、それでも入るべくして入った数少ない生徒のひとりです。

入学した当日から勉強が始まります。

理科の時間は先ほども紹介しました、エビアン先生の担当です。ハーバルマジックと呼ばれるハーブの栽培をします。毒草の研究もします。ベラドンナ、アラム、ひよす、トリカブト、きつねのてぶくろ、プリオニア。毒草は、危険なものとしての知識としてとても重要です。絶えず切らさないように育てています。

魔女の勉強をしている生徒達の、いつでも手の届くところに死があります。魔女の神経を逆に正常にすることにも役立っています。実は風邪をひいたときなどベラドンナはよく効くのです。でもそのままではいけません。ちょっとした秘訣があるにはあるのですが……。

家庭科の先生はスペイン人のミセスバージェです。食べ物に関する知識や、料理をおいしく味わう能力も学びます。ラベンダークッキー、カモミールティー、バジル様スパゲッティー。そしてくもの巣ケーキ。これらはガーデンカフェの「ソルシエール」で食べることができます。家庭科の調理実習で作られた各種ケーキもここから運び出されていたのでした。生徒の腕は超一流、商品は超一級品です。

ジル様のお気に入りは「ルシアンクッキー」です。白い雪の球のようなクッキーです。ご家族は「Mクッキー」という名前をつけていたようです。その作り方も知っていますよ。お友達を自分の部屋に招待して小さなキッチンで作ります。バレンタインデーの前日にはいつもジル様の部屋は騒がしく、みなそれぞれ小さな箱につめて思い思いの人に届けていました。リボンをかけたそれは、ジル様の、みんなの願いをちゃんと叶えてくれました。

お裁縫の時間。洋服の破れをつくろったり、あるいは服などの布製品をつくることができるようにします。「ソルエール」のショップにあるナイトウエア、ドレスなど実はすべてここで作られていたのです。上級生になったら卒業作品として厚地のマントを作ります。紫色のタグには銀色で「(ソルシエール)」と入っています。それは筆記体でフランス語です。意味は「魔法使い」です。皆さんも一度はみかけたことがあるのではないでしょうか。ジル様は体が小さかったのでズボンの丈つめをよくしていました。自分の部屋でささっと仕上げます。またキルトが上手でたくさんの作品を作りました。魔女は結婚するまでに十三枚のキルトをつくるという話を聞いたことがあります。フェルトでウサギもたくさん作りました。私は窓越しにほほえましく見ていました。

星が好きなジル様はプラネタリウムにも度々行かれましたね。体重が軽いジル様の椅子をマリエル様はひじで押さえて跳ね返らないようにしたりと苦労した話も知っていますよ。そこで買ったおみやげのペンダントはマリエル様の宝石箱にあるのも知っています。お友達のお家の屋根でみたこともある流星群を、ジル様が企画したのでしょうか、校長先生にお願いして学校に泊りがけで見守ったこともありました。そう、ジル様のお部屋の天井を見たことがありますか？　そこにもプラネタリウムがあるのです。星がたくさん光っているでしょう。

ほうきに乗って空を飛ぶことは魔女の最も基本的な魔法です。小さい頃から乗っていたのでジル様はおとくいのようすでした。どこまでも走っていらっしゃいました。その運転っぷりはかなりハードでちょっと心配でもあったのですが、ひどい事故なども起こさずに本当によかったと思っています。魔女夜会やワルプルギス祭に行くのにも何も心配はございませんよ。担任は若くて元気な、ライフセーバーの資格を持っているオリビア先生です。

朝のマラソンをしていた時期がありました。まだ暗いそして寒い季節でも六時にはひとりで起きてお友達とマラソンをするのです。着替えをして元気に出掛けるそうです。早起きのお父様だけが知っていることです。そしてそれは結構長い間続きました。ジル様は運動神経が良いといってもいいかもしれません。運動場で開かれるソフトボール大会ではいつも能力を発揮して皆の声援を浴びていました。学校を抜け出して行ったボーリングでは、予告ストライクをした光景を近頃はやりのシャメールというもので持っているお友達もいます（C）。ビリヤードなども格好がさまになっています。「何をやってもうまいのが不思議（N）」とお友達は不思議がります。

国語の時間。担任は世界中の言葉を話すことができるビビアン先生です。彼女は動物とさえ話すことができるのです。ジル様がお友達に書いた魔法文字の手紙は数え切れないほどでしょう。

「ジル様から届いた手紙は宝物です。全部とってあります（A）」「手紙を読み返すとあの頃に戻れそうな気持ちになります。手紙はメールとかとは違っていつまでも残していける物なのでジル様が書いてくれたたくさんの手紙はジル様から私へのプレゼントなんだと思います。ずっとずっと大事な宝物としていつまでも大切にします（A）」と言ってくれるそうですよ。

音楽の時間。ジル様には双子の姉がいます。ふたりはとても仲がよくピアノのレッスンに通いました。その時間は生活の一部となっていて長い時間がたちました。陽気なくせにウェットな妹と違い姉の性格はクールです。勿論ジル様同様お友達の気持ちを考える優しい子ではありますが、妹ほどお友達すべてというわけにはいきません。仲良しのお友達と場所が離れていてそうそう会うことができないからです。地元という言葉がここで生きてくるのでしょう。おふたりは教えあいながら、励ましあいながら、楽しげに勉強をしていましたっけ。声楽のレッスンも受けていましたので、そして歌が好きでしたから、ふたりともそれはそれは上手に歌を楽しんでいましたね。

手が器用で動作が速いジル様はいろいろなゲームがお得意のようでしたね。パソコンでのゲームのうまさは驚くほどでしたよ。そしてフワタといわれる占い。占いのためのタロットカードをジル様はライダース、ウィッチズと二セット持っていました。それは十才のお誕生日に母親である魔女マリエル様からプレゼントされたものなのです。カルトマンシー（カード占い）、スクライング（水晶占い、鏡うらない）の他にキエロマンシー（手相）、テッセオグラフィー（紅茶占い）などもひととおり勉強します。そう魔女の勉強も結構ハードなのです。しかし、いろいろな知識欲はあるくせに、占いに関してのみジル様はあまり関心を示すことはありませんでした。魔女としての職業につくのなら絶対不可欠のものだったのですが、ジル様は街の子供達の保育に携わる仕事を夢見ていたようです。そんなある日、玄関脇の掲示板に重大な発表が張り出されました。大魔女様の後継者を選ぶということは数十年に一度という、そうそうない事態です。そしてその名前を見た生徒達は非常に驚きました。後継者候補に選ばれたのは我が校の、そう、あのジル様だったのですから。

ジル様はここ「ソルシエールユニバーシティ」の生徒でした。お友達はこの小さな魔女、ジル様のことを「永遠の魔女」「真実の魔女」「天性の魔女」と呼んでいました。すべての人と仲良くできる性質を持った類まれな魔女だったのです。とても繊細で人に気を使う、魔女らしくない魔女だったと言ってもいいかもしれません。

「もっと楽に生きなさい」と先生はジル様の性格を見破っていましたのでいつも助言していました。それでも性格は一途で変わることはなかったのです。むしろ年々その状況は深くなっていき、よくお友達の相談を受け、勇気付け、いろいろな問題を解決し、すべてのお友達の気持ちを考えてくるくる走り回って疲れ果ててもいました。その経緯も汲んだ上での相談がドイツの魔女本部でなされていたのでした。

教室ではこの件についての話し合いがもたれています。皆の手にある白いハンカチの、陽に透けたレースの模様がきれいでおもわずうっとりするような光景です。大魔女様のお側で修行を積むということは名誉ではあるものの、やはりお別れには違いないのです。そしてそれはどのくらいの年月を要するものか皆わかっていることなのです。先生のお話の最後に、隣の「ガーデン・ソルシエール」で来週お別れのミサが開かれるという報告がありました。

「ジル様は選ばれたのです。将来への夢と希望を持って出発したのです。皆さん、応援してあげましょう。そして立派な大魔女様になって戻って来てくれることをお祈りしましょう」という先生に皆は同意しながらも、いろいろな思い出を胸に描いては悲しんでいたのでした。そのとき部屋がうすい紫色に染まり、ラベンダーの香りが漂ってきました。

ドイツ、ハルツ地方のブロッケン山にあるシールケ駅は、人口千二百人ですが、祭りの季節には二万人になるそうです。それは年一回行われる「ワルプルギスの魔女の祭り」に集まる魔女と見物人ということです。

そして、ソルシエールユニバーシティの修学旅行にはここを訪ねることになっています。マン島のニューキャッスルにある魔女博物館も訪ねます。当日は、全員がほうきに乗って深夜零時に出発します。月明かりの中、くらい夜空に一斉に浮かび上がり、西の方角へと動き出す。それは多くの人が目にすることができる幻想的で素晴らしい瞬間です。にもかかわらず翌日には誰の記憶からも消えてしまうという不思議なものでもあるのです。

今年の修学旅行は五月に実施されます。ドイツの大魔女様にお祝いを申し上げるための旅となります。大聖堂で行われる祝宴には魔女ジル様も出席するという記載がありましたよ。どんなドレスを着ているのか、楽しみですね。きっと微笑んで迎えてくれることでしょうね。仲間達を忘れるようなジル様ではありませんから。

ジル様がそこへ行く時も、私はここで見送りました。
私はすべてを見てきました。
今までも……。
そしてこれからも……。

魔女ジル様B

Zizi-Report ①

Tschuess（チュース）じゃあまた。またね！

そんな挨拶を交わして、三人はリンダーホーフ城から宿舎に戻ります。三人とは……黒髪のローラン様、柔らかいウェーブがかかった金色の髪をしているザジー様、そしてマロン色にカラーリングした、そう、我がご主人様ジル様です。家畜小屋に帰る牛たちを通り越しながら今日の修行の話で盛り上がっているのですね。大魔女様からの課題として日々の報告を日本のソルシエールユニバーシティ宛に送るようにとの指令が出ました。これからドイツでのジル様についてわたくし黒猫ジジよりのレポートをお送りします。

「また、宿舎を抜け出してちょっと日本までひとっとびですかあ」

前回行った時はベランダで植木の世話をしているママを見たとか。風が吹いた時空を見上げて……その時目があったはずなのに気がついていない。「あの人は目が悪いから、しょうがない」などと言ってました。ベランダのガラス越しに部屋の中を見たら、いつものようにソファーでうたたねをしているパパも見えたそう。あいかわらず大きいおなかを出してテレビで碁でも見ながら眠っちゃったのでしょうね。「ま、いつものことです」などと言っていました。ドタバタと……音は聞こえないけれどそんな感じでテレビに飛んできたのはおねえちゃん。「きっと『笑い飯』か『B-z』だろうとは思うけど」って。リモコンを使っていたそうですよ。ジル様がほうきで飛んでいるところは、ちょうど飛行機雲のように見えるのです。だからその一番先頭を見てくれればきっとジル様と目が合うと思うのだけれど……だれもそれに気がつかない……。

先日、日本に行ったときにはお友達の結婚式を祝福したと言ってましたっけ。ウェディングドレスを着た彼女はまるでお姫様のようだったと興奮して私に話してくれました。新郎新婦共にジル様のお友達なので絶対幸せになってほしいと思い、一番初めに覚えた魔法をかけてきたということです。きっとその時、鈴の音が聞こえて金色の粉が舞い散ったことでしょう。その魔法で失敗したことはないのが自慢のジル様です。

私はドイツ生まれの黒猫です。候補生ひとりひとりに一匹ずつ黒猫が配布されたのです（配布って……）。ローラン様にはキキ、ザジー様にはルル、そしてジル様にはジジこと私。ジル様は楽しい方でよかったと思いましたよ。なにしろローラン様はちょっと気難しいところがあって……あまりお話をなさいません。ザジー様はとてもシャイな方でこれまたあまりお話をなさいません。ジル様は毎日色んなコトをしでかしてくれてお話を聞くだけでも愉快な気持ちになれるのです。ジル様でラッキーと思いましたよ。

そうそう、玄関の方にUターンをした時、あのカーカーうるさいカラスが驚いてバサバサと電線から飛び立ったとか。あの声で朝起こされたことが何度あったことかという話もカラスを見るたび聞いていました。

「バイクにはカバーを掛けてくれている。大事にしてくれてるんだ、おねえちゃん」

と喜んでいらっしゃいました。バイクを確認してから大急ぎで戻ってくる。沢山の国を飛び越えて日本から帰っていらっしゃる訳だけれど、ジル様はスピード狂なので「二時間ぐらいで日本まで行くことができるんだよ。えっへん」と威張って、「だから結構頻繁に遊びに行っちゃうんだよ。おっほん」などと言ったのでふたりで、いえ、ひとりと一匹で大笑いしました。

「Guten Tag（グーテン・ターク）こんにちは」

ドイツに来てすぐに大魔女様にお会いした時は緊張していましたね。でもすぐに仲良しになられて笑いながら三時のお茶を召し上がっていらっしゃいましたっけ。勉強もしないのにドイツ語が理解できちゃうのが不思議、とも。それこそ魔女という証なのかもしれないと思ったものです。でも大魔女様の次期候補者ってちょっと大変で、ジル様はお断りしたいと思っているのです。それよりみんなと遊んでいたほうが良かったなんて言うのです。私にも使命がありますからその時には断固として助言をいたしました。

「これは大変名誉なことなのです、修行を積んで大魔女様をお助けして……」

「はいはい、頑張ります」

と返事をしていましたっけ。

「Guten Morgen（グーテン・モルゲン）おはようございます」

リンダーホーフ城とは、南ドイツバイエルンの王様ルードヴィヒ二世が作った城の一つです。そこで修行をし、帰ってきたここ宿舎がある森はジル様の母校『ソルシエールユニバーシティ』と似ているそうですね。ジル様の部屋はピアノも机も自分用のテレビもステレオもあるし、天井には星が貼り付けてあって……そう、日本のジル様のお部屋とおんなじなのだそうです。

「初めて入った時には驚いたけれどすぐに慣れちゃった。とっても落ち着くぅ」

などと言っています。ベッドから起きて窓を開けるとこうも言います。

「なんとカラスまで同じ。毎日カーカーうるさいったら……」

「Mein Name ist.Jill。（マイン　ナーメ　イスト　ジル）私の名前はジルです」

「Ich komme aus Japan.（イッヒ　コメ　アウス　ヤーパン）私は日本から来ました」

宿舎のメンバーは十人ほどです。ローラン様とザジー様とジル様の三人が新入生です。官舎には先生方がたくさんいらっしゃいます。教科が細かく分かれていてなにやら勉強がたくさんあるようですがソルシエールで勉強していたことと同じものもあってここでもジル様、ぼやくこと。

「なにもドイツまで来ることもないでしょうに」

それは言えてます。


そろそろ祝宴の準備に入ってなにやら騒がしくなっています。厨房では当日のメニューを相談し、先生方は式次第を作成し、衣装部では生徒や先生方のドレス選びです。大魔女様のドレスは特別な生地から作られ重厚な刺繍が沢山施されているものになるそうです。新入生の初めての仮縫いも先月終わってでき上がりを待つばかりということです。なにしろ一年ぶりに「ソルシエールユニバーシティ」で一緒に勉強していたお友達に会えるのですからジル様は今からうきうきしているのです。

もうすぐ五月が来ます。

Ceder-Report

おしらせ。

今年度（平成十七年）ソルシエールユニバーシティの修学旅行は五月に実施されます。

ドイツの大魔女様にお祝いを申し上げるための旅となります。大魔女様へのお祝いの言葉の練習におこたりのないよう。そしてほうきの整備を充分にしておいて下さい。大聖堂での祝宴には魔女ジル様も出席します。

記

列席者　大魔女様　他教官　在校生　世界各国の魔女スクール関係者

主　賓　大魔女候補生（ローラン様、ザジー様、ジル様）

時　間　午前十時より

於　ドイツ連邦　大聖堂

以上

こんな知らせが掲示板に掲げられてからしばらく経ちました。皆落ち着きを取り戻しいつもの授業が続けられているここソルシエールユニバーシティです。五月になればジル様に会えるということをはげみに勉強をしていますが、心が弱くなった時、悩みが出来た時、そして家族を励まそうとジル様のお家へ駆けつけます。今でもジルファミリアのサロンに向かうお友達の姿が絶えないようですな。

それは世界中からリストアップされ候補者三名が発表されたあの日から始まりました。選ばれた候補者の中から更に選ばれるひとりが、ドイツの大魔女様の後継者となり、世界中の魔女を統率するという役目を担うのです。それは大変名誉ある仕事です。しかし、それには五十年という歳月を費やす修行を行うという約束が待っているのです。人々は後継者候補に日本のジル様も入っていると知り大変喜びましたが、ジル様と長いお別れになるということにも気付き心を痛めていたのでした。みな少しずつ受け入れて元気を取り戻しているようすです。一人心配なお友達を除いては……。

私はすべてを見ていたのです。ジル様が本部へ旅たつ時も、私はここで見送りました。私には止めることはもちろんお別れの言葉をかけることもできませんでした。そう、私は話すことができません。私はこの森の中の一本の木、大きなヒマラヤスギなのですから。私はそろそろ二百歳を越えようとしている、この場所の番人なのですから。

修学旅行は五月に実施されます。ドイツの大魔女様にお祝いを申し上げるための旅となります。大聖堂で行われる祝宴には魔女ジル様も出席するという記載がありましたよ。どんなドレスを着ているのか、楽しみですね。きっと微笑んで迎えてくれることでしょうね。仲間達を忘れるようなジル様ではありませんから。

今、ソルシエールユニバーシティの教室は「服飾」の時間です。教室は魔女候補生たちが、真剣な顔つきで何かを作っています。数台のミシンもフル回転です。裁断をし今月に入って縫製にかかっています。ほうきの整備も万端です。

夏になりジルファミリアは花火大会をしていらっしゃいました。お友達が集まりワイワイと楽しそうでしたが花火が大量の煙と共に一瞬の光を放ち消えてゆき駐車場に残された文字「みんな友達」という跡がいつまでも残っていて世の無常を感じたのは私だけでしょうか。修行に費やすといわれる五十年という月日の重さをうらめしく感じたのは私だけでしょうか。

あるお友達はジル様の肖像画を書き展覧会に出品したのです。ジル様の双子のお姉さまやご両親は会場であるアトリエを訪ねその絵と対面して感激していましたね。今ジル様宅のサロンのピクチャーレールに掛けられているのも知っていますよ。このお友達はアーティストとして雑誌に紹介されジル様の絵が飾られているカフェの写真も掲載されていましたよ。

『十七歳おめでとう。これからはＭＤききながら電車できてね』

あるお友達は音楽好きのジル様にプレゼントしましたよ。前日にもらったその「ＭＤウォークマン」を、出発の日ウチに取りに帰る時間はありませんでした。アーティストの彼女とウォークマンの彼、この二人が書いてくれた文をつなげてマリエル様は「スクールジャック」と「オンリーワン」という題名をつけました。それは授業参観と運動会のエッセイです。ジル様の様子がよく分かりとても良い文でした。お父様も「感激した」とお礼のメールを送っていらっしゃいました。

あるお友達が書いてくれたジル様への「ラヴレター」お母様は何度も読んで、読むたびに感激していらっしゃいます。またあるお友達は若者の間で流行っているクロムハーツ風の、ペンダントになる鍵を作ってくれました。この合鍵があればウチに帰って来たとき安心でしょう。あるお友達の青い合鍵もあるし……最悪、駐車場の非常階段のそばにあるミューミュー（車）で夜明かしもできるというものです。

「Danke schoen（ダンケ・シェーン）ありがとう」

「Bitte schoen（ビッテ・シェーン）どういたしまして」

ジルファミリアはパレスを持ちました。それはまるっこい石でできていてかわいい感じのモニュメントだそうです。郊外にあり少し時間が掛かるのですが、毎月パレスへ行きジル様との時間を過ごしているのを知っています。たくさんのお友達もそこを訪ねています。そこにはドイツにつながる瓶があるとかで、みなそこにお手紙や口紅や人形やそれぞれの思いを入れてくるそうですよ。

先日はそこへ行くために家族で相談して車を購入したようです。その車にはジル様の名前がついているのです。スペイン語で「ジル様へ、ジル様の」という意味だそうです。よく見つけたものです。その車の中にはジル様の席がちゃんと確保されていて、そう、そのくまのぬいぐるみはどこへ行くにもいつも一緒です。

お母様は「鬼武者」という名前のノートを作りました。訪ねてくる人はそこにジル様への言葉を書いてくれています。お母様はそれらすべてをパソコンに打ち込んでいるのです。それは嬉しくもあり辛くもあるという作業のようですよ。お花のカードや折って遊んだ折り紙はしばらく飾ってから大切にファイルにしまってあるのです。誕生の日付が書かれているドラエモンのカップやぬいぐるみ、プーさんの植木鉢、毛布、足袋靴下、絵本、赤やピンク色のマニキュアなどお友達からのプレゼントはみんなきちんと整理されてあります。そしてお母様はジル様を育てるように『Mチャンネル』を育てていらっしゃいます。

お母様は大切なジル様を大魔女様のもとに嫁がせたのだと思うようにしたそうです。頭の中のチャンネルを切り替えそしてねじを一本はずし、記憶を消し忘れるようにして心の平穏を保っていらっしゃるのです。話をしないで時間の流れも感じないように、そう、夢見るように生きているということでしょうか。が、ここへきて昔の記憶を掘り起こしねじを一本探し出し一つの文を書きました。それに『ゼクシィ』という題をつけてソルシエールユニバーシティの先生方また生徒さんに配布していましたっけ。それももう一年前のことになりますね。

去年行われたお別れのミサ風景は忘れられませんな。カフェソルシエールにて行われたお別れのミサ風景、あの時のことを知りたいと思いながら聞けないというお友達から逆にその日のことを聞きました。数時間はお友達の間で携帯電話の嵐だったということです。信じられないでいるお友達にみながみな同じことを言う、そして少しずつ詳しく分かってくる、と辛そうに打ち明けていましたね。

私はヒマラヤ杉であるグランシーダーでありますが、その季節は緑の葉がたくさん生い茂った森の中、ソルシエールユニバーシティのとなりにあるカフェソルシエールの様子はすべて手に取るように見えていました。そしてそれは皆の心も読める私に鮮烈な光景として忘れることのできないものとして刻まれているのです。一年経った今も到底忘れられませんな。

あの日、門の中からは映画「ピアノレッスン」のテーマ曲のメロディがずっと流れていましたっけ。それはきれいな旋律ではあるものの不安を掻き立て重大な変化を感じさせる、おそろしいという気さえしたのは私だけでしょうか。フォークダンスのように丸く円を作り、スカートをなびかせて流れるような踊りも見えます。憂いを含んだ彼女達の美しさはこの世のものとは思えないほどです。ソルシエールユニバーシティの生徒のみならず、その日は街中の人が参加できるそうです。二日間にわたるミサは、街中の人が門の前に集まり見物人の整理でパトカーも出動するほどの混雑ぶりでしたよ。「ガーデンカフェソルシエール」で繰り広げられているのは、結婚式の披露宴や二次会ではないのです。ソルシエールでの集まりは、一生を掛けた修行に出掛けた魔女の送別会です。

そう、あのジル様の……。

お花がいつもの三倍も飾られています。人々があわただしく行き来しています。黒い服を着た人が集まってきて、その人々が背中に何か重い気持ちをしょっているのが私には見えるのです。そこにさらに生花を持ってきた人がいます。その人に質問をした人がいます。聞かれたその人は涙をためた目で答えました。

「ジル様とのお別れのミサです」

そう言って急いでガーデンの中へと入っていってしまいました。呆然と立ち尽くしている人は信じられないという顔でお友達と顔を見合わせました。そこへいい香りがしてきました。これは気分が落ち込んだときに有効な香料である「セントジョーンズウォート」でしょうか。

ガーデンの正面にバイクが置いてありましたね。それを見てジル様の姿を思い出しているお友達がため息をつきます。今日は子供たちもたくさん列席しています。子供たちはバイクに座ったり、バックミラーを覗き込んだり、ハンドルにさわったりしていましたね。ジル様はこの近所の子供たちとも大変仲良しでした。仮面ライダー555（ファイズ）の力で戻ってくるというテレビ番組を見て「ジル様もきっと戻っていてどこかにいるんだよ」って言っていた子もいました。「ジル様は？」「今日はいる？」と何度も聞かれるという話も聞きました。愛されていたジル様のあの元気な笑顔がまた浮かびましたよ。

ジル様は移動手段としてバイクを使っておりました。ですが相棒でもあったそのバイクはドイツへは持っていくことができなかったのです。なぜかというと魔女としての修行にはほうきのみでことたりるからです。すべての移動手段にはほうきのみの使用と固く決められているからです。ここ「ガーデンカフェソルシエール」にその日は飾られてありました。夜中までこのミサは続きました。夜になり雨が降り出しましたが、小さい頃からのお友達、また恩師など二百数十名という客人の訪問は朝方まで絶えることがありませんでしたね。

数時間の休憩ののちジル様とのお別れのミサ、二日目になりました。

その日は昨日の晩から降り出した雨で空気が新しくなりまさしく五月晴れでした。門出にふさわしい朝でした。ジル様の健康と健闘をお祈りし献花を致しました。そしてソルシエールユニバーシティの校長先生のご挨拶、ジル様のお父様の挨拶がありました。

「ジル様は将来への夢と希望を持って出発したのです。皆さん、応援してあげましょう。そして立派な大魔女様になって戻って来てくれることをお祈りしましょう」

「皆さまもいつまでも長くジルのことを覚えておいてください。これからもずっと友人であり続けてください」

挨拶をしたお父様はこのようにしめくくり、今日の参列者にお礼を述べていらっしゃいました。閉会の言葉が終わった時、皆いっせいに空を見上げました。

皆の視線の先には、音もなく空に描かれた一本の筋がありました。その光の筋を見つけてみんなは微笑みました。ひこうき雲のように見える細い雲のその先頭には、ほうきに乗ったジル様の笑顔が、手を振っているジル様が見えたのです。植木の陰から、ベンチの椅子のくぼみから、どこかから、この景色を一生見ていられる紫の石はある意味幸せ者でしょう。そう思える私も幸せ者でしょう。まるで星の王子様の五億の鈴のお話のように……。それはサグラダファミリアが見える場所で落としたペンダントの石のお話です。そしてそれは「星の王子様」の考え方です。

空を見上げてどこかの星に住んでいる王子様を想う。そんな時星がみんなわらっているように見えるでしょう。私達はひこうき雲をジル様と思い喜ぶこともできるでしょう。そう思える私は幸せ者でしょう。まるで「星の王子様」の五億の鈴のお話のように……。

『マリアチャンネル』の中に、『Mチャンネル』の中にジル様を探す。この『チャンネル』が楽しいとしたら、それは知りたいお話がたくさん詰まっているから。そう、「星の王子様」のあの砂漠の中で水を隠している井戸のように……。

ひこうき雲が、日本に遊びに来たジル様ということを知らない人はいませんよ。だってここ『ソルシエールユニバーシティ』は魔女の養成学校なのですから……。

Zizi-Report ②

私はジル様におつかえしておりますネコでございます。名をジジと申します。ジル様がここへきて私がお助けする役目をするようになってから一年が経ちました。魔法の勉強も、そう、鈴の音が聞こえて金色の粉が舞い散るという幸せを祝う一番初めに覚えたものから、もう二十チャプタはマスターしているようですよ。この計算でいくと五十年かかるという修行も三十年で修了しそうな勢いですね。魔女の歴史から始まって魔女の復活、様々な魔女像、魔女の儀式と思想、本物の魔女の魔法、魔女の道具など魔女への第一歩となる基本を教官セーラ様からお習いするのです。参考文献は三階にある図書室でいつでも借り出せるのです。ジル様努力をしています。きれいに一生懸命まとめたノートをお見せしたいくらいですよ。

秋にはジル様がゼンソクっぽくなりました。私はゼンソクというものを知らなかったので、看護係のセシル様にお聞きして体を休めたり、肩にショールを掛けて上げたり、水分を摂らせたり致しました。前回日本に行った時パレスに寄り、薬を持ってきてあるのでフルタイドを使いホクナリンテープも使いました。熱はないけれど熱さまシートも持ってきてあります。日本のジルファミリアはさすがジル様の欲しいものをご存知です。

「ジル、これあなたのことではないこと?」

ベッドで休んでいるジル様のお見舞いにローラン様がやってきました。手にはポカリスエットとチキンを持って。そして脇に抱えて持ってきたパソコンをベッドに置いて見せています。さっそくチキンを手にしながらも何のことかとのぞきこみました。

「ママったらこんなもの作ったのね」

不思議そうな顔でのぞきこんだジル様の顔が輝きました。

「友達の言葉が全部載ってるう。手紙もメールも……ノートも作ったんだ」

ジル様は時間があるとローラン様からパソコンを借りて見ているのですよ。でもメールは禁止されているのでいくらやんちゃなジルさまでも規律は守らなければいけないのです。だって大魔女様になるための候補生なのですから、私としてもそこはしっかりと見張らなくてはならない役目があるのです。


ここドイツのケルン大聖堂はとても立派な建物です。ジル様は近所の保育園の子ども達と遊ぶというボランティアもこなしています。得意の分野で点数が稼げるのです。一石二鳥とはまさにこのことでしょう。ほら今日も園児が一列に並んで通り過ぎました。その先頭にいるのは……（写真あり）。

勉強は今二十六チャプタまで進んでいます。

実技では得意なはずのほうきから二度ほど転落しました。旋回を何回か繰り返しお友達のザジー様に手を振った途端のことでした。真っさかさまに落ちていくジル様を救護班の救護艇が受け止めて大事には至りませんでしたが、下で見ていた私どもはひやりといたしましたよ。もう一回は小雨の日で手がすべったそうです。「テヘッ」などと恥ずかしがっていました。


ベルリンの気候が最も気持ちよく感じられる五月から七月にかけて、街のあちらこちらでシュトラーセン・フェスト（街路の祭り）が催されます。普段は往来の激しい街路から自動車が締め出され、歩行者のために開放されパレードやデモが行なわれるのです。そんな頃大聖堂で執り行われる豪華な式典が近づき、その準備も佳境に入りました。

厨房では当日のメニューを相談し、先生方は式次第を作成し、衣装部では生徒や先生方のドレス選びです。大魔女様のドレスは特別な生地から作られ重厚な刺繍が沢山施されているものです。新入生が経験する初めての仮縫いも先月終わって出来上がりを待つばかりということです。なにしろ一年ぶりに「ソルシエールユニバーシティ」で一緒に勉強していたお友達に会えるのですから、ジル様は今から、そう、うきうきしているのです。今回の新入生、ローラン様、ザジー様、ジルさまは大魔女様への挨拶の言葉、そして式次第に添った練習をしていますね。仮縫いも終わって出来上がってきたドレスがお部屋に届けられハンガースタンドに掛けてあります。とてもきれいな色ですよ。でもそれは当日までヒミツです。いよいよその日が一週間後にせまりました。

五月晴れの本日、大聖堂にて式典が催されています。大聖堂には世界中から集合した客人や、全国から出張して来られた教官の先生方、そして候補生がそれぞれ決められた場所に座っています。

会の始まりを告げるパイプオルガンが響き渡り、皆の気持ちがひとつになりました。でもジル様の姿を見つけることができません。みんなあせり始めましたね。大聖堂が静まり返ったその時、頬がほころぶお友達がひとりふたりと増えていきました。わたくしことジジはその光景を楽しく見ていましたよ。

パイプオルガンを弾いているのがジル様だとわかって皆驚いて次に安心したのでしょうね。ジル様は合間をぬってお友達にVサインをしているではないですか。それはちょっと困ります。教官に見つからなくてよかったとはいうものの、まったくヒヤヒヤさせられます。

『ドイツにある魔女ホテルのお嬢様ローラン様』

主任であるセーラ様から三人の新入生の紹介がありました。呼ばれたローラン様はドレスをつまんで足を引き会釈をします。

『フランスの宝石商のお嬢様ザジー様』

さすがおしゃれなザジー様はドレスの両方をつまんで膝を折り華麗なお辞儀をなさいます。

『そして日本の会社員の次女として生まれた……魔女ジル様』

そう紹介されたジル様は、ザジー様のようにドレスの両方をつまんでザジー様よりもっと高く、手が真横に来るほどに上げて、そしてお辞儀はザジー様より低く低く膝が床に届きそうなほどに。小柄なジル様の派手なパフォーマンスに小さい拍手が起きています。まったくいたずらっこなジル様です。

『こちらの三人が大魔女様候補としてここドイツにまいりました。これから五十年の修行をしていただきその時点で総合的に判断をし……』

笑いをこらえたセーラ様は続けます。

『大魔女様と決まった方は永遠の命を授かる洗礼を受けます。あとの二名は祖国に帰ることとなります。その場合はそれぞれの国で魔女学校の教師として今までの学習内容を伝えていくという作業にはいることになります。しかし名誉ある地位を目指し、是非大魔女様になるために頑張って頂きたいと願います。そしてこれは候補者だけに授けられる大魔女様からの記念品として配布されるものでございます』

『これは一振りで心の平安を保ち、希望や願いを聞き、不安や悩みを消し去るというものです』

セーラ様がそう言い水晶で出来ている杖を大魔女様にお渡しして、大魔女様からひとりひとりが頂きます。宝石がついていてそれはそれはきれいな杖です。ステンドグラスから入る光にきらきら輝いているその杖をジル様は神妙な顔をして受け取りましたよ。大きな責任も改めて感じたのでしょうね。

『どうぞ修行に専念なさいますように』

式が終わり、まず大魔女さまが、そして教官が、そしてジル様達が退席します。大聖堂の柱の影にジル様の姿は消えていきました。今度はVサインはもちろんわき目もふることもなく、薄いピンク色のドレスを着たジル様は水晶で出来ている杖を左胸に持ち大理石の丸い柱の影に皆と一緒に入って行きました。そして木で出来た大きなドアが閉まる音が聖堂に響き渡り、そして静寂が訪れました。

大聖堂の裏側の庭は広い石畳です。そこには大きくて白いテントが張られていてお客様用にと軽食が並べられています。ジル様と直接話をすることはできませんでしたが、お友達はジル様の元気な姿を見ることができてよかったと言いながら帰途につきました。お土産はドイツのお菓子、そしてスワロフスキーのついたブックマーカーが配られたとのことです。ジル様も、お友達の姿を見て元気をもらって、また修行に励むと新たに心をきめたようでございます。

月明かりの中、くらい夜空に一斉に浮かび上がり、西の方角へと動き出す。当日は全員がほうきに乗って深夜零時に日本を出発します。月夜の晩にほうきに乗ってくるソルシエールユニバーシティの生徒の他に、幼なじみのお友達や近所の保育園の保母さんたちが飛行機でまたは電車を乗り継ぎ集まりました。ジル様関係者だけでも三十八人の客人数だったということです。この数字は前代未聞とその後も宿舎でちょっとした話題になっているのです。

この夏は、フランスのカンヌまで海水浴に行くと張り切っているジル様でございます。

それでは、ごきげんよう。

「Auf Wiedersehen（アウフ・ヴィーダーゼーン）さようなら」

魔女ジル様C

Ceder-Report

郵便受けが「コトッ」と言った。まだ寒さが残る三月のある日、〝ヤーパン　ルフトポスト〟と朱書きされた絵葉書がばらばらっと届いた。

そのエアーメイルには「SAVOI HOTEL M」とある。

「あれ？　ねえ、おかあさーん」

お友達へのこんなサプライズだったら、いたずらっ子のジル様はできちゃうのでしょうね。タンポポの綿毛が飛んでいるハガキにほほえんだり、お花がLOVEという形に置かれたハガキに泣かされたり、げんきなひまわりが描かれたハガキに驚かされたりしたお友達はそれでもうれしそうでしたね。パリからなら、ジャポネ・パラヴィオン（JAPONAIS PAL AVION）、スペインからだと、ハポン・ポル・アビョン（JAPON POL AVION）、英語では、ジャパン・エアーメイル（JAPAN AIR MAIL）、ドイツからなら、ヤーパン・ルフトポスト（JAPAN LUFTPOST）となりますね。ドイツと言えばジル様であるMが修行をしているはずの国……。


四時に噴水が止まる。五時にグラウンドを閉める。そこに座ってずーっと本を読んでいたがスポーツ帰りの人かと思っていた。長いこと読んでいたという本はバッグに入っていた『ジョゼと虎と魚たち』（田辺聖子）、『元気が湧き出る本』（斉藤茂太）のどちらかか。

私は森の中の一本の木、そろそろ二百歳を越えようとしている大きなヒマラヤスギなのですが……一年半後の十一月、車代を振り込んだその日そこでジル様と区切りの儀式をして、それを最後としたお母様は禁煙を継続していることを知っています。もう一年半は過ぎています。ジル様との約束を大切にしているのですね。

ジル様のお爺様が書いた「お釈迦様の絵」の額を正面に置きその日が始まりました。皆の持ってきてくれる花束やプレゼントやカードやお菓子で額もだんだん埋まってゆきましたね。お花のゆびわやピンクのハイヒールペンダント、携帯ストラップの飾り、ピンクのぞうりペンダント、パリ土産のメダイもある場所には「Samantha Tiara」の紙袋、その中にあるジュエリーはお姉さまのノエル様からのお誕生日プレゼントだそうですよ。お爺様が書いた「お釈迦様の絵」には『M三回忌』という文字が入っているのです。

「赤いボトルだったんだっけ……」

お母様は去年のクリスマスにプレゼントしたBURBERRYのテンダータッチ。パッケージされたままのもののリボンを解き、箱から出して飾りだなに移すなんていう作業もしながらつぶやいています。今日お仕事を休んでいるお母様は、去年この日が過ぎた翌日に声が出なくなってしまったことも思い出されますが今年はどうやら大丈夫のようですね。


郊外にあるパレス経由で、ここサロンにお友達がぞくぞくと到着します。この日にはお友達を迎えるためイメルダ様もお料理を持ってイメルダ様のお姉さまである、つまりジル様のお母様のお手伝いをしに来てくれています。集まってくれたお友達への御土産は、お父様の知り合いである「つる本」の和菓子、それとクリスタルに銀の飾りがついた十字架が用意されました。カップルの男の子にはブラックの十字架が渡されていましたね。すぐペンダントにつけようとしている子がいてお母様は喜んでいました。がカンの大きさが合わず断念していましたね。八センチ×五センチのクロスってペンダントには大きすぎましょうか。迫力があっていい？　そう、そうですよね。

『Mプー今日はすっごい楽しかったよ。Mに久々に会えて&MiちゃんMuちゃんAちゃんHーたんSちゃんに会わせてくれてありがとね。やっぱりいつまでもMちゃんは八小同窓会の幹事だよね、と今日思った！　で、Mの写真見てやっぱりMかわいい（笑）んじゃまた遊びに来まーす』

Zizi-Report ③

Guten Abend（グーテン・アーベント）こんばんは。

私はジル様におつかえしておりますネコでございます。名をジジと申します。この頃昼食後にみんなはジル様のお部屋に集まることが増えています。

伊豆でのスカンジナビア号沈没のニュースはこちらへも届きました。昔ジル様が乗った船だということをローラン様やザジー様、チト様、ダニエル様などに説明しています。スカンジナビア号の甲板で輪投げをした話にヘンリーケ様、アンドレア様も聞き入っています。ジル様のお部屋の真ん中に置いてある小さいテーブルには、なにやら八海山チョコレートクランチ、九州地区限定博多明太子グリコプリッツ、沖縄限定発売ハイチュウ、ユニバーサルスタジオジャパン五周年記念限定商品キットカットそして「ビーノ」という名のえんどう豆スナック袋菓子伊豆限定わさびせんべいなどの日本のお菓子があります。飲み物は、復刻デザインボトルのスプライト、コカコーラ、ファンタ、（ヨーヨーつき）またはこどもの飲み物などという名前のびんもあります。食後すぐだというのに若い子たちったら太っても知りませんよ。私などは一日一食ですよ。なにせネコですから。ニャー。

ジル様がドイツへ来てから丸二年が経ちました。日本では三本目の指を折り、三年と数え急に遠くに離れてしまったようだと言っているお友達がいるようです。でもジル様はここにいるんですよ。毎日一生懸命勉強しているのです。面白いことを言い先生たちをも笑わせながら……。早く友達の前に姿をあらわしたいと頑張っているのです。今三十三チャプタまで進んではいるのですが修行も難度を増し、奥が深く、一チャプタの修了にどうしても時間がかかってしまうと少しあせってもいるのです。この夏はフランスのカンヌまで海水浴に行って来たジル様でございます。モナコ経由でフランスに入りその海岸を歩き泳ぎ砂浜のチェアーに横たわり、お友達を砂に埋めたり、貝を拾ったり、散歩をしたりしてかなり黒くなっているジル様です。


ヤーパン（日本）のお母様との再会風景は楽しいものでしたよ。

「ジルちゃん、あんたはまったくもう」

「ふふっ、ちょっとこっち来てみて」

「えっなに、どこ。うわあ、きれいな景色だこと。それにしても心配したんだから、まったくもう」


「それからこれ」

「なになに、うわあ、おいしい」

「そうでしょ、ふふっ」


「そうじゃなくてあんたはみんなを驚かせてまったくもう」

「この子、チトっていうんだよ」

「まあ、お友達なの？　いつもジルがお世話に……」

お母様はジル様の姿を見ただけで安心し言いたいこともすっかり忘れて楽しい気持ちになっています。

目の前に広がるコスモス畑に一時見とれます。ドイツのお菓子シュネーバルをひとかけら食べてみます。お友達を紹介され挨拶をします。こんな風にすぐにもとの親子に戻ってしまうのでありました。楽しくひと時を過ごして……それなのに次の日目覚めた時ジル様に会ったのは夢だったのだと思い込み……また旅を続けるのでありました。

あの数時間は夢ではなかったのにー。

夢、心理学者に言わせるとどんな夢にも必ずひとつは本当とは思えないことが含まれているそうです。そうでなければいかに正常な精神の持ち主でも、夢と現実をはっきり区別できずに頭がおかしくなってしまうでしょう。夢で時々私達の様子を見にやってきます。もっと多いのは自分たちの様子を私達に知らせに来る場合です。大事なのは私達に会いに来てくれる、ということです。このような夢はとても大切です。私達に必要なものです。恐れることも隠れることもありません。夢を見続けましょう。

私はジル様におつかえしております名をジジと申しますネコでございますが、「門前の小僧（小猫）習わぬ経を読む」というじゃありませんか。夢についての授業もたくさんあるので心地よくセーラ様の声を聞きながら知らないうちに勉強していたのですねえ。猫自身でも驚きました。

「両親は子どもについて話したり、この子どもをよく知っている人たちとともにこの子どもを思い出すことによって、この子どもとの関係を保ち続けることができる」

「子どもは両親の心のなかではなお鮮明に生き続け、両親は今まで以上に子どもを愛し続ける」

セラピストは的確な言葉を言い切る。

「両親はその子どもを愛することをやめることはできない」……。

その一件が街ではかなりのうわさになっているようですよ。「マリア様が現れた」とか、「私は三回見た」とか、「会った」という人もどんどん増えているとかマリア様がこの時代にいるはずはないのにそんなうわさが—。—真相がわかりました。マリア様はマリア様でも、まりあさまではありませんか。ジル様のお母様の……まりあ……さま……。日本からまりあ様とお姉さまのノエル様、そしておばあ様のマミ様がどうやらここドイツに来ているらしいというのが真相。

昔は町の平和を守るために働いたが現在は夜の観光ツアーガイド。黒装束の番人とともに一時間ほど街を歩くという日没後ならではのイベントがある。黒い帽子に黒いマント、角笛、斧、カンテラ。ホテルへ帰る道にその案内人がいてお母様がすきそうなものなのでノエル様は街角で待っていてあげている。お母様はなんとかツーショットをとねらっている面白い時間だったそう。三人が来てくれてうれしいけれどローテンブルグで名前を叫ばれた時はちょっとあせったと教えてくれました。暗い街角だとはいえ……人が住んでいるとは思えない街だとはいえ……星もきれいだったとはいえ……「ジルー」「ジルーー」ジールー‼」。

その時、ジル様はなんとか合図をしようとして鐘をならしたのでした。ツァ・ヘルで食事をしたお姉さまとお母様はお店のご主人に見送られてドアを出て、星空の下を歩きながら、ワインのせいか大きい声で名前を叫んだそうですね。丁度その時鐘の音が答えたので顔を見合わせて驚いていたとか。市庁舎で毎時鐘を鳴らすという丁度その時間でよかったですね。魔女の仕業とばれないで済みましたから。そして髪からはずしたピンクの星をそっと落としました。それはおばあ様が拾われたとか。プラスチックのピンクの星は十、二十、三十、四十個……数え切れないほどたくさんついているでしょう。お母様だけがそのシュシュはジル様からのものだと主張していましたね。

飛行機雲が多い街だと感心していましたね。三月とはいえ空気が大分寒いこの地方ですが、お天気は良く晴れ渡っています。ジル様のご学友も日本からの客人を珍しがってビュンビュン飛びながらケルンへの行き帰りの窓を覗き込んでいましたね。ドイツの新幹線ＩＣＥの中からお母様は飛行機雲の写真を撮っていましたが顔までは撮れなかったようで私どもは安心しているのです。

『ケルン大聖堂の外へ出た時　幼稚園らしい子ども達が一列に並んで通り過ぎました。その先頭にいたのは……（写真あり）。修行をしていると思っていたら保母さんしているみたいでしたよ。いったいどうなっているのやら。わけわかりませんよ。Ｍママより』

お母様の疑問に答えましょう。

ジル様は近所の保育園の子ども達と遊ぶというボランティアもこなしています。得意の分野で点数が稼げるのです。

一石二鳥とはまさにこのことでしょう。ほら今日も園児が一列に並んで通り過ぎました。大聖堂の裏の広場から横の広場を通り、駅までは行かない道を、どんどん、どんどんどん歩いていきましたっけ。その先頭にいるのは……。

明日はソラリスのパート二の試験があります。ジル様は先月の試験で、五十七問中五十二問が正解だったのでパーセントスコアは九十一パーセントとなり合格しています。アドミニストレーターの勉強もしているジル様は学校へ戻らなければならないので、残念ながらここでお別れです。

おばあさま、お母様、お姉さまの三人は、パリへの飛行機に乗り込みました。その飛行機が飛び立つのを見届けてから、急カーブで方向を転換しジル様とお友達軍団は宿舎へ戻りました。

Zizi-Report ④

宿舎の掲示板にはスイスへのスキー教室のお知らせが張り出されています。これも修行の一環です。スキーはあまり好きではないようですね。寒いのが苦手なのかもしれません。修行は今三十四チャプタまで進んでいるのですが。

ジル様は赤いスーツケースに荷物を詰め込みます。こちらでの成果、書類、ノート、お誕生日前日にもらった「MDウォークマン」、お花のカードや折って遊んだ折り紙はファイルに大切にしまってあるのです。誕生の日付が書かれているドラエモンのカップやぬいぐるみ、プーさんの植木鉢、毛布、足袋靴下、絵本数冊、赤やピンク色のマニキュアなど。そしてジル様がタイに行った時のお土産もあるそうですよ。それは日本に帰ったときにお友達に渡すためたくさん買い込んだものだとか。肩に掛けたバッグの中にはジジが入っているのです。これで飛行機に乗ろうってんですから心配ですよ。実は。スキー教室をスルーして日本に帰っちゃおうという魂胆みたいです。

わたくしジジはその話を聞いたときは驚きましたが面白そうとも思いました。なぜかというとわたしはドイツに知り合いはいませんし、ジル様の話を聞いていて、ジル様が帰ることになった時には、ジル様が生まれた土地、日本とやらに行こうと決心を固めていたのですから。

その話はなぜか大魔女様の知るところとなりました。会議が開かれそして条件が出されました。それは日本に帰るならジル様の記憶を消すというものでした。まるで人魚姫のお話のようですね。そして飛行機のチケットと記憶を替えるかどうかの決断をせまられました。それってテレビ番組『あいのり』のようではありませんか。

「記憶が消えてしまってはせっかく日本に帰ってもどこに住んだらいいのかもわからないでしょう」

ずうっとジル様のお世話をしてきたセーラ様はそう言いながら半分泣き顔になっています。でもジル様の気持ちを考えたら思うようにさせてもあげたいのです。その気持ちのハザマの悩みが涙になったのでした。でもジル様は悩みませんでしたよ。日本のお友達の顔を見ればきっと記憶は戻るとふんだジル様は即座にオーケーのサインを出しチケットを受け取ったのでした。こんな風に宿舎を去る魔女ははじめてなのですが、セーラ様もやっと笑って見送ってあげようという気持ちになってきました。

『こちらの三人が大魔女様候補としてここドイツにまいりました。これから五十年の修行をしていただきその時点で総合的に判断をし……』セーラ様のあの挨拶からもう三年という月日がたったのですね。


ジル様は潔く、赤いスーツケースと記憶、すべてを置いて飛行機に乗りました。何も持ち込むことはできませんでした。でも不思議と不安はありませんでした。だって肩に掛けたバッグの中には私が入っているのですから。きっとクロネコジジが、すべての記憶を取り戻すお手伝いをすることでしょうから……。そう、私はジル様におつかえしておりますネコでございます。名をジジと申します。タイに行った時のお土産、日本に帰ったときにお友達に渡すためたくさん買い込んだアロマキャンドルだけは宅急便でサロンへ送ってあります。そこんとこしっかりしているジル様です。

私はジル様におつかえしておりますネコでございます。名をジジと申します。ジル様は潔く、赤いスーツケースと記憶、すべてを置いて飛行機に乗りましたね。そして十数時間という間、ＣＡと一緒に写真を撮ったりもして、私も飛行機の中を歩き回り楽しく過ごしました。そして成田国際空港へ到着です。まずは成田エキスプレスでしょう。電話をしましょうか。

サロンはまた、留守電になっています。

「Mです。ふふっ……なんかね……」（十二月六日午後〇時四十八分です）

そして新宿駅に到着です。

さて………。

Ceder- Report

ドイツ・ケルン大聖堂はとても立派な建物です。中世には文字が読めない人々のために、聖書の中の物語を伝える役割を果たしたと言われている南側にあるステンドグラスは、ルードヴィヒI世が奉納したもの、中央祭壇にある大聖堂の絵は一四四〇年ごろのもので必見だというわさです。本当に綺麗なモノだそうですよ。

まりあ様とノエル様、そしておばあ様のマミ様は、「Mを探しに行く」と報告し、「見つけて来て」というみんなの願いを受けてドイツに出発したのでした。

『M探しの旅』として日本を出発し、『アンテナをあちこちに設置する旅』でもあるとかでイヤリングを地面に埋めてきたとか。これで情報が手に入りやすくなると喜んでいましたっけ。古いレストランの古い家具の上に放り投げたり？　ノイシュバンシュタイン城の旗の下にも雪をかきわけて埋めたそうですよ。そう、あのドイツの美しい城、白鳥城です。


それからしばらくしてヒマワリの季節になりました。大きな花が元気よく太陽に向かって咲いています。そんな時、一本の電話が入りました。高校生から保母までのスナップのコラージュでアルバムを作ったと。

題名は『Sun Flower』とあります。これはお友達がファミリーレストランなどに集まり相談し写真を持ち寄って作ったものだそうですね。ファミリアの気持ちとしては泣きそうだから見たくないなどという気持ちがあったようです。もちろんうれしいのです。そこは家族としての気持ちだと理解してあげましょう。ピンクの表紙のアルバムが届いたのはヒマワリの季節でしたね。

クリスマスが近づいた頃『M—チャンネル』の四十五の文を本にしたものが、夏いただいたアルバムの製作に携わった人達に配られたようです。題名は『絆』とある、その本の表紙も……ピンク色でしたね。

保育園からの帰りシーダロースを見つけ驚いている人がいます。私はヒマラヤ杉です。楽しいことがあると、本州関東以西の太平洋側、本州関東以南等に分布すると言われるシーダローズをつけるのです。今年は百個を軽く超えるほどありますから、それを拾ってリースを作ってもいいんじゃないですかあ。

シーダローズをつけるほど楽しいことがあったその訳とは……。予知、テレパシー、透視。この三つの感覚外知覚を統合する概念として、ESPというのですが、これは超心理学の開祖、米国のJ・B・ライン博士のゼナーカード、いわゆるESPカードを用いた実験で、個人による能力の差はあるものの、基本的には全ての人にESPが備わっていることが実証されたそうです。あなたもこの頃何か感じているのではないでしょうか。

私はこの森の中の一本の木、シーダローズをつけた大きなヒマラヤスギなのですが……そろそろ二百歳を越えようとしている、この場所の番人なのですが……その力、つまりESPなんですが……それが今年は特に強いように感じるのです。もしその予知が当たったら、その時はみんな驚くでしょうねえ。いえ私でさえもきっと驚いてしまいます。武者震いでシーダローズがたくさん落ちてしまいました。それを拾ってリースを作ってもいいんじゃないですかあ。

風のたよりか、予知能力か、ジル様が戻ってくる……しかももうすぐ……そんな気がしているのですよ。毎日充電されている「アラーム時間が過ぎました」というメッセージが浮き出た携帯電話も、装備を固めたピカピカの車も、そして家族、そしてお友達がジル様を待っているのです。それは『魔女Ｊの軌跡』・『魔女Ｊの機跡』ときて、まさに『魔女Ｊの奇跡』でしょうか。

ジル様がおうちのサロンに到着するのも……もうすぐです。

きっと……。

魔女ジル様D

Zizi-Report ⑤

【六十と三十おめでとう―二十四ありがとう―三十六おつかれさま】

ドイツにある学校の玄関を入った左側に生協があります。帰国寸前にそこで「花束」を手配していましたね。メッセージ付きで。何が六十なんだか、三十なんだか、二十四なんだか、三十六なんだか、私にはよくわかりませんけど「これを一番喜ぶのはママかもね」なんてつぶやきながら花を選び宛名を書いていましたね。三十六本の薔薇、しかも地上には決してない青い薔薇の花だから、きっと、絶対みんなが驚きそして喜ぶことでしょうけれど……。

Ich muss morgen frueh abfahren.（イッヒ　ムス　モルゲン　フリュー　アップ ファーレン。明日の朝早く出発せねばなりません）

Ich wuensche dir, dass du diesen erschuetternden Schock so gut wie moeglich Verkraften moegst.（あなたがこの大きなショックをできるだけ克服してくれるよう祈ってます）

Vielen Dank fuer deine Hilfe!（助けてくれてありがとう！）

Vielen Dank.（フィーレン　ダンク。感謝します）

私はジル様におつかえしておりますネコでございます。名をジジと申します。ジル様は潔く、赤いスーツケースと記憶、すべてを置いて飛行機に乗ることを決心しましたね。セーラ様にも大魔女様にも認めてもらい、円満に日本に帰ることができることになりました。ドイツでのお誕生会を兼ねたお別れパーティもひらかれました。ジル様がタイへ旅行した際、日本のみんなにお土産にと購入したアロマキャンドルと同じ数のキャンドルが太陽と月のテーブルに並べてあり、ローラン様やザジー様をはじめとし、チト様、ダニエル様、ヘンリーケ様、アンドレア様もお土産に持って帰られましたっけ。

Danke schoen.（ダンケ　シェーン。ありがとうございます）
Auf Wiedersehen.（アゥフ　ヴィーダーゼーエン。さようなら）
Tschuess.（チュース。ばいばい）

かがやかしい栄光、すばらしい名誉、一生何の不自由もなく暮らすことができ、皆に尊敬され、自分でも有意義な毎日に満足する、そんな日々を手に入れることが約束された魔女が、なんとそれらを捨てて元の生活に戻る決心をしたというニュースがドイツ中に響きわたりました。元の生活とはそんなによいものだったのかと質問する人もおりましたっけ。

Bleib gesund!（元気でね！）
Mach es gut! / Mach's gut!（元気でね！）
Bleib auch du gesund !（元気でね！）
Ich wuensche dir alles Gute!（元気でね！）

ジル様がドイツを飛び立つ時の飛行機雲には驚きましたね。飛行機を見送る魔女学校の生徒達がジル様とお別れをした時の風景です。街の人たちも空を見上げて……家の中にいた人までも外に飛び出し……あんなにたくさんの飛行機雲を空に見たのは……。

『ひとりの魔女候補生が日本に帰ることになった』
とテレビの緊急ニュースでも流れていましたっけ。

十数時間という間、CAと一緒に写真を撮ったりもして私も飛行機の中を歩き回り楽しく過ごしました。そして成田国際空港へ到着です。まずは成田エキスプレスでしょう。電話をしましょうか。サロンは留守電です。
「Mです。ふふっ……なんかね……」（十二月六日午後〇時四十八分です）
そしてジル様は、新宿駅に到着しました。
さて……。

Ceder-Report

『ジオラマ』とは、展示物とその周辺環境・背景を立体的に表現する方法で、博物館展示方法の一つであり、縮尺模型での作品展示方法の一つでもあるというものです。その『ジオラマ』のようなミュージアムが箱根にあります。それは『星の王子様ミュージアム』ですが、そこに酷似している場所がここです。論理学で、大前提・小前提および結論からなる間接推理による推論式。例えば、「人間は死ぬ」（大前提）、「ソクラテスは人間である」（小前提）、故に「ソクラテスは死ぬ」（結論）の類。ジオラマからミュージアムからここにたどり着く、これはいわゆる三段論法ですかね。違う。

そこのメインゲートを入る。大きな石があるでしょう。ミュージアムでは『B六一二の広場』と名づけられ星を模し王子様が乗っているという丸いモニュメントがあるでしょう。その右へと道は折れ、『地理学者通り』をゆったり左へ曲がり『点灯夫の広場』に出る。フェンスの方角には『コンスエロのバラ園』があります。

そこから展示ホールへ続く道には猫が数匹いつも日向ぼっこをしているのです。突き当りに『サン＝テグジュペリ教会』があり、左に折れると『かりうどの階段』だの、『王子様の井戸』だの、『うぬぼれ男の市場』だのがあり、『パルクデュ・プチ・フランス』と名付けられた芝生の広場に出るのです。階段を降りると駐車場、そして出口です。

広さ、構成、緑の多さ、小路、などすべてがぴったり重なるという場所『パレス』、たまには歩き回ってみることもおすすめしましょう。さて、たくさんの魔女が勉強し巣立っていった懐かしい場所、『ソルシエール・ユニヴァーシティ』は原宿にありました。

『その森は東京原宿にあります。駅を背にして明治通りを渡ったあたり。広い通り沿いに、赤坂離宮のような、バッキンガム宮殿のような、鉄の高い門があるのです。門で仕切られた森の中に、街の喧騒とは別世界のような雰囲気でひっそりとあるのです。その森の入り口にあるのが、ガーデンカフェ『ソルシエール』

私はこの森の中の一本の木、番人である大きなヒマラヤスギなのですから、ガーデンカフェ『ソルシエール』もその奥にある魔女学校『ソルシエール・ユニヴァーシティ』のこともよく知っているのです。

ところが昨年、その場所に大きいビルが建つという話が持ち上がりました。なんとか、学校の存続をと考えた先生方は、知事への陳情そして署名運動などを推し進めていたのですが、そういうものは通じません。とうとう地下三階から地上三階までの六層分の吹き抜け空間を持ち、表参道の街並みと同じ傾斜のスパイラルスロープを持つという『表参道ヒルズ』が二〇〇六年一月に竣工のはこびと相成りました。

青山から原宿まで歩きジル様も楽しんだ表参道のクリスマス、あのきれいなライトアップも消えたように、世の中は、はかなく、うつろいやすいものなのでしょう。カフェも学校も移転することになりました。千のモニュメントが並ぶ場所、その上空に……。

畑の中の森の中。面会人がくるたび校内放送でジル様が呼び出されます。ジル様が螺旋階段を降りるとお友達がいるのです。千のモニュメントが並ぶパレス、ひとつのかわいいモニュメントに向かい、ジル様に話しかけている姿をみます。歌を唄ったり、ケーキを置いたり、悩みを打ち明けたり、報告をしたり、じっといつまでもそこにいたりするのです。ジル様が見ているとも知らないで……。直で聞いているのも知らないで……。ジル様はテレパシーの勉強も数時間こなしましたからその力を使って慰めています。そのことによってジル様も癒されるのです。

このあとサロンへ寄るというルートをとるお友達もたまにいます。下からは青い空が広がっているようにしか見えませんが、ある場所から螺旋階段をのぼるとその下の広場と同じ広さの場所いっぱいに森があるのです。その森の中に、校舎もそしてこの私、ヒマラヤ杉までもがあるのです。新しい場所は関東地方にある、ある県です。そのパレスの天空で生きることになるのでしょう。魔女学校『ソルシエールユニヴァーシティ』の森に住んでいる猫が螺旋階段を降りて、千のモニュメントがある場所で遊んでいるというのは日常茶飯事のことです。

六月。サロンには　ＭｉｓＳが来て元気になり帰っていった。七月。去年は『ＦＵＤＧＥ』に個展の人物紹介と会場に飾られた絵が載った。今年は『ガテン』に友達の仕事のインタビューが三枚の写真入りで載った。八月。Ｃがピョンちゃんのボールペンやアイスキャンデー型のシャボン玉そして家族全員に誕生日プレゼントを持ってやってきた。『サロン』は駆け込み寺なのだとか。恋愛問題の相談室ということらしい。でも常勤の相談員は少々心細いママなのですが……。

Ｎａグループからはブルーベリーや桃や梨や巨峰、そして竹筒に入った羊羹などを頂く。Ｎｏの沖縄旅行のデジカメを拝見する。他のお友達と海で遊んでいた。楽しそうだった。この日は、数独ゲームのベリーハードに挑戦したＮａが、二十五分でクリアーしパパがしきりに感心した日でした。そしてＢＢＱの打ち合わせが始まった。一回目の幹事はＭだったので完璧だった。去年はボロボロで、ＡもＥも誘った今回三回目はがんばる、とか。

二十四時間テレビに合わせての集会があるとのことで魔女ジル名義でワインの差し入れをした。その男四人の会に今度参加するという、結婚も決まったそのカップルの周りの様子を聞くときに『Ｎａグループ』と言ったら「そんなものはありませんよ」と言われる。

「そんなものはありませんよ『Ｍファミリー』はありますけど」

などと言われる。あるグループ、『ファミリー』の首領がMだったなんて……。

夏の終わりにお母様はある駅へ降り立ち、気温十六度を確認した。霧のかたまりがせまってくる街、昔家族で訪ねたその場所は東京駅から一時間という近さになっていた。お母様はご友人とおそろいのマーカサイトの指輪を買い、蕎麦を食しながらも『あのこと』を忘れない。大通りから小道へ入り三角州のような場所に白い店を探す。ここで見た絵が欲しいと作家と作品名を言うと、かつてはこの位置にあった店が今は少し離れたところにあるので案内してくれるという。とびきりハンサムなおにいさんは、店の扉に鍵をかけ、毛並みが良くつやがある大きい犬のリードを持った。

軽井沢の街をテニスコートに向かって歩きながら、「藤の椅子には繊細なレースのクロスがかかり紅茶セットとカップがふたつ、そしてつたが絡まった家の窓も見える」などと絵の説明をすると、その絵ならあの店にありそうだという。画廊の前に着き私を店の人に紹介してくれておにいさんは消えた。

あの場所の陽の光は穏やかで、そこにいい時間が流れていたのを感じた。『あの絵』は十年前に五十万円だった。違うパターンだがこの絵なら三十万円までまけるという。でもMも私も気に入った『あの絵』じゃないし、百枚あるリトグラフにいずれどこかで会えるまで『あの絵』捜しを続けようとし画廊を出た。hとbとを見間違えてサハールをサボールと覚えていたことが発覚したが、「Sahall」というアーティストが書いた〝Afternoon Tea〟という『あの絵』にまた一歩近づいたと考えよう。

Zizi-Report ⑥

日本での元の生活とはそんなによいものだったのかと質問する人に、ジル様がなんと答えたか、ですか？　お教えしましょうか。それは……「四季があって、食べ物がおいしくて、日本の風土が自分に合っていて……」などではありませんでしたよ。

「大好きな友達がたくさんいるから……」

と、何度も何度も言っていましたっけ。それは一生懸命紡いだ友達との大切な『絆』なのでしょうね。それを捨てて行くことはさぞ辛いことだったのでしょうね。さて、記憶を取り戻したのはよいけれど……。取り戻した記憶とは……。わたくしジジの説明が悪かったのか、ジル様がはやとちりをしたのか、とにかくジル様が思い出したのは……。魔女学校『ソルシエールユニバーシティ』の森でした。せっかく新宿まで来ていたのですが、山の手線に乗り何の迷いもなく原宿駅へ向かっていますよ。


原宿駅を降りて歩き出すとソルシエールの生徒達がちらほら街の人に混じっているのが見えます。生徒達も何かを感じるのかジル様を見ています。実際会ったことはないのですが、そう、魔女オーラが見えるのでしょうね。きっと。『ソルシエールユニバーシティ』は表参道ヒルズというビルに変わってしまっていました。二人は、いえ、一人と一匹はヒルズの中に入って吹き抜けのある大階段に座り、どうしたものかと考えました。『ソルシエールユニバーシティ』は森ごと引っ越していたのでした。万策尽きはてたとはこのことでしょう。ドイツからの旅の疲れもどっとでてしまいましたよ。ジル様を残して何か情報はないかとビルの裏へ回ると、一本の木に引越し先の住所が書かれた木片が掛かっていました。どうやらそれはジル様に向けてのメッセージだったのでしょう。それを見つけて大階段に戻ってみるとジル様の姿が見えません。そう、私は迷子になってしまったのです。ジル様とジジはそれぞれが迷子になったということです。そこで困り果てた私はジルファミリーのいるサロンへ向かおうと思いました。夜通し走って……。

Ceder-Report

「この世には存在しないんですよね」

「そう、天国から届いたの」

サロンにはメッセージ付きで天国からの「青い薔薇」が届いている。ピクチャーレールにかけたドライフラワーの説明をしていますね。その時お父様の定年退職を祝って拍手がきましたね。ノートに言葉を書いてくれて手紙をくれると約束してくれましたね。そして十月に決行されたUYの結婚を祝い拍手をしていましたね。「三〇」「六〇」「三六」というナンバーがヒントの、人生の過渡期を迎えたサロンのファミリーには、それを祝って九月に青い花が届いていたのです。

子供たちのために長い間働いてくれたお父様に、ま、これからも変わらず働くことにはなるのだけれど、ありがとうの気持ちを伝えたかったのでしょうね。青い薔薇の花は三十六本あったということですから。天国から届いたという話を聞き、その写真を見たお母様の仕事場の薬剤師達も感激していましたっけ。


十一月。お父様は散歩をする。ジル様の仕事場まで足を伸ばし門の前で建物を眺めてから帰ってくる。玉川上水を歩き緑地で赤い花を摘んで仏壇に置く。昨日八千歩、今日一万千歩と早朝散歩を続けるお父様は、彼岸花（別名まんじゅしゃげ）を緑地から摘んできて仏壇の花瓶に挿していた。この前は朝顔、その前は名も知らぬ赤い花。しかし体重は減らない、むしろ……。秋の気配を感じたので、花屋でススキと竜胆《りんどう》と、オレンジ色のユリを買ったら、吾亦紅《われもこう》をおまけしてくれました。

ノエル様にはO先生より手紙（写真、切手ワンシート入り）が届きました。パレスには「シンフォニークルーズ乗船土産の金色のホイッスル」と迷って、「水色の防犯ベル」の方をガラス瓶に入れてきましたね。変な人が来たり野犬が来たりしたらピンを引き抜くといいよ。助けがくるから。お友達もぜひ覚えておいてほしい。そしてコスモスの盛りはすぎていた。


十二月十九日ピンクと赤のミニカーネーションの花束を持ってCが来た。この子からいったいいくつの花束を受け取ることになるのか。気持は途切れないのか。お姉さまであるノエル様に相談ごともありそうとはいうものの。六月に来てくれたSは一年に一度というのは嫌なのでまた会いに行きたいと言い九月、十月とスケジュールは延び、結局十二月二十三日に来た。職場などの変化もあったから報告か？　四日前に来たCを誘ってみたそうですよ。

「Mに電話をした時、おいでとなって確か私たち会ったよねえ」

と長い間見つめ合い記憶を取り戻している。そんなふたりは知り合いだった。ひとりで来たふたりは話が弾み、お互いが癒されてふたりでドアを出て行ったそうです。

そうそう、パレスの秘密がもうひとつあります。パレスの中心部かららせん階段で地下へ下りるとそこは九段下にあるあの日本武道館に通じているのです。会場の中心からぶらさがっているステレオ設備が乗っているあの場所に出るのです。コンサートが始まって五分後に十人に限ってあそこに降りていけるのです。観客はみなステージに見入っていますから、誰にも気づかれずに音楽を見、聞きできるのです、アンコールが終わる頃大急ぎで引き上げます。終了して電気がついたら観客に見つけられてしまってそれはそれは大騒ぎになってしまうでしょうからね。『パレス』の地下は『武道館』、天空は『ソルシエールユニヴァーシティ』とパレスは三層構造になっているのでした。一応お知らせしておきましょう。

Zizi-Report ⑦

「年が明けた六月にＴＫグランドホテルにて結婚！」

その報告のためＫＮ＆ＹＮが来てくれたそうですね。十月にはＵＹの結婚を祝い東京駅方面のゲストハウスへ行ったばかりだというのに、十一月にメールで知らせてくれた中学時代の友達ＭＹの結婚式が二月にあり、一番初めに覚えた魔法をかけに新宿のＫホテルまで行ったのです。きっとその時、鈴の音が聞こえて金色の粉が舞ったことでしょう。その魔法で失敗したことはないのが自慢のジル様です。十二月、Sちゃんのお祝いも忘れていません。手抜かりはありませんよ。ドイツの通販で金の粉も補充しておくのでしょう。

ところで、それぞれが迷子になったジル様とジジ。その時私はジル様に聞いていたサロンを訪ねようと思い立ったのでした。かなりの距離ではあったが走りに走り、夕方役所の参道に着きました。散歩の犬に吠えられた丁度その時、ジル様のおねえさまであるノエル様が、通りかかったのでした。見上げた私にノエル様は今駅前のサンクスで買ってきたばかりのパンをくれました。何も食べていなかったのでお腹は充分すいていました。

『猫がいるよ。黒猫だよ』

ノエル様はパンをちぎりながら携帯電話で誰かと話している。猫がいるよって、私はただの猫じゃないっての。私はジル様付きの猫でドイツからジル様のお供をして……。黒猫だよって、そりゃ私は黒いけど……ただの猫じゃ……。

電話を受けてマンションのエレベーターで降りてきたのはお母様のマリエル様だった。でもその時のジジは言葉が話せなくなっていて、二人の手からただただパンを食べるだけだった。肝心な時に声を失うとは、魔法が解けるとは、なんとも計り知れないことだ。その後も玄関の中の郵便受けの前、そのマットに座っていたり、夜のごみ捨ての時を見計らって植木の陰から現われてみたり、役所の方へ歩く後姿を見せたり、と何度か接触を試みたのですがサロンへ入ることはできず、とうとう私もあきらめて『表参道ヒルズ』の裏、木片に書かれた住所へ、たぶんジル様も行っているであろう住所へと向かうことにしたのでした。

ひとしきり遊んでもらっただけでジルファミリーに何かを伝えることもできずに、再度、迷子になったジル様捜しに戻った私ジジでございます。上野に戻り電車に乗り、丁度一時間経った頃のホームに、ジル様はいた。会えてよかったニャー！

これからは絶対離れないようにしてジル様を守らなければならないニャー！

上野から電車に乗り一時間。その駅で待っていたのは……亜麻色の髪を風にそよがせて、待っていたのは……ジル様の笑顔でした。


Mがパレスに行き三年経った頃に聞いた話です。

友達の家に鳥が来たという話を聞いたとノエル様が言う。そして伯母さんの時もそうだった、不思議な話でしょうと言うそうだ。

『うちにもそんなことがあった』

とその時初めてノエル様は言ったそうです。


『M』と呼ぶと答えます。

たろう、「……」。

ポチ、「……」。
M、「ピピッ」。
今までベランダにいそうです。三十分間の出会いです。ネットで調べたら死者の魂が鳥となってくる。または鳥が入った家に死人が出る。またはその家が火事になるとか。次の日までベランダにいたら飼おう。『鳥のこと、それは絶対Mですよ』と口々に言う。

三年経ち家族は『生きて死ぬ』しかないと覚悟を決めた。

三年半経ち言葉にしてみた。一月正月が過ぎ、二月梅が咲き、三月桜が咲き、四月桜が散り、五月が来た。

そうそう、ジル様よりみんなに〝伝言〟がありましたね。ジル様が選んだ言葉を時折思い出し、これからの人生を歩いて行ってくれればうれしいと思います。

さあ、言ってみましょう！

「Was immer du tun kannst oder wovon du traeumst - fang damit an.（何をするにしても、何を夢見ているにしても―まず始めてみることだ）」

「Mut hat Genie, Kraft und Zauber in sich.（by Goethe）大胆さの中には、才能とパワー、そして魔力が潜んでいる」長い……。それではドイツ語で〝幸運に恵まれる呪文〟のような感じの言葉で……。

「Viel Gluck!（フィール　グリュック）グッドラック！」

「Toi toi toi!（トイ　トイ　トイ）頑張って！」

サロンでの誕生会&ドイツ・大広間でのお別れパーティの様子
『パレス』は墓、『サロン』は居間、は見つけたけど、命日、仏壇、そしてあの日、をさす言葉を捜している。ヒマワリデー、紀元前（BC）紀元後（AD）、サロンドM、みつからないままバース二十七の日が来てしまった。

キャンドルナイト27

五月に入って三日目、『サロン』へ客人が来た。美味しいお菓子とマフィンが入ったこいのぼりを持って、色々な変化を報告しながら元気な姿をみせてくれた。一足早く『その日』のお土産を渡した。かなり久しぶりだったので去年のその日のお土産（ロザリオ）も渡した。サロンの太陽と月のテーブルの上には、タイからの航空便でアロマキャンドルが届いている。きれいに並べられたカラフルなろうそくの中から、どの色を選ぶかで性格がわかる、とかわからないとか。

「今年の『その日』は学校ね」と言ったら、（薄緑とオレンジ）をチョイスし結婚報告もありの人は、「その日修学旅行の下見です」と言い、〝情熱の赤と、紅白ということでと白〟をチョイスした人は「家庭訪問です」と言いながら帰って行った。小学校の時のお友達三人が『パレス』を訪ねたという報告があり、昨日は薬剤師（ピンクブルー）のTさんOさん（オレンジと緑）がサロンを訪ねてくれて、二十七歳のバースデイパーティは始まっている。

前日園長先生からお花が届いた。すべての色がはいっている夢のようにきれいなアレンジだった。

当日、姉のお友達からお花が届いた。ピンクのガーベラがたくさんありその間を黄色い薔薇が埋めているという優しいアレンジだった。園の保護者から、ピンクの大きな百合がメインの低くて横長のしゃれたアレンジが届いた。園の先生だったSDより今日来られないからとお手紙つきで、ヒマワリがたくさんある大きなアレンジが。希望を聞かれたので赤い花がいいなと言った花束は、ママの仕事場から昨日届いている。

十時。出勤前に寄ったとMuさん（水色ピンク）。教員免許ありで結婚の報告もありで。

国立レ・アントルメのクッキーを頂いた。

四時。イメルダ（水色ピンク）が来た。追加の料理作り、かしわ汁出し、洗い物などの台所仕事を椅子にも座らないで十時までやってくれた。

五時半。園の主任（薄緑オレンジ）が訪ねてくれた。言うことを聞かない子供と叱る先生がエスカレートしてしまう時があってどこでどのように入ったらいいものか、どのように助言したらいいかということがあるそうだが、Mは子供の気持ちを考えとてもうまくこなしていて、聞いていて勉強になったと。Mが食べたこともあり好きだと言ったケーキ、それと庭に咲いている薔薇を切って持ってきてくれた。そして豪華なアレンジも置いてくれた。

七時。お友達一番乗りで、Mi（紫と緑）が来た。

八時。どうやらMo運転でのパレス経由でKa（赤と黄）・Haが。あとから迎えに来たKaの御主人も参加。先生方からの預かりものを持ってくるのを忘れたとあせっているC（赤と茶）。おいしいプリンはKaベイビーのデザートに喜ばれる。往復五時間のパレス経由で来たことは後で知ることとなる。Aクン（赤・白）。花かごをふたつ抱えて登場した。ひとつはママにと。

今日はサロンにベイビーがいるせいかタバコを吸いに何度か外に出ていた。R（赤白）・A（赤白）。これまた母の日カーネーションのアレンジをいただいた。鉛筆画を描く彼女はマジックペンで描いた芸術的な色紙を作ってくれていた。

Aちゃんより報告がある。Si（オレンジと赤）、なんと小さいビーチサンダル。赤に白の水玉がついているサンダル。だがMなら履けると満場一致。そしてそれとおそろいのサングラス。園の先生に届けるキャンドルの色はをチョイス。Mo（薄緑色）。なんとかわいいビーズの指輪、施設で作ったクマのクッキー。ピンクブタの花器はAクンだったがこちらは黄色ウサギの入れ物に花だ。Yッキー（水色ピンク）・Ha（紫白）。ふたつのアレンジを。「ひとつはママのですから」と言われる。

Haちゃんより報告がある。Na（青白）・No（赤白）。本「のび太の結婚前夜」。彼女が本格的なダイエットを始めたので『ビリーザブートキャンプ』を貸してくださいと申し出がある。忘れて帰ってしまったので『ビリーザブートキャンプ』四枚セットの一枚目はCの手に渡った。

『LUSH』のセッケンを持ってきてくれたYコちゃん（オレンジと黄色）は、Mとまるで同じ生年月日なのでバースデイソングを二回歌い、そのあとケーキのろうそく吹き消し係をしてもらった。

九時。Sa（赤白）・Mi（ピンク赤）・No（緑と白）・Ta（赤白）。花束やワインやあまおうというイチゴのお酒、そしてカード。数日前、小学校の時のお友達三人が『パレス』を訪ねたというのはこの中の二人と、Hだ。そしてSaちゃんより帰りがけに報告があった。

三日後に司法試験を受けるMuよりテル。結果が出る前六月頃遊びに来ると言う。

Eが携帯電話を持ってMに見せに走っている。が差出人や内容は教えてくれない。外出するたびお土産を買ってきてあげるおねえちゃんは、今年は『Courreges』のアクセサリーの入った袋を仏壇に添わせて置いている。Fが来るそうだ。そして「今近くの駅まで来たそうです」と報告がある。Haからのメールを見せてもらう。そして「Fが最寄の駅に着いたそうです」と報告がある。

十時。初めてのF（茶緑）が来た。小学校の育成会でソフトボールをしていた時のお友達だ。彼女は今アパレルでかなりのベテランになっているようすだ。Mとのことで後悔していることがあり、去年の今日はお墓へ行き一時間ぐらいも話して来たと言い、そして泣いた。緑と茶色を選んだ彼女の性格とは？　サロンにある『太陽と月のテーブル』の上には、タイからの航空便でアロマキャンドルが百個届いている。その色選びをして遊びながらそれをお土産とした。そしてMがドイツから成田空港へ着いたという内容の「ジル様Ⅲ」、そこにいままで頂いたほとんど全部の花束の画像が印刷されている、という冊子を持っていってもらった。

キャンドルには「火を灯した数だけ天使が舞い降りてきて幸せになれる」という言い伝えがあります。昨日家族も選びました。ママ（紫白）・E（ピンクブルー）・パパ（薄緑オレンジ）。

Miが持ってきてくれた牛のメッセージカードバサミ、その横にあるMの写真にだれかがヒマワリの髪飾りをつけたようだ。その額の前に置かれているキャンドルカラーは、Aちゃんが選んでくれて誰もが納得する「赤」と「ピンク」だった。

その意味とは……。

六月。Ｍｉｓ・Ｓが色ならこれ、香りならこれ、と迷っていたので全部もってきなさいと喜ばせた。Ｍｕ（茶）。お祖母さんを亡くし悲しんでいた時だったので前を通るとカッコーと鳴く鳥をあげた。Ｋａ。実家は幼稚園をやっている。母親は園長だ。だが、彼は消防士だ。Aちゃんのことを心配してくれるその人は救護班だ。Ｈａ（オレンジ）。間違った先入観を持たれているみたいですけど、僕はただのストーカー……ではないんです」というＭｒ・Ｈａ君。

九月。保育園の親子が訪ねてくれた。親子ともに思い入れがあるらしく子供も覚えているらしい。公園でメダカをとってくれようとした、と懐かしそうにその時の様子を話すお母さんのキャンドルの色は（オレンジオフホワイト）。得意な科目や体重や誕生日の日にち秘話を教えてくれたその息子は、（青と黄色）のキャンドルを選んだ。

ドリカムの武道館コンサートでもらったＬＥＤで遊んでいたので持って行っていいよと言った。玄関の下駄箱の上に置いてあった時計に世界地図が書いてあると言ったので持って行っていいよと言った。今、小学二年生になったあの子がそれで遊び、あの子の部屋でカチカチコチコチそれが動き続けてくれたらうれしいことだ。

★カラーセラピー

【あなたが選ぶ色があなた自身なのです。あなたが好きだと思う色には、あなたに関する情報が含まれています。今まで抑圧していた部分という自分の人生に影響を与えている部分に焦点を当ててくれるのです。自分の心の状態や願望、さらに身体的な情報まで「あなたの選んだ色」が「あなた自身」に語りかけ、その色の示す言葉が理解できるようになるのです】

魔女ジル様E

ドイツの昔話というと、すぐにグリム兄弟の名が浮かんできます。グリム童話『茨姫』ではあまり馴染みがありませんが、『ねむりひめ』『眠りの森の美女』と訳されているお話です。野バラに囲まれた城の中で、眠り続けるという有名なお話です。日本の茨城県の昔話にもイバラ（茨）で城を築いたと記されているものがあります。眠っている姫はイバラに囲まれた城の中にいるのです。その城の場所は現在の茨城県のどこか……だそうな。

当日のサロンでの様子です。『Mチャンネル』「ジル二八」ケーキイベントは二十一時十分から始まった。トップスの四角いチョコレートケーキ&タカノのイチゴがのっているケーキにろうそくを置く。四十個入ったマーベルインセンス・フレグランスシリーズがお土産です。香りはたくさんあり好みで選んでいただけます。シンプルでコンパクトなフレグランスシリーズでアルミホルダー付なのでどこでも好きなところですぐに本格的な香りがお楽しみいただけます。そしてチュッパチャプスツリーには、チュッパチャプスが百二十本!!　お持ち帰りは三本で。あとは食べ放題ですって！

Ceder-Report 杉の話（茨城の学校）

ソルシェールユニバーシティでの生活が再開しています。ジル様はドイツでの勉強の成果を講義する特別講師をしています。五十年の予定のうち四年でしたが沢山の勉強をこなしましたので、また自分で研究などもしていましたのでその内容を分かりやすく語り、興味を持たせるという授業ができているということです。

「魔女の道具の様々」「謎めいた魔法のインセンスやオイルの正体」「魔法を効果的に行うためのコツ」「惑星や月のパワーの利用」「魔法をかける回数」魔法ちょっと楽しそうではありませんか？

「魔法円の正しい描き方」「ハロウィーン、クリスマス、イースターなどの魔女的ルーツ」「日本で祝うサバト」……ちょっと楽しそうと言いましたが、さすがにちょっと大変そうです。ちょっとむり。マジムリ。


十月にAママより久しぶりの電話が。自分の健康が心配であり娘の結婚の準備で大変だと言いながら、ピアノが運び込める新居がなかなか見つからない、子供が産まれたら車は必要だから持たせる、などと夢が広がっている様子が伝わってくる。一年後と聞いた日取りももうすぐそこまで迫ってきている。

二月になり先ほど『青い薔薇が届きました』とお母さんから電話がありました。外出先でそれを聞いた子は泣き出したということです。きっとうれしかったのでしょうね。だって思いがこもった特別な花束なのですから。この世にはないという青い薔薇なのですから。


お母様は、手紙の、ノートの、メールの記録をまとめているが、呼び方をすべて『M』というアルファベットに書き換えていた。だが、それぞれの言い方があり、漢字、ひらがな、カタカナ、ちゃんがついたりつかなかったり、それらをそのままに書いておけばよかったと今思う。それぞれのMの書き方があるのだろうに。手紙やノートやメールなどたくさんの資料を調べなおすことは……不可能だ。

『Sちゃん御結婚おめでとうございます。葉書をありがとう。ウェディング姿とってもステキです。彼とずうっっと仲良くね……お幸せにね……二〇〇八年正月M（天国から届いた青いバラの写真です）カードにて』

『ばあば、お誕生日おめでとう！　いつもありがとう。東京のMの部屋使っていいよ。またドイツへ遊びに来てね。Mより（青いバラに添えたメッセージ）』

探していた絵がありましたね。実は絵を欲しいと思って迷ってとうとう画廊を出ようとした時、ポストカードをもらっていたのです。それはあの絵が印刷されている少し大きいサイズの葉書でした。『これがあれば、これでいいじゃん、ねえ』と言い、Mと二人で笑ったことを思い出しました「Sahall」というアーティストが書いた〝Afternoon Tea〟その絵は今パソコンのデスクトップにあります。一件落着!

契約期間……九年四か月、携帯電話がもうすぐ使えなくなるという葉書がきた。「年ゼロになるまでは続ける」と言う。年ゼロではないんだと知る。そういう私もつい最近「おねえが新宿の女になります」などとMに報告をしたんだっけ。

『MY様。ご結婚おめでとうございます。(天国から届いた青いバラの写真です)カードにて(戻ってきたのでメールにて)』

『Noちゃん、ご結婚おめでとうございます。とうとう結婚ですね。やっと結婚ですね。Naちゃんといつまでも仲良く、幸せになってね。きれいな花嫁姿を見に行くぞ。いつもサロンで書いてくれるたくさんの言葉ありがとう。これからも、いつまでも、良き親友でいてね。M』(青いバラに添えたメッセージ)

『御結婚おめでとうございます。幸せになろうね。がんばろうね。応援してるよ。永遠の友Mより(青い薔薇の花束に添えて)』

「区切りをつけようか」

とおねえさまのノエル様が言いました。こんなに酔っ払って帰って来たのに何か考えていたのだろう。先日訴えた私の気持ちを考慮してくれて、お友達のことも考えてのことなのだろう。「五年経ったし」などと言う。どういう方法になるのか。毎年行われてきたバースディパーティの終了が告げられます。長女ノエル様は行動的になり多少無理をしても出てゆく。

「今、体の半分はMだ」と言う。本当に強運な女は相手のために泣ける涙を持っていて、思いやりという強さを持っている女だとか。十月、一人暮らしのための物件探しも始まり十二月決定した。ノエル様が強運に恵まれ幸せな人生を送ることができるようにと願う。

私は『ジル様V　完結編』を考え始めた。


【悟りとは受け入れること。受け入れるためには三秒あればよいのです。

一秒目、過去のすべてを受け入れること。

二秒目、現在のすべてを受け入れること。

三秒目、未来のすべてを受け入れること。受け入れることが悟ること。「こうありたい」「こうあってはならない」と思うことはそのどちらも執着ということにほかなりません。執着していることが、自分にとってのストレスになり、ストレスが身体を壊していくようです。悟りとはただただ受け入れることなのかもしれません】

『ただしい人からたのしい人へ』（小林正観著、弘園社）より抜粋。

鳥になり、
飛行機雲になり、
魔女にもなったMは、
いばら姫になった。
日本の茨城県の昔話に、イバラ（茨）で城を築いたと記されているように、眠っている姫はイバラに囲まれた城の中にいます。お伽話の世界に入り込んだ姫に早く会いたいものです。もう五年経ちましたから、あと九十五年ですか。
そして、その城の場所は、現在の茨城県のどこか……だそうな。いや、百年後には、さまざまな樹々が深い森のように茂った、ということは、イバラに囲まれた城の中で百年の眠りから覚めるのは今年かもしれない、のでは……。そして、その場所は、現在の茨城県のどこか……だそうな。震雲かどうかはわからないが今までこんな飛行機雲はみたことない。先日、不思議な雲を見たというニュースがあった。たくさんの人が目撃したその雲は、飛行機雲のようでもあり、地震雲のようでもあると。それをアップしたのは『茨城県のすずめちゃん』で「地震雲かどうかはわからないが今までこんな飛行機雲はみたことない」と言っている。

友達を引き連れて走り出したあの日、バレンタインデーの日の自宅前、自転車軍団の先頭で走り出したM。「行くよ～」と叫んだMが思い起こされた。友達を引き連れて帰って来たのか。これはとうとう来たということなのか。

「行くよー！」その合図で小学生の女の子が乗った自転車の集団が走り出した。先頭にいるのはM。まるで馬にまたがり右手を突き上げ旗を掲げているジャンヌ・ダルクの像のように気勢を挙げる。それはむかしむかしの二月十四日バレンタインデーのこと、男の子にチョコレートを配るための集団だ。家の前でそれを見送った私は、驚きとうらやましさと頼もしさを覚えたことを思い出した。

魔女ジル様F

【ＪＩＬＬ様　Ⅵ　平成二十一年度】

六年前と違うこと、それは、ジル様が権利を放棄して日本へ帰ってきていたのですが、そのあとフランスのザジー様も権利を放棄していたことです。そしてザジー様は現在、結婚をして幸せな奥様になっているそうですよ。ザジー様担当の猫ルルと一緒にね。

そしてめでたく選ばれて大魔女様となったローラン様は、自覚を持ち大きな役目を果たすべく日々精進していたのです。刺繍が施されたドレスに宝石がついたケープをつけて行う式典も祭りも何回かこなしました。ですが、そんなローラン様が急に行方をくらませてしまったというのです。重責に耐えかねたのではないかという噂ですが、今現在でもどこにいるのかわからない状態になっているのです。実際、ローラン様の部屋は空っぽですしトランクも持たないで消えてしまったらしいのです。ローラン様の猫キキは連れて行ったようだとか。姿を見かけないということですから。

どうやらその噂は本当らしいということに。南ドイツ新聞社（ドイツ・ミュンヘン）の情報です。なによりソルシエールユニバーシティで緊急会議が開かれたのがその証拠です。そしてその結果再度日本のジル様の名前が挙がり、急遽呼び出されていたのでした。イギリス最大の新聞社ザ・サンデー・タイムズでも、イル・ソーレ（イタリア・ミラノ）でも大々的に報じているのです。その見出しは、

『大魔女　ジル様　誕生か？』。

茨城の魔女学校で教師をしていたと思ったら、ドイツへ再度飛んでいたのですね。

ドイツで緊急事態が発生し、日本のジル様に呼び出しがあり、生徒たちにお別れを言う間もなく急行したのだそうですよ。その様子は六年前とまるで同じように突然のことだったそう。二〇一〇年三月に開港した小美玉市の茨城空港に、なんとドイツの飛行機が音もなく到着しました。おしのびですので深夜のことです。茨城ソルシエールユニバーシティの学校関係者とお別れをし、ドイツの教官が乗っている機内へと入って行きました。今度ドイツでジル様のお世話をするのは『コマリー』という名の白猫です。もうすでに仲良くなっているそうですよ。いままでずっとジル様のお世話をしてきた黒猫ジジは『ジル様』と名を付けられてなんとサロンに住み込んでいるそう。もう一年たったそうですよ。

六年前ジルが出て行ったのは、急なことだった。

「それは数週間前から続いていました。その仕事に最適と思われる候補者が世界中からリストアップされて会議が開かれていました。そしてとうとう候補者三名が決まり発表されたのです。選ばれた候補者の中から更に選ばれるひとりが、ドイツの大魔女様の後継者となり、世界中の魔女を統率するという役目を担うのです。それは大変名誉ある仕事です。しかし、それには五十年という歳月を費やす修行を行うという約束が待っているのです。人々は後継者候補に日本のジル様も入っていると知り大変喜びましたが、ジル様と長いお別れになるということにも気付き心を痛めているのでした」

それを教えてくれたのは……。

「私はすべてを見ていたのです。ジル様が本部へ旅たつ時も、私はここで見送りました。私には止めることはもちろんお別れの言葉をかけることもできませんでした。そう、私は話すことができません。私はこの森の中の一本の木、大きなヒマラヤスギなのですから。私はそろそろ二百歳を越えようとしている、この場所の番人なのですから」

三人の候補の中で大魔女様になったのは、ドイツのローラン様でした。大々的な式が行われ、その事実は世界へ配信されていましたね。米国はニューヨーク・タイムズ、USAトゥデー、ワシントン・タイムズなど。フランスではルモンドやインターナショナル・ヘラルド・トリビューン、中国では新華社などの有力紙が報道していて、魔女界を取り仕切る大魔女様も決まり、これで魔女界は安泰だとみなが安心していたのでした。

七月にNがひまわりの花を手に玄関に来た。立ち話で今仕事も住居も島だと知る。

Eがサロンを訪ねたいという連絡が来たが……。

「お花もだめなの？」

と聞かれたが、

「そう、すべてにしたい」

と答えている。お母様の決心はゆらぐことがない。

【ＪＩＬＬ様　Ⅶ　平成二十二年度】

おばあ様のマミ様が、病気療養でサロンにいたのですがドイツへ飛んだそうですね。ジル様のお世話をするという役をだれにするかと聞かれたジル様は仲良しのおばあ様をご指名したそうですよ。そりゃおばあ様のマミ様は二〇〇六年にドイツへ行ったこともありますしパスポートも持っています。さっそく飛行機のお迎えがきたそうですよ。それは二〇〇九年九月九日のことでした。

ジル様の仕事の一つとして、各国の大使館をまとめ、祭りを企画運営することがあるそうですよ。日本でもたくさんのイベントがくりひろげられていることを知らなければ損でしょう。そこに視察として飛んできて、ジル様が参加することもあるとかないとか。今年のバーレーン大使館の催しは東日本大震災のために一時延期となり結局中止となりましたが、インド大使館、サウジアラビア大使館などの行事は目白押しだということですよ。そして六本木カラヤン広場ではバザールのようなものが開かれているのです。しかも毎週土曜日です。行ってみてジル様を探してみてはいかがでしょうか。逆に話しかけられたりするかもしれませんよ。なにせいたずらっ子ですから、ジル様は……。

あれから……。

お姉様のノエル様が家を出たこと。

黒猫『ジジ』が『ジル』としてサロンに住んでいること。

七回忌がきてしまったこと。

お母さまは、『Mちゃんねる』を音楽で満たそうなどと思い『YouTube』へと入っていく。そばには『ジル様』と名付けられた黒猫が寝転んで……。

■著者プロフィール

阿部まりあ

1950年6月27日東京目黒に2人姉妹の長女として生まれる。1990年から『フラメンコ』修行を続け、2000年から『京都エッセイストクラブ』に所属。2020年から『切り絵スト』『ピンポニスト』が加わる。

弔問客 ―ケリドス・アミーゴス、デ・ミオ―

2023年5月25日　初版第1刷発行

著　者　阿部まりあ
発行所　株式会社牧歌舎
〒664-0858　兵庫県伊丹市西台1-6-13 伊丹コアビル3F
TEL.072-785-7240　FAX.072-785-7340
http://bokkasha.com　代表者：竹林哲己
発売元　株式会社星雲社（共同出版社・流通責任出版社）
〒112-0005　東京都文京区水道1-3-30
TEL.03-3868-3275　FAX.03-3868-6588
印刷製本　シナノ印刷株式会社

ISBN 978-4-434-32097-2　C0093